LE GOÛT
DU RISQUE

MICKIE B. ASHLING

LE GOÛT
DU RISQUE
MICKIE B. ASHLING

Publié par
DREAMSPINNER PRESS

5032 Capital Circle SW, Suite 2, PMB# 279, Tallahassee, FL 32305-7886 USA
http://www.dreamspinnerpress.com/

Le goût du risque
Copyright de l'édition française © 2015 Dreamspinner Press.
Titre original: Taste
© 2011 Mickie B. Ashling.
Traduit de l'anglais par Anne Solo.

Illustration de la couverture :
© 2011 Reese Dante. http://reesedante.com
Conception graphique :
© 2011 Mara McKennen.
Les éléments de la couverture ne sont utilisés qu'à des fins d'illustration et toute personne qui y est représentée est un modèle

Édition imprimée en français : 978-1-63476-890-0
Première édition française en version papier : novembre 2015
Édition ebook en français : 978-1-62798-989-3
Première édition française :juin 2014
Première édition : avril 2011

Édité aux Etats-Unis d'Amérique.

Comme toujours, merci aux quelques personnes très spéciales qui continuent d'encourager mes efforts littéraires.

Jeannie, mon amie et mon gourou de la ponctuation. Merci pour ton soutien perpétuel et ton dévouement. Grâce à toi, tout est plus facile.

Ann, Jackie, Lyn et Sharon, mes complices et critiques qui n'hésitent jamais à me dire quand je me plante mais qui savent aussi me tapoter la tête quand j'en ai besoin.

Marita, mon extraordinaire créatrice vidéo. Ton talent ne cesse de m'inspirer. Merci de le partager avec moi.

Reese Dante. Ton attention au détail est légendaire et ta réputation bien méritée. Merci d'avoir créé une magnifique couverture pour mon livre.

Ces derniers temps, les merveilleuses personnes de Dreamspinner Press qui sont toujours là quand c'est nécessaire.

Merci !

I

— UN VRAI paradis, tu ne trouves pas ? s'exclama Lil.

Tout en parlant, il savourait le morceau de cheesecake à la fraise qu'il venait de porter à sa bouche. Quand il n'obtint aucune réponse, il pivota sur lui-même pour regarder Jody et Clark. Il réalisa alors que leur trio, une fois de plus, avait été séparé. Ce n'était pas surprenant avec la foule qui se pressait devant le stand des *Cheesecakes d'Eli*, un des plus célèbres pâtissiers de Chicago.

Ça avait été comme ça quasiment toute la journée, les trois hommes ne cessaient de se perdre et de se retrouver au milieu des touristes et des locaux qui affrontaient la chaleur et les longues files d'attente du festival annuel 'le Goût de Chicago'. Quand Jody avait proposé de s'y rendre, il avait averti Lil des inconvénients tout en vantant aussi le bien-fondé de soutenir cette tradition de Chicago. Une fois par an, au cœur de l'été, des milliers de Chicagoans et autres résidents des États voisins faisaient le déplacement jusqu'à Grant Park pour l'un des plus importants festivals du Mid-Ouest – zone des États-Unis comprenant huit États, dont ceux de la côte des Grands Lacs, et la majeure partie de la Corn Belt qui débouche sur les Grandes Plaines. Des centaines d'enseignes plantaient leurs stands et offraient un large panel des spécialités gastronomiques locales, ainsi que des plats les plus exotiques introduits à Chicago par les diverses populations qui s'y étaient installées. C'était l'occasion parfaite de tout tester, avec des portions petites ou gargantuesques, en fonction de son appétit ou de son budget, tout en déambulant dans les innombrables allées bordées d'étals tentateurs. Durant la totalité des dix jours que durait le festival, de célèbres chanteurs et musiciens se produisaient à la Petrillo Music Shell et sur d'autres scènes réparties dans le parc.

La chaleur était étouffante, humide, écrasante. Avec tant de monde, il était facile de se laisser emporter par la marée humaine dont la houle incessante montait et descendait le cours des allées. Lil s'était aventuré à

1

engloutir une grande quantité de nourriture variée, son long corps dégingandé gardant, malgré son âge, une allure adolescente. Il avait donc dégusté un épi de maïs, une tranche de pizza, du bœuf italien dégoulinant de sauce, du bulgogi (viande grillée) coréen, des rouleaux impériaux philippins ; il s'était même laissé tenter par un pilon de dinde au barbecue. Il en avait jeté la plus grande partie pour choisir plutôt un samossa ayant attiré son attention lorsqu'il passa devant un stand des Indes orientales. Il s'était attardé un moment à cet endroit, savourant un biryani aux légumes et du poulet au curry. Il apprécia l'explosion sur ses papilles des différents goûts et épices brûlantes.

Jody et Clark l'avaient suivi la plupart du temps, mais ils s'étaient ensuite aventurés dans la foule, le perdant ainsi de vue. Lil était certain de les retrouver d'ici peu. Effectivement, le couple réapparut quelques tables plus loin.

— Tu n'en as pas encore assez ? demanda Clark.

Il regarda Lil grignoter une autre part de cheesecake, cette fois au chocolat.

— Il est possible que je vomisse d'une minute à l'autre, admit l'architecte avec une grimace. Il devrait y avoir une tente prévue pour permettre aux gens de dégobiller ou de recevoir un lavement, afin de pouvoir recommencer à s'empiffrer avec une gloutonnerie incontrôlable.

Voyant Jody tendre la main pour essayer de lui voler son assiette, Lil protesta et récupéra son bien.

— Mon chou, arrête ! Qui sait quand j'aurai une autre occasion aussi belle !

— Lil, tu sais très bien que tu peux venir nous voir quand tu veux.

— Jodes, à mon dernier passage, j'ai cru tomber dans une toundra arctique. Je ne remettrai plus jamais les pieds en hiver dans cette ville, à moins que Clark participe au Super Bowl et que vous ayez une place réservée pour moi.

— Eh bien, cette possibilité reste ouverte.

— Regarde un peu cet endroit ! s'écria Lil en scrutant la foule.

La plupart des gens, pour tenter de lutter contre les rayons accablants du soleil, portaient des tenues légères : shorts, débardeurs, haut de maillot et pantacourts.

Lil reprit :

— Il est difficile de croire combien il fait froid ici en hiver quand on affronte une chaleur pareille.

2

— Je sais, acquiesça Jody. C'est une autre des délicieuses particularités du Mid-Ouest. Si tu ne peux pas supporter le climat, mieux vaut tourner les talons, parce qu'ici, tout change d'une heure à l'autre.

— Quand même, ce n'est pas imprévisible à ce point, qu'en penses-tu, Clark ? demanda Lil.

— Si, c'est vraiment merdique, déclara Clark. Quand on habite ici, le climat est la pire des contraintes. Tout le reste, j'adore.

— Encore heureux, vu que tu viens de signer pour deux années de plus.

— Ils m'ont fait une offre que je ne pouvais pas refuser, admit Clark avec un sourire. Outre l'argent, ça me plaît de jouer pour les Bears[1]. Et Jo-Jo adore son boulot.

— Ouais, c'est le pied pour tous les deux, quoi.

Voir Jody et son compagnon aussi heureux, Clark, l'athlète le plus chouette qui soit au monde, poussait Lil à croire que l'amour était capable de tout conquérir. Le couple avait traversé une période des plus chaotiques avant d'atteindre ce bonheur serein, mais ça valait le coup. Oui, un tel résultat justifiait chacun des moments traumatiques qu'ils avaient vécus. Après tout ce qu'avaient enduré ces deux-là, leur couple était devenu une icône pour un poster vantant le pouvoir de l'amour.

Lil et Jody avaient été colocataires à l'Université de Stanford, en Californie. Malgré leurs personnalités très différentes, ils étaient devenus bons amis. Lorsque Lil l'avait rencontré, Jody n'était qu'un petit nouveau, timide et renfermé sur lui-même, sans la moindre expérience pour afficher ses préférences sexuelles. Ils avaient formé un curieux tandem. Sérieux et appliqué, Jody travaillait comme un dingue pour devenir médecin. Au contraire Lil, s'il brillait aussi dans son domaine de prédilection, l'architecture, savait s'amuser sans oublier ses objectifs personnels. C'était un gay flamboyant et imperturbable, alors que Jody, quoique sorti du placard, ne s'affichait pas aussi ouvertement. Chacun s'était épanoui au contact de l'autre, leurs différences renforçant leurs qualités respectives. Et leur amitié avait perduré durant toutes leurs années d'université. Maintenant, presque quinze ans plus tard, les deux hommes restaient aussi proches que des frères.

Si Lil se réjouissait du bonheur de son ami, il regrettait d'avoir perdu sa compagnie. Ce n'était plus tout à fait la même chose depuis que le couple, deux ans plus tôt, avait quitté la baie de San Francisco pour s'installer à Chicago – la Windy City, la Cité du Vent – juste après que Clark ait obtenu un

---

[1] **Bears** : équipe de football de Chicago.

contrat avec les Chicago Bears. Lil leur rendait visite aussi souvent que possible, mais il lui fallait tenir compte des impératifs de sa carrière, puisqu'il venait de signer un très lucratif accord avec le premier bâtisseur de East Bay – la partie orientale de la baie de San Francisco. Tout le monde cherchait à obtenir des plans exclusifs signés Lampert depuis que Lil avait obtenu un prix d'excellence avec son utilisation de l'énergie solaire pour le chauffage et la climatisation domestique. 'Ses' maisons parsemaient les collines de Danville, en Californie. Ses affaires étant en pleine expansion, Lil n'avait plus beaucoup de temps à consacrer à ses amis. Dans sa vie privée, il était en solo, n'ayant jamais rencontré l'amour – et ce n'était pas faute d'avoir cherché. Né beau et brun, Lil n'avait cessé d'éclaircir ses cheveux au cours des années. Il était actuellement aussi blond qu'un mannequin posant pour les produits solaires Coppertone. Selon lui, cette teinte lui donnait meilleure apparence, ses yeux bleu myosotis et sa peau dorée complétant le tableau d'un superbe Californien vibrant de *'joie de vivre'*, comme disent les Français. En prenant de l'âge, Lil n'avait rien perdu de son look, bien qu'il ait gémi en soufflant, quelques mois plus tôt, les trente-sept bougies de son gâteau d'anniversaire.

— Regarde ! Des glaces… si on s'offrait un cornet ? proposa Lil d'une voix enjôleuse.

Il prit la main de Jody et l'entraîna derrière lui.

— Lil, je ne peux plus rien avaler, protesta son ami.

— Alors, attends-moi là pendant que je fais mon choix, d'accord ?

— Bien sûr, bébé, va te goinfrer.

Lil se faufila parmi la foule et essaya d'approcher du stand devant lequel les gens s'agglutinaient sur quatre rangées. Enfin, il heurta de la poitrine le comptoir en bois. Examinant attentivement la carte, il se décida pour un cornet de glace vanille, nappée de sauce au chocolat.

— Je peux vous aider ?

Lil quitta le menu des yeux. Il s'apprêtait à passer commande quand il aperçut le visage associé à cette voix… et il en oublia complètement ce qu'il voulait dire. Planté devant lui, se trouvait l'homme le plus merveilleux du monde – et de loin. Nom de Dieu !

— Euh… vous avez de la vanille ?

— Bien sûr, répondit l'autre avec un sourire.

C'était un jeune homme aux cheveux bruns hérissés et aux yeux charbonneux, bordés d'immenses cils très noirs, si épais qu'ils paraissaient faux. Une barbe drue encadrait une bouche pulpeuse et rouge qui hurlait pratiquement 'embrasse-moi'. Il portait un débardeur qui soulignait des muscles durs et une poitrine impressionnante, mais Lil fut tout particulièrement attiré par son tatouage au bras droit : on aurait dit une manchette aux couleurs vives, primaires, éclatantes.

Nom d'un petit bordel à queue !

— Alors, qu'est-ce que je vous sers ?

— Vous – sous n'importe quelle forme.

Lil entendit les mots s'échapper de sa bouche sans qu'il puisse les retenir. Le brun éclata de rire, exhibant des dents magnifiques et très blanches, qui ne firent qu'embellir son visage parfait. Lil sentit son pouls accélérer et son sexe se dresser, manifestement intéressé par cette somptueuse apparition.

— Vous voulez un cornet ? demanda le jeune vendeur.

— Oui, volontiers.

Lil fut surpris de pouvoir parler. Sa bouche lui paraissant ressembler au Sahara à midi.

Le beau gosse se tourna pour s'occuper de la commande. Lorsqu'il se baissa pour servir la crème glacée, il offrit à Lil un aperçu de son postérieur. Il portait un short blanc – un choix logique pour mettre en valeur ses longues jambes musclées et bronzées. Sans compter que son cul donnait à Lil une envie féroce de se pencher par-dessus le comptoir afin de mordre dans chacune des fesses rondes offertes à sa convoitise. Les jambes étaient couvertes d'un léger duvet foncé, une fourrure particulièrement attirante pour un fan des Bears de Chicago – des ours… ? Non, des oursons dans ce cas précis.

— Voilà, dit le vendeur en tendant à Lil sa glace. Il vous faut autre chose ?

— J'aimerais bien tout visiter, admit Lil, un sourire aux lèvres.

— D'où venez-vous ?

— De San Francisco.

— Génial ! s'exclama l'autre. J'ai toujours eu envie de connaître cette ville.

— Elle est splendide. Avez-vous le droit de prendre un moment de pause ? Je pourrais vous offrir une visite virtuelle de ma ville.

Le jeune homme regarda sa montre.

— D'ici peu, j'aurais une demi-heure libre. Où voulez-vous que nous nous retrouvions ?

Non, sans blague ?

SANS BLAGUE ?

— Hum… je suis par-là avec des amis.

5

De la main, Lil désigna Jody et Clark.

— C'est bien Stevens ? s'étonna le vendeur.

— Vous connaissez le football ?

— Tous les habitants de Chicago connaissent leurs Bears.

— Oui, c'est logique. Pourquoi ne viendriez-vous pas nous retrouver sur la zone de pique-nique, par là-bas... ?

Lil indiqua la direction générale d'un petit bosquet d'arbres repéré un peu plus tôt.

— D'accord.

— C'est quoi ton nom ? demanda Lil, parce qu'il tenait à le savoir.

— Grier.

— C'est un nom étrange.

Le mec haussa les épaules et lui offrit un nouveau sourire.

— C'est mon nom. Et le tien ?

— Lil.

— Un raccourci de Lily ?

Lil se mit à rire et décida qu'il adorait le sourire moqueur de son vis-à-vis.

— Andouille, répondit-il. C'est un raccourci de Lyndon Lyle Lampert, si ça t'intéresse.

— Waouh ! On en a plein la bouche.

— C'est vrai, répondit Lil.

Ce mec est à tomber.

Lorsqu'il retourna vers ses amis, Lil réalisa qu'ils avaient tous les deux assisté à sa parade sexuelle. Et Jody remarqua en plus son sourire enthousiaste.

— Tu t'es trouvé un minet ? demanda-t-il.

— Je ne pense pas en être encore là, Jodes. Disons que j'ai simplement jeté mes filets.

— Tu sais, ajouta Clark, tu donnes une toute nouvelle signification à la formule 'goûter à Chicago'.

— Et alors ? Je ne vois pas où est le problème.

— Non, mais fais attention quand même, insista Clark. Tu ne connais rien de ce mec.

— Il ne connaît rien non plus de moi, rétorqua Lil. Il a pourtant accepté de nous rejoindre d'ici quelques minutes. Lui aussi a pris un risque.

— Allez, dit Clark, venez, cherchons un coin à l'ombre.

Malgré son hâle doré, Lil sentait que sa peau commençait à rougir après sa longue exposition en plein soleil. Sous un grand arbre, les trois hommes trouvèrent une place récemment libérée par une famille de cinq personnes qui avait abandonné une couverture afin de réserver l'endroit privilégié.

Lil se laissa tomber près de ses deux copains, qui s'étendirent eux aussi avec satisfaction.

— Ça, c'est la vie ! dit-il, croisant les bras sous sa tête. Qui aurait pu croire qu'il y avait en ville des mecs aussi superbes ?

— Les Chicagoans font tout pour plaire aux touristes, répondit Jody d'un ton pince-sans-rire.

— Vise bien et ne rate pas ton but, jeta Clark.

Il esquiva quand Lil tenta de le gifler.

— Je n'en suis pas encore là. Je lui ai juste proposé de parler.

Jody regarda sa montre.

— Je te parie qu'à cette même heure demain, tu l'auras mis dans ton pieu.

— Puissent tes paroles arriver jusqu'à l'oreille du Seigneur !

Jody éclata de rire

— Je ne connais rien de l'oreille du Seigneur, par contre j'ai toute confiance dans tes suprêmes pouvoirs de séduction.

— Je ne sais pas, Jodes, je ne suis plus aussi jeune qu'autrefois.

— Oh bordel, tu n'as que trente-sept ans et le corps d'un mec ayant dix ans de moins ! En plus, tu es bien plus intéressant aujourd'hui qu'il y a une décennie. Tu t'es remplumé au lieu de rester un maigrichon.

Lil roula sur le ventre et s'accouda dans l'herbe afin de regarder son ami.

— Non, mais, arrête ! Je parlais de mon état d'esprit, Jody. Ça ne m'intéresse plus, les coups d'un soir.

— Depuis quand ?

— Depuis que j'ai réalisé que ça ne menait à rien. Ce n'est pas avec des coups comme ça que je trouverai l'homme de mes rêves. Ceux qu'on baise trop vite, on les quitte tout aussi vite, ce n'est pas la meilleure approche pour finir avec un conte de fées.

— Tu crois encore aux contes ? demanda Clark d'un ton sérieux. Je te pensais plutôt cynique.

— Après vous avoir regardé tous les deux, il est difficile de ne pas croire à l'amour, répondit Lil.

7

— Je croise les doigts pour toi, Lil. Tu mérites de trouver un mec bien, mais je doute que ton petit glacier soit celui-là.

Lil eut un rire un peu gêné.

— Il est pourtant tout à fait délectable.

— Ça, je te l'accorde, répondit Clark.

Jody envoya un coup de coude à son amant.

— Ouille ! protesta Clark. Jo, ce n'était qu'une réflexion en passant.

— Pas du tout, tu l'as maté.

— C'est pas vrai !

— Mais si, plaisanta Jody, mais pour une fois, je ne dirai rien. Je t'accorde qu'il est bandant.

— Fermez-la, tous les deux, il arrive.

Les trois hommes se retournèrent pour regarder Grier approcher. C'était comme voir un spot publicitaire vantant les compléments alimentaires et le body-building. Grier était parfait : une taille mannequin – 1 m 90 – et tout aussi gracieux. Il adressa un sourire à quelques personnes qu'il connaissait, puis s'arrêta un moment pour discuter, avant de reprendre sa marche en direction de Lil et ses amis, toujours étalés sur leur couverture empruntée. Grier semblait très détendu, comme s'il était accoutumé aux réactions que provoquait son passage. Hommes et femmes le suivaient du regard tandis qu'il avançait sur la pelouse épaisse. Quant à Lil, il n'arrivait pas à le quitter des yeux, même s'il commençait à avoir des doutes sur son idée.

Pourquoi avait-il demandé à Grier de les rejoindre ? Il ne savait rien de ce garçon – de ce gamin, parce que oui, c'était ainsi qu'il le considérait. Il devait quand même avoir entre vingt-deux et vingt-quatre ans. Peu importait, il était beaucoup trop jeune pour Lil, il n'avait aucune chance d'accrocher ce garçon. Il perdait son temps puisque rien n'en résulterait.

— Salut, Lyndon Lyle Lampert, plaisanta Grier.

Il avait une voix rauque aussi sensuelle que son corps était superbe. Lorsque le jeune homme se laissa tomber sur la couverture, Lil oublia toutes ses objections à la vue de son lumineux sourire.

— Salut, renvoya-t-il en écho. Laisse-moi te présenter mes amis. Voici Jody Williams et son célèbre compagnon, Clark Stevens, que tu connais bien sûr.

Grier les salua d'un hochement de tête.

— Hé. Ravi de vous connaître. Clark, je suis un vrai fan.

— Tu aimes le football ?

— Bien sûr, comme tout le monde, affirma Grier.

— Non, pas tout le monde, grommela Jody. Certains d'entre nous ont des goûts plus intellectuels.

Clark l'embrassa rapidement sur la bouche.

— Tu es juste jaloux parce que le football m'éloigne souvent de toi.

— Peuh ! Plutôt difficile d'être en compétition avec un passe-temps national.

— Tu te sens abandonné, Jo-Jo ? plaisanta Clark avec amour.

— Franchement, non. Ce n'est pas le cas. J'ai tout ce qu'il me faut.

— J'espère bien, rétorqua Clark. Surtout après ce matin…

— D'accord, les mecs, intervint Lil, si ça doit tourner au salace, donnez-nous au moins des détails intéressants.

Jody posa la main sur la bouche de Clark.

— Ne dis plus rien.

Grier avait observé le rapide échange du célèbre couple, puis il se tourna vers Lil qui le dévisageait sans s'en cacher.

— Et toi, tu aimes le football ?

— Mon chou, j'aime le football pour toutes les bonnes raisons et pas mal de mauvaises.

— Laisse-moi deviner.

Grier leva la main et se mit à compter sur ses doigts.

— Un : ils ont des pantalons moulants ; deux : des débardeurs serrés ; trois : d'énormes biceps.

— Ça suffit ! s'exclama Lil qui éclata de rire. J'aime vraiment ce sport. Qu'ils soient beaux mecs, c'est un bonus.

— Tu apprécies vraiment le football ou bien tu fais juste semblant pour faire plaisir à Clark ?

Grier paraissait sincèrement surpris d'apprendre que Lil s'intéressait à ce sport. Clark intervint pour confirmer la déclaration de Lil.

— Oh, il aime vraiment. Il peut te réciter tous les résultats des derniers matchs comme un véritable reporter.

— C'est inhabituel, remarqua Grier.

— Tu sais, il y a des tapettes qui apprécient les sports virils.

— Qui t'a traité de tapette ?

— N'est-ce pas ce que tu voulais impliquer ?

— Désolé, non. Pas du tout.

— Vraiment ?

Grier caressa d'un regard intéressé le corps de Lil, des pieds à la tête. Le blond lui renvoya son attention avec le même culot, la même chaleur. En fait,

9

il y avait entre eux une alchimie si puissante que Jody en fut affecté rien qu'en assistant à la scène. Il se redressa et força Clark à faire de même.

Surpris, le joueur écarquilla ses yeux aigue-marine.

— Où allons-nous ? demanda-t-il.

— J'ai une envie soudaine de funnel cake, jeta Jody.

— Tu détestes les pâtisseries, rétorqua Clark.

— Plus maintenant.

Avec un regard féroce, Jody désigna du menton les deux hommes, toujours assis, qui ne se quittaient pas des yeux.

— Oh, d'accord.

— Nous reviendrons d'ici une demi-heure, indiqua Jody.

— Prenez votre temps, marmonna Lil.

— Et merci de nous prêter votre couverture, déclara Grier.

Il lissa de la main la zone que Clark et Jody venaient de libérer.

— Elle n'est pas à nous, remarqua Lil. Nous la squattons.

Grier eut un sourire.

— Eh bien, merci de me laisser la squatter avec toi. Par ici, trouver de l'ombre est une bénédiction.

— Le stand de glace où tu travailles, il est à toi ?

— Bon Dieu, non ! se récria Grier en riant. J'aide simplement un ami.

— Un ami – ou un petit ami ? demanda Lil.

Grier sourit

— Juste un ami. Jake et moi étions ensemble à l'école. En fait, je le considère comme un frère.

— Tu t'es proposé pour les dix jours complets ?

— En tout cas, le plus possible. Je dois aussi travailler pour vivre, ce que Jake comprend, mais par chance, je ne suis d'astreinte que cette semaine, aussi j'ai une marge de manœuvre.

— Que fais-tu ?

— Un job de merde.

— C'est-à-dire ?

— Je suis déménageur – je transporte des meubles.

— C'est de l'intérim ? Tu es à l'université ?

— Je préfère qu'on ne parle pas de moi, d'accord ? Et toi, combien de temps vas-tu rester en ville ?

— Je suis arrivé hier, je reste encore six jours.

— Dans la vie, tu fais quoi ?

— Je suis architecte.

Grier sifflota.

— Eh bien, tu es venu dans la bonne ville. Tu as déjà fait le tour architectural en bateau ?

— Non. De quoi s'agit-il ?

— Oh, c'est une balade sympa le long de la Chicago River, ça te donne une excellente vue des différents styles architecturaux de la ville. Je suis surpris que tes amis ne te l'aient pas proposé.

— La dernière fois que je suis venu, il neigeait. Je présume que ce n'était pas le meilleur moment pour faire du bateau.

— Tu devrais vraiment essayer, comme c'est ton métier. Pourquoi n'irions-nous pas demain matin ?

— Nous ?

— Bien sûr. Si ça te dit, je t'accompagne.

J'adorerais.

— Oui, ce serait sympa.

— Très bien, alors c'est décidé, annonça Grier. Dis-moi, concernant Jody, est-il toujours aussi sérieux ?

— Il est toubib, expliqua Lil. Un urgentiste, alors oui, il est du genre intense, plus sérieux en tout cas que Clark et moi. Mais une fois que tu dépasses son aspect un peu solennel, c'est un mec génial, avec un super sens de l'humour.

— D'accord, je préfère. J'ai pensé qu'il ne m'appréciait pas.

D'un geste hésitant, Lil effleura le bras de Grier.

— Chaton, comment ne pas t'apprécier ?

Grier répondit par un sourire à mille watts qui fit s'évanouir les bonnes résolutions de Lil. Pourquoi rester prudent et ne pas plonger trop vite, les pieds en avant ? Chacune des vibrations qu'il ressentait était positive, aussi il décida de faire confiance à son instinct : jamais il ne lui avait fait défaut jusque-là.

— C'est Jody, pas vrai ? demanda Grier.

— Pardon ?

— Celui dont on a parlé aux infos.

— Oui.

— Ça a dû être difficile pour eux.

— Mon chou, tu n'imagines pas à quel point.

— Je pense que c'est sacrément romantique.

— Tu partages l'avis d'un million de gays dans le pays.

— Ça touche aussi ceux qui ne sont pas gays. J'ai des potes hétéros qui considèrent Clark comme leur idole pour avoir été aussi franc.

11

— Il y a pourtant eu des remous, crois-moi.

— Mais ça valait le coup, tu ne crois pas ?

— Écoute, cette fois, c'est moi qui vais porter un jugement : je ne t'aurais jamais imaginé romantique.

— Pourquoi, parce que tous les tatoués doivent être de grosses brutes insensibles ?

— N'oublions pas aussi tes trois clous dans l'oreille gauche. C'est quoi comme pierre ?

— De l'onyx.

— Dans ce cas, tu es une grosse brute qui a bon goût, plaisanta Lil.

— Effectivement, j'ai très bon goût et je pense au tatouage comme un art corporel. Ça peut être magnifique si c'est bien fait.

Lil tendit la main et suivit le dessin d'un doigt précautionneux.

— Ta manchette est inhabituelle. J'adore les couleurs, ces bleus et rouges sont tellement vibrants. Et puis ces étoiles qui partent comme ça…

Sa main glissa sur le bras de Grier pour effleurer son torse, là où la dernière des étoiles bleues disparaissait sous le débardeur.

— Y en a-t-il davantage ? reprit Lil.

Toucher ce corps, même sous un prétexte innocent, n'avait fait qu'enflammer le désir sous-jacent qui brûlait en lui sous couvert de leur conversation amicale. Le temps s'arrêta tandis que les deux hommes se regardaient, les yeux dans les yeux. Ils semblaient à la recherche d'un indice susceptible de leur expliquer ce qui se passait. Grier plaça à la main de Lil sur son cœur et l'y pressa, pour que l'architecte sente le tambourinement sauvage.

— Il y a d'autres étoiles placées à des endroits stratégiques, chuchota-t-il.

Oh bordel.

— À partir d'aujourd'hui, j'aurai l'esprit plus ouvert concernant le tatouage.

Grier poussa un soupir étouffé, puis il s'écarta à contrecœur.

— Écoute, il faut que j'y retourne.

— Je comprends. Où veux-tu que nous nous retrouvions demain pour ce tour en bateau ?

— Rendez-vous sur le quai vers 11 heures. Tu trouveras toutes les informations sur le site web de la mairie de Chicago. Nous déjeunerons ensemble ensuite.

— Ça me paraît parfait.

— Lil ?

— Oui ?

— Tu n'as rien d'une tapette…

Puis il effleura la bouche de Lil, tel un oiseau-mouche cherchant un baiser sucré. Lil ouvrit les lèvres, surpris par ce contact si délicat, puis il soupira en sentant la langue de Grier tracer le contour de sa bouche avant de relever la tête.

— À demain ? demanda Grier.

Étourdi par le baiser, Lil eut du mal à retrouver sa voix.

— Oui.

En regardant le jeune homme s'éloigner, il scruta son côté pile – tout aussi magnifique que le côté face. Le torse formait un grand V musclé qui indiquait des heures passées à lever des poids. Maintenant que Lil savait ce que le gamin faisait pour vivre, il pensa que son physique devait beaucoup à son travail. Grier n'avait pas répondu à sa question concernant ses études à l'université, mais Lil espérait en apprendre davantage le lendemain, durant leur sortie, du moins si Grier se présentait au rendez-vous. Les probabilités étaient faibles, vu que les deux hommes n'avaient pas échangé leurs numéros de portable. Et pourtant quelque chose chez ce garçon poussait Lil à croire qu'il serait bien là. L'architecte espérait avoir la possibilité de vérifier la fiabilité de son instinct. Bien sûr, Grier était superbe, mais ce serait mieux s'il y avait de la substance sous cette belle façade.

Lil vit le jeune vendeur jeter un coup d'œil à sa montre, avant d'accélérer le pas, comme s'il était en retard et risquait d'avoir des ennuis. Or, d'après les quelques mots échangés, c'était difficile à comprendre. Si Grier était là comme volontaire, personne n'allait lui reprocher quelques minutes de retard, non ?

13

II

GRIER S'INQUIÉTAIT beaucoup moins d'être en retard que des éventuelles questions qu'on allait lui poser à ce sujet. Sachant que sa famille ne tarderait pas, il préférait ne pas subir de remarques négatives qui pourraient lui gâcher cette rencontre, impulsive certes, mais enchanteresse. Il avait été surpris de s'entendre proposer de jouer au guide touristique pour le lendemain matin. Pourtant, quand Lil avait mentionné son métier, la suggestion lui avait parue logique. Grier espérait que cette excursion lui donnerait l'occasion d'en apprendre davantage sur ce bel architecte qui lui avait fait une telle impression. Il n'avait pas l'habitude de fréquenter des étrangers, encore moins de les embrasser en public, mais l'alchimie entre eux s'était avérée puissante au point d'occulter toutes les sonnettes d'alarme de son cerveau.

Au moment où il tourna un angle et approcha du stand de glaces, tous les autres étaient déjà arrivés. Son père, Santino Dilorio, son frère, Ali, et son meilleur ami, Jake Garcia, accompagné de son père, Vicente. Tous quatre servaient les délicieuses glaces aussi vite qu'ils réussissaient à les préparer.

— Hé, où étais-tu passé ? demanda son père.

— Désolé, j'ai perdu la notion du temps.

Santino acquiesça et Grier reprit sa place parmi les autres pour se mettre au travail. Chaque année, durant le festival du Goût de Chicago, les Dilorio offraient un coup de main à leurs amis et voisins, les Garcia, pour tenir le stand Vinita Ice Cream. Les horaires étaient éreintants – dix jours de travail acharné – mais financièrement, ça en valait le coup. C'était aussi devenu une tradition entre les deux familles. Santino Dilorio et Vicente 'Enteng' – qui signifiait 'cool' en indonésien – Garcia étaient voisins depuis vingt ans, ce qui représentait quasiment toute l'existence de Grier. Les jumeaux Garcia, Jake et Jillian, avaient fréquenté la même école que les deux frères Dilorio, et les deux familles étaient progressivement passées d'une entente de bon voisinage à une solide amitié.

Le dénominateur commun avait été les enfants, les Dilorio et les Garcia s'acharnant à offrir le meilleur à leur progéniture. Leur vie s'organisait au rythme des activités scolaires. Nita Garcia était infirmière, Meredith Dilorio, mère au foyer, et les deux femmes avaient partagé les tâches quotidiennes concernant les enfants. À la sortie de l'école, les jumeaux restaient chez Ali et Grier, en attendant que leurs parents rentrent à la maison. Quand Nita avait des congés, elle gardait les quatre enfants, laissant à Meredith du temps libre pour vaquer à d'autres occupations, ce qui ne lui était pas toujours possible avec de petits garçons de onze mois d'écart. Ali et Grier auraient pu, eux aussi, passer pour des jumeaux.

Originaires des Philippines, les Garcia avaient rapporté de leur terre natale de nombreuses valeurs et traditions, ainsi que de délicieuses recettes qu'ils partageaient volontiers avec leurs voisins. Très vite, les Dilorio n'avaient pu se passer des plats exotiques émanant de la cuisine d'Enteng Garcia. Dans la journée, le Philippin travaillait comme chef cuisinier. En rentrant chez lui, il gérait la cuisine et sa femme, Nita, le laissait volontiers faire. Elle revenait épuisée par ses longues journées. Après huit heures de garde à l'unité de soins intensifs de l'hôpital Alexian Brothers, il lui restait à peine assez énergie pour s'occuper de ses enfants.

Les jumeaux étaient en primaire lorsqu'Enteng décida d'ouvrir une boutique de glaces. Santino Dilorio l'avait poussé à se mettre à son compte, possédant lui-même une entreprise indépendante et une petite armada de camions travaillant pour Mayflower Transit, une des plus anciennes sociétés américaines de déménagement. L'expérience d'Enteng, après des années passées à expérimenter diverses recettes combinant les ingrédients locaux et importés, avait fini par porter ses fruits. Sa boutique servait, dans des cornets maison, des glaces à la mangue, à la noix de coco et à l'ube, sorte d'igname de couleur mauve, ainsi que les parfums habituels, vanille et chocolat. Les Garcia avaient appelé leur boutique Vinita – pour combiner leurs deux noms, Vincente et Nita. Bien placée, dans un petit centre commercial proche du lycée, elle était très vite devenue le point de ralliement de tous les enfants du quartier, ce qui en avait assuré le succès. Quand les garçons Dilorio ou les jumeaux Garcia furent assez âgés pour travailler à mi-temps, ils vinrent aider à la boutique et servir des glaces.

Dès que Santino s'éloigna un moment, Ali demanda à son frère :

— Où étais-tu ?

15

— Je faisais une pause.

— Avec Clark Stevens et sa bande de tarlouzes ?

— Quoi ? Tu as des espions qui te renseignent sur mes faits et gestes ?

— Désolé, Grier, s'excusa Jake. C'est moi qui lui ai dit que tu te trouvais avec Clark.

— Et alors, Ali ? Qu'est-ce que les gens en ont à battre ?

— Tu sais très bien que Clark Stevens est ostensiblement homo. Tous ceux qui traînent avec lui porteront automatiquement la même étiquette.

— Mais je suis homo, cracha Grier. Plus vite papa et toi l'accepterez, mieux nous nous porterons tous. J'en ai ras le bol de cette pantomime grotesque.

— Pour le moment, il ne pourrait pas supporter un drame de plus.

— Ce n'est pas la fin du monde, Ali. Il s'agit juste de ma vie.

Ali – un raccourci pour Alissio – s'était donné pour tâche de protéger leur père des répercussions ayant suivi la découverte de l'orientation sexuelle de son fils cadet. Si Santino Dilorio était d'ordinaire un homme affable, il s'était transformé en tyran apoplectique lorsque Grier avait été surpris avec Johnny Callaghan à genoux devant lui. Grier avait vraiment cru que son père allait faire une crise cardiaque quand le principal de l'école lui avait détaillé les raisons de sa suspension d'une semaine. Durant des jours, Grier avait dû subir les sermons de son père. Santino était un Italien du genre traditionnel et un fervent catholique : il croyait fermement que l'homosexualité était un fléau, à tous les niveaux. Il n'avait pas voulu écouter les conseils de sa femme, Meredith, ou les différents psychothérapeutes. Il refusait de tolérer un comportement qu'il considérait contre nature.

Santino rendait sa femme coupable de l'intérêt que Grier portait aux hommes. D'abord, elle s'était montrée laxiste envers son cadet ; ensuite, elle l'avait affublé de son patronyme anglais au lieu de lui offrir un bon prénom italien, Giovanni, comme le propre père de Santino. Selon lui, porter un nom pareil, c'était presque une condamnation. Un 'Grier' se devait d'être différent. Or, son plus jeune fils était de toute évidence unique. Même enfant, il n'était jamais rentré dans le moule. C'était déjà évident à trois ans, lorsque Grier avait insisté pour peindre sa chambre en violet, en l'honneur de Barney, son dinosaure préféré. Il était bien plus facile pour Santino de blâmer Meredith que d'accepter qu'un de ses fils soit 'mal programmé'. Il avait espéré que cette aberration de Grier passerait, qu'il l'oublierait en atteignant l'âge adulte. Il avait été encouragé dans cette illusion lorsque

Grier s'était lancé dans le football et le lever de poids. Dans l'esprit de Santino, les tarlouzes n'avaient pas de goûts aussi virils. Ils devenaient coiffeurs ou couturiers de mode, pas adeptes du body-building avec un faible pour les tatouages. Grier, de par son apparence physique, ne correspondait en rien à l'image que son père se faisait d'un homosexuel. Il n'arrivait pas à admettre l'idée que son cadet puisse envisager une relation sexuelle avec un autre homme. Mais ses discours sur la question avaient cessé à la mort de Meredith, décédée d'un cancer l'année précédente, peu après le vingt-quatrième anniversaire de Grier.

Plus lucide que son père, Ali était bien conscient de l'attirance que Grier éprouvait – et éprouverait toujours – envers les hommes. Il s'efforçait avec ardeur de le cacher à Santino, encore très secoué par la mort soudaine de sa femme. D'après Ali, son père n'arrivait pas à se remettre de son deuil. Aussi il ne supporterait pas de se rendre encore plus malade avec l'orientation sexuelle de Grier.

Espérant qu'Ali abandonne le sujet, Grier tenta de décourager ses regards désapprobateurs d'un haussement d'épaules. Il serait heureux, une fois le festival du Goût terminé, quand chacun retrouverait ses horaires habituels. Ali retournerait jouer à la bourse, dans ses costumes de prix, pour y réaliser les rêves de ses clients, des étrangers pour lui. Quant à Grier, il pourrait à nouveau vaquer à ses occupations loin des yeux vigilants de son frère.

Quelques années plus tôt, il avait pris un chemin de traverse. Aujourd'hui encore, il essayait de discerner quoi faire de sa vie future. Autrefois, sa mère le soutenait et l'aidait. Sa disparition laissait en lui un gouffre béant. Elle avait été davantage qu'une mère, elle était aussi son amie et comprenait ses aspirations. En réalisant l'homosexualité de son fils, elle avait fait preuve d'amour et de tolérance, et avait toujours pris le temps de l'écouter quand il partageait avec elle ses espoirs et ses rêves concernant l'architecture intérieure. Grier avait dû mettre ce désir de côté après la façon dont son père avait réagi à son incartade à l'école. Il était intimement persuadé que jamais Santino n'accepterait son choix de carrière. Meredith travaillait encore à convaincre son mari qu'il n'y avait pas de sot métier quand le cancer l'avait frappée, sans préavis.

Depuis toujours, Grier s'intéressait aux dessins et aux couleurs. Il avait été très fier de ses dons artistiques lorsque sa mère et lui avaient repeint sa chambre en améthyste, transformant la blancheur ennuyeuse des murs en un décor de rêve pour ses jouets et animaux en peluche. Depuis lors, il s'était laissé croire que le monde pourrait être meilleur s'il portait des couleurs qui lui convenaient, mais pour ça, il fallait en charger la bonne personne. Il adorait les textures, les tissus, les motifs. Ses goûts le portant vers l'audacieux et l'expérimental, il combinait des teintes censées ne pas s'accorder et, sous ses mains d'artiste, elles y parvenaient. Malheureusement, ses ambitions avaient été contrecarrées par l'obligation d'apaiser son père en trouvant un métier 'suffisamment viril'. Cette décision continuait à le hanter. Pour avoir la paix, il avait appris à conduire d'énormes mastodontes, mais il préférait encore soulever des poids. À ses yeux, c'était choisir entre deux maux. Il rêvait de s'en aller, il en avait évoqué l'éventualité lorsque sa mère était encore en vie, mais sa maladie et sa mort soudaine avaient mis ses rêves en stand-by.

Le lendemain lui donnerait peut-être une nouvelle perspective. Lil paraissait tout à fait sûr de lui. En sa présence, Grier s'était senti étonnamment à l'aise. Il semblait y avoir entre eux une connexion qui allait au-delà de l'attirance physique. C'était difficile à expliquer, tout était encore trop neuf... Grier se sentait plein d'optimisme et dynamisé. La vive attraction qui le poussait vers le blond lui faisait battre le cœur plus vite. Bien sûr, il était conscient que cet homme avait au moins douze ans de plus que lui, qu'il exsudait une sexualité affirmée, que ça restait un parfait étranger, mais le fait que Lil soit un ami du couple le plus célèbre du football de Chicago lui donnait au moins une assurance : il n'allait pas se trouver face à un serial killer.

En dernier recours, Lil et lui pourraient toujours parler boutique.

PLUS TARD, dans la soirée, quand Lil, Jody et Clark se mêlèrent à la foule pour écouter Michael McDonald bêler *What a Fool Believes*, l'architecte repéra Grier au milieu d'un groupe. Il devina que le vieillard aux cheveux blancs et l'autre homme brun étaient sans doute de sa famille. Leur ressemblance se remarquait facilement : même taille, mêmes traits du visage. Et pourtant, aucun des deux n'avait comme Grier le signal indiquant : 'OK'. Tous les autres étant des Asiatiques et Lil se demanda quelle relation les unissait. Au même moment, comme s'il avait senti sa présence, Grier se retourna et croisa son regard. Il lui adressa un clin d'œil, mais ne fit pas mine de quitter ceux qui l'entouraient.

Lil continua à examiner le petit groupe bien après que Grier ait tourné la tête. Il était trop loin pour entendre leur conversation, mais il devina la camaraderie qui régnait entre eux. Ses yeux furent alors attirés par un petit garçon qui ne cessait de tirer sur le débardeur de Grier. Lil nota la façon dont ce dernier se pencha pour soulever l'enfant et l'installer sur ses épaules, lui permettant ainsi de voir par-dessus la tête des adultes. Le petit avait cinq ou six ans ; des cheveux ébouriffés et très noirs lui tombaient sur le front à la mode des Beatles.

— Qu'est-ce que tu regardes ?

Jody venait de remarquer que Lil ne suivait pas ce qui se passait sur scène, son attention se portant exclusivement sur la droite.

— Il y a là-bas un petit bijou, ça vaut la peine de l'observer.

Suivant le regard de Lil, Jody repéra immédiatement Grier.

— Pour le moment, il me paraît bien occupé.

— Je me demande qui sont ces gens avec lui.

— Est-ce que tu ne dois pas le retrouver demain ?

— Si.

— Dans ce cas, tu pourras lui poser la question. Arrête de fixer ce malheureux, tu vas finir par mettre le feu à son pantalon.

— Il a un postérieur des plus délectables, si tu veux mon avis.

— Lil, arrête de le mater comme ça !

— Docteur Williams, je ne te trouve pas du tout marrant.

— Je veille sur mon meilleur ami. Je ne vois pas quel est l'intérêt de t'exciter autant sur un fantasme qui ne se réalisera peut-être jamais.

— Je n'ai pas l'intention de tomber amoureux de ce jeunot, Jodes, je veux simplement le baiser à fond, de manière aussi sauvage que passionnée.

— Où dois-tu le retrouver ?

— Je ne sais pas trop. Il m'a parlé d'un endroit d'où partent les bateaux pour le tour architectural. Tu connais ? Tu sais où c'est ?

— Non, mais nous regarderons ça tout à l'heure. Et quand vous aurez terminé, pourquoi ne pas le ramener à la maison ? Nous pourrions organiser un barbecue.

— Ça me paraît une excellente idée.

La musique ayant fini par s'arrêter, la foule commença à se disperser en se dirigeant vers les sorties, parcourant le long chemin qui la ramènerait aux parkings ou aux arrêts de bus. C'était la même marée humaine que plus tôt dans la journée. Lil et ses deux compagnons se laissèrent porter par le flot, en quelque sorte.

Ils se retrouvèrent ainsi par hasard non loin du groupe de Grier. Pourtant, le jeune homme parut peu désireux de s'arrêter pour leur parler.

Peut-être n'avait-il pas le choix ? En le réalisant, Lil fit un écart pour ne pas s'approcher. Il les aperçut cependant : Grier avait toujours le petit garçon sur les épaules, qui ressemblait beaucoup à la jeune Asiatique marchant à ses côtés, version féminine du jeune homme formant l'arrière-garde. Tout fut très rapide, le temps d'un clignement d'œil, trop bref pour discerner ce qui se passait. Pourtant, Lil fut frappée par la beauté de cette jeune femme.

Demain, il comptait bien demander à Grier de qui il s'agissait.

III

LE SOLEIL frappait de façon impitoyable les épaules de Lil qui faisait, parmi d'autres touristes, la queue pour monter en bateau. Encore une journée torride ! L'humidité était à son comble. Heureusement, une légère brise rendait la température supportable. Lil n'était pas habitué à ce genre de climat. Après tout, il vivait à San Francisco. Il avait pensé à se tartiner d'écran solaire. Sa lotion SPF 45 ne graissait pas la peau, aussi n'avait-il pas lésiné sur son application, s'en mettant aussi bien sur les bras que sur la nuque et les jambes. Pour se protéger le visage et la tête, Jody lui avait prêté une des casquettes de base-ball de Clark.

Grier s'était bien présenté, portant un autre débardeur, noir cette fois, avec les mots Vinita Ice Cream écrit en gros d'un vert plutôt flashy. Le tissu arborait aussi d'énormes cercles aux couleurs primaires qui évoquaient des boules de glace.

— Ton tee-shirt est très chouette.

— C'est moi qui l'ai dessiné, répliqua Grier avec fierté. C'est vrai, tu aimes ?

— Comme je te l'ai déjà dit hier, il me serait difficile de faire autrement.

— Je parlais du tee-shirt.

— Je sais, répondit Lil avec un sourire.

Il ne voyait pas les yeux de Grier, cachés derrière des lunettes Oakley, mais au ton séducteur de sa voix, rien n'avait changé depuis hier, depuis leur rencontre et leur immédiate connexion. Tant mieux !

— Je pensais que tu étais déménageur ? reprit Lil.

— J'exerce plusieurs boulots.

— J'adore les hommes qui ont de multiples talents, flirta l'architecte.

— C'est tout moi. Je suis un homme touche à tout.

21

La file bougea enfin. Une fois embarqués, les deux hommes eurent le choix entre s'asseoir en bas, dans la cabine, ou bien sur le pont, en plein air, exposés aux éléments.

— Tu as une préférence ? demanda Grier.

— Même si ce soleil déjà mortel me fera prématurément vieillir au cours des prochaines heures, je préférerais m'asseoir sur le pont

— Excellent choix.

Grier aida Lil à retrouver son équilibre en lui plaçant une main au creux des reins, puis il le guida vers l'étroite échelle aux barreaux d'acier qui permettait d'accéder au toit du bateau. Leurs sièges se trouvant à l'arrière, ils bavardèrent en attendant que le reste des passagers soit installé.

— Parle-moi un peu de Vinita Ice Cream, demanda Lil. Est-ce que ça appartient aux gens qui étaient avec toi hier soir ?

— Oui, les Garcia sont des amis de ma famille. Ce sont aussi nos voisins. Chaque année, nous les aidons à tenir le stand durant la semaine du festival.

— Et le petit garçon, à qui est-il ?

— Luca est le fils de Jillian, la jumelle de Jake.

— Qui est Jake ?

— Mon meilleur ami.

— Oh, je vois.

— J'avais quatre ans quand j'ai connu les Garcia.

— Et aujourd'hui, quel âge as-tu, si ce n'est pas indiscret ?

— Je viens juste d'avoir vingt-cinq ans.

— Tu es né quand ?

— Le 18 juin.

— Un Gémeaux.

— C'est un problème ?

— Pas du tout, au contraire. Les Gémeaux sont délicieusement complexes.

— Et moi qui me croyais simplement bipolaire, plaisanta Grier.

Lil éclata de rire.

— Tu as peut-être une légère dualité.

— Quelque chose comme ça, admit Grier avec un sourire. Et toi, tu es de quel signe ?

— Poissons.

— Je dois avouer que je n'y connais rien à l'astrologie.

— D'après ce qu'on dit, les Poissons sont les meilleurs amants, affirma Lil.

— C'est la vérité ou une légende ?

Lil rétorqua en toute franchise :

— Je n'ai jamais reçu de plainte.

— J'aime les hommes d'expérience, répondit Grier.

— C'est vrai ?

Lil enleva une minute les lunettes de soleil de Grier afin de pouvoir regarder les yeux sombres qui l'étudiaient sans se cacher.

— Dans ce cas, reprit-il, tu viens de gagner le jackpot. C'est un des rares avantages à avoir dépassé la trentaine.

— Tu as trente-et-un ans ?

Lil lui rendit ses lunettes, mais pas avant de lui avoir effleuré la joue d'un doigt tendre, puis il déposa sur ses lèvres un chaste baiser. Quand Grier se pencha pour s'offrir à son contact, Lil fut heureux de voir naître une étincelle de désir dans les yeux d'obsidienne, avant qu'ils soient à nouveau cachés derrière les lunettes fumées.

— J'ai trente-sept ans et des poussières, chuchota-t-il.

— Impossible.

— Inutile de me flatter, ça ne te rapportera rien.

— Non, c'est vrai, insista Grier. Tu ne fais vraiment pas ton âge.

— J'espère bien. Cependant, le temps est en marche et chaque jour, je me pose des questions concernant la chirurgie esthétique.

— Non, tu n'en as pas encore besoin.

Lil se sentit tout chose en recevant ce compliment.

— Tu es adorable.

— Parle-moi un peu de Lyndon Lyle Lampert, demanda Grier. Es-tu en couple ?

— Dieu du ciel, non !

— Pourquoi ? Tu ne crois pas en l'amour ?

— Si, bien sûr, mais je n'ai pas encore rencontré l'homme idéal, aussi je ne suis pas casé.

— Attends-tu de ton homme idéal qu'il marche sur l'eau ?

Lil éclata de rire.

— Non, pas vraiment, mais je veux qu'il me fasse battre le cœur, qu'en le voyant, j'ai la respiration qui s'étrangle dans ma gorge et le sexe qui manifeste son intérêt – et pas forcément dans cet ordre. Il me faut au moins deux de ces trois conditions, c'est obligatoire.

— Je pourrais tenter de t'éblouir avec mon glamour.

— Ah, tu es un fan de la série True Blood.

— Non, de Vampire Diaries, rétorqua Grier. J'ai le cœur qui fait un bond chaque fois que le méchant vampire apparaît sur l'écran.

— Oui, Damon est plutôt bandant, je te l'accorde, j'imagine qu'on offre facilement sa gorge à un mec pareil.

— Et tout le reste.

— Tu es gourmand, plaisanta Lil. Et toi, y a-t-il quelqu'un dans ta vie ?

— Si c'était le cas, je ne serais pas là.

— Oh, tu es un de ces gars parfaits qui croit à la monogamie ?

— Pas toi ? s'étonna Grier.

— Je n'ai jamais trouvé quelqu'un qui me donne envie de l'envisager.

— C'est difficile à comprendre, remarqua Grier.

— Tout le monde ne peut pas être comme Clark et Jody.

— J'aimerais bien ressembler un peu à Clark.

— Mon chou, tu n'as rien à lui envier. Tu es aussi beau que lui, sauf qu'il a le look viking et que tu fais plutôt mauvais garçon italien.

— Merde, grommela Grier. Je ne suis pas comme Clark, pas du tout.

— Comment ça ?

— Lui, il est sorti du placard. Il s'affiche fièrement.

— Et pas toi ?

Lil était très surpris de cet aveu, surtout après la façon dont Grier n'avait pas hésité à l'embrasser en public.

— D'accord, je vais mettre un bémol, je m'affiche envers tout le monde, sauf mon père.

— Et je présume que son approbation compte beaucoup pour toi.

— Oui.

— Et ta mère, qu'en dit-elle ?

— Elle est morte l'année dernière.

— Je suis désolé.

— Elle me manque terriblement.

Lorsque Grier détourna la tête pour fixer l'horizon, Lil sentit la mélancolie qui émanait de lui. Le jeune homme plongea un moment dans ses souvenirs avant de continuer :

— Le plus grand regret de ma mère a été qu'en mourant aussi jeune, elle me laissait sans que mon avenir soit décidé.

Lil lui passa le bras autour de la taille afin de le serrer plus près.

— Elle te comprenait.

Grier hocha la tête, sans rien dire.

— Ne pense pas que Clark ait connu un chemin sans épine, Grier, insista Lil. Son père est un homophobe acharné. Je ne pense pas que le tien puisse être pire.

— Oui, j'ai lu quelques articles concernant le père de Clark… il parait plutôt autoritaire.

— C'est un euphémisme.

— Mon père est quelqu'un de très bien. Il nous aime beaucoup, mon frère et moi. Il a travaillé très dur afin de nous offrir un avenir. Malheureusement, il ne comprend pas que mon orientation sexuelle n'ait rien à voir avec la sienne. Maman et moi tentions de déterminer la meilleure façon de le convaincre de me laisser finir mes études quand elle est tombée malade.

— Tu n'as pas terminé ton diplôme ?

— Pour le moment, tout ce que j'ai pu obtenir, c'est deux ans d'instruction générale. Quand j'ai demandé mon transfert à l'Institut des Arts de l'Illinois, mon père a eu un choc.

— Pourquoi ?

— D'après lui, seules les tarlouzes s'intéressent aux Beaux-arts.

— Bordel, je n'arrive pas à y croire ! N'a-t-il jamais entendu parler de Frank Lloyd Wright ? C'est l'un des plus grands architectes ayant jamais vécu. Il venait du Mid-Ouest, bon sang, et d'après tout ce que j'ai lu le concernant, c'était un coureur acharné – un hétéro.

— Lil, même si mon père en avait entendu parler, ça ne ferait aucune différence pour lui. Son seul objectif, c'est que quelqu'un reprenne sa boîte Dilorio Trucking, mais même Ali n'en veut pas.

— Qui est Ali ?

— Mon frère, Alissio.

— Ben dis donc, vous avez vraiment de drôles de noms chez vous.

— Je te signale que Lil n'a rien de commun.

— Touché.

— D'ailleurs, pourquoi on t'appelle Lil ? Je préfère Lyndon.

— Non, pitié, Lyndon, ça fait vieux schnock. Quand j'étais plus jeune, je me comportais de façon si extravagante que mes amis ont commencé à m'appeler Lillian. Heureusement, au cours des années, ça s'est raccourci.

— Lillian ? répéta Grier en fronçant les sourcils. Non, ça ne te va pas du tout.

— Et si on arrêtait de parler de moi ? protesta Lil.

Il se sentait assez gêné d'avoir évoqué son passé. Grier n'avait que huit ans quand Lil obtenait son sobriquet en arpentant le Castro – le quartier de San Francisco, autour de Castro Street, qui était le cœur de la communauté gay.

L'embarquement enfin terminé, le bateau s'écarta lentement du quai. Se penchant vers le jeune homme, Lil proposa :

— Nous continuerons cette conversation à la fin de la balade, d'accord ?

— Bien sûr.

Comme tous les autres passagers, les deux hommes reçurent des écouteurs qu'ils placèrent sur leurs têtes pour les deux heures à venir. Le guide leur décrivit les quarante bâtiments qu'ils allaient voir, tout en faisant un bref résumé des différents architectes ayant marqué l'urbanisme de Chicago et de leur travail. Lil était fasciné, Grier aussi, bien qu'il ait déjà fait plusieurs fois cette visite.

À mi-course, il descendit jusqu'au bar et en revint avec deux bières. Lil accepta sa Heineken avec reconnaissance.

— Je m'intéresse tout particulièrement à la Bourse du commerce de Chicago et la Sears Tower, signala Lil. J'aimerais bien les visiter depuis la terre, si c'est possible.

— Nous trouverons bien un moyen, proposa Grier. Mais la Sears Tower a changé de nom, désormais, elle s'appelle la Willis Tower.

— Ah bon ! Depuis quand ?

— Depuis 2009.

— Peu importe son nom, j'aimerais la voir. Ça te dit de venir avec moi ?

— J'ai du travail demain au festival, j'ai promis de tenir le stand.

— Puisque c'est toi le guide, je m'accorderai à tes horaires.

À la fin du tour en bateau, les deux hommes avaient englouti trois bières et se sentaient euphoriques. Bien sûr, ils avaient un peu trop pris le soleil, mais Lil ne regrettait rien : la balade aurait été infiniment moins agréable sans le vent lui soufflant au visage et le soleil se reflétant sur la Chicago River. Lil avait également beaucoup appris concernant l'architecture locale, tout en ayant un aperçu du monde de Grier. Son coup de cœur s'avérait être bien plus qu'un joli visage.

— Alors, ça t'a plu ? demanda Grier.

Il s'accrocha au bras de Lil pour le stabiliser. Les deux hommes étaient un peu vacillants, aussi bien par l'effet de la bière que de leur récent retour sur la terre ferme.

— C'était génial, admit Lil. Dis-moi, n'es-tu pas censé retourner à ton stand, aujourd'hui ?

— Non, j'ai demandé un jour de congé.

— Excellente idée. Jody et Clark m'ont demandé de t'inviter à un barbecue.

— Oui, ça me plairait. Où habitent-ils ?

— À Bucktown.

— Tiens, c'est surprenant. Je les voyais plutôt dans une grande maison ancienne des faubourgs.

— Ils ont gardé leur demeure de Berkeley, aussi ils préfèrent louer pour le moment.

— Bucktown n'est pas si mal…

— Oui, mais si je dois en croire ma première impression, ce n'est pas génial non plus.

— Que veux-tu dire ? demanda Grier.

Ensemble, ils prirent position dans la file d'attente pour un taxi.

— La première fois que je suis venu leur rendre visite, c'était à Thanksgiving, il y a deux ans. Il pleuvait, il faisait gris, c'était plutôt déprimant. En tout cas, ça m'a déprimé de passer en voiture le long de ces rues, et encore plus d'arriver chez eux.

— Ils vivent dans un taudis ?

— Non, mais ce n'était pas à quoi je m'attendais.

— Pourquoi ? À quoi t'attendais-tu ?

— À San Francisco, je crois, dit Lil avec un bref éclat de rire. Tout est tellement différent ici.

— Oui, je suppose, mais Bucktown n'a rien d'un quartier normal de Chicago. Est-ce qu'ils ont une maison étroite, avec trois niveaux et un petit ponton sur l'arrière ?

— Comment as-tu deviné ?

— Parce que toutes les maisons sont comme ça.

— À l'intérieur, c'est adorable. C'est juste l'extérieur qui me dérange.

Grier pencha la tête de côté.

— Pourquoi ?

— Ces maisons sont toutes les unes sur les autres… et elles paraissent tellement vieilles. À San Francisco, les baraques anciennes ont au moins de jolies couleurs.

— Si tu veux mon avis, plaisanta Grier, tu as un problème avec l'âge.

— J'aime les grands espaces, ouverts et lumineux. Et oui, d'accord, je dois admettre préférer le neuf à l'ancien.

— Je garderai ça en mémoire quand je commencerai à dessiner pour toi.

Lil leva un sourcil, mais ne répondit pas. Un taxi étant disponible, les deux hommes y montèrent et Lil donna au chauffeur l'adresse de Clark et Jody.

IV

ILS FIRENT rôtir au barbecue des côtes de bœuf, servies avec des pommes de terre bouillies et divers accompagnements et sauces. Jody avait même acheté pour le dessert une tarte aux pommes, et il insista pour que tout le monde en prenne une portion.

— Je ne peux plus rien avaler, grogna Lil.

— Allez, rétorqua Jody, tu as de la place pour quelques kilos de plus.

— Si j'avais mangé un morceau chaque fois que j'ai entendu cette phrase, je ressemblerai aujourd'hui à Shrek.

— J'adore Shrek ! s'exclama Grier. Savez-vous qu'ils en ont encore fait un film ?

— Oui, je l'ai lu quelque part, répondit Jody. Malheureusement, nous n'allons pas beaucoup au cinéma.

— Avec nos emplois du temps respectifs, c'est difficile de sortir, remarqua Clark. Mais si j'en ai l'occasion, j'aimerais bien le voir, ce film.

— Et toi, Lil ?

— Moi, quoi ?

— Ça te dirait d'aller au cinéma ? insista Grier.

— Mon emploi du temps est bien chargé, Grier.

— Tu es en vacances, c'est toi qui décides.

— Pourquoi ne pas plutôt aller danser ? suggéra Lil.

Grier eut un grand sourire.

— Ouais ? Tu as déjà été à Halsted ?

— N'est-ce pas le Castro de Chicago – le quartier gay ?

— Si.

— Alors, allons-y.

— Ce soir ? s'étonna Grier.

— Pourquoi pas ?

— D'accord, mais j'aimerais d'abord me rafraîchir un peu.

— Alors, viens.

Lil se leva et prit la main de Grier.

— Tu peux utiliser la salle de bain de l'étage.

Lil attendit Grier dans le couloir, devant la porte de la salle de bain. Il entendit un bruit de chasse, puis de l'eau couler dans le lavabo… Grier sortit enfin et se tint devant lui. Il avait des gouttes accrochées aux cils et une haleine parfumée à la menthe, Lil lui ayant proposé une brosse à dents neuve encore dans son emballage. Il avait insisté pour que Grier utilise tout ce qu'il lui fallait. Il sentit dans l'air son eau de toilette Calvin Klein dont le jeune homme s'était librement aspergé. Grier paraissait en grande forme après ce bref rafraîchissement.

Les deux hommes avaient passé toute la journée ensemble. À part un petit bécot sur le bateau, ils n'avaient rien fait d'autre que de se tenir la main. Lil poussa Grier contre le mur et appuya les deux bras derrière lui pour mieux étudier celui qu'il venait de capturer. Il se perdit dans des yeux aussi noirs qu'une nuit sans étoile, l'esprit obsédé par le désir de l'embrasser. Il voulait goûter à Grier – et tout de suite. Il pressa son pouce entre les lèvres tentatrices et poussa un soupir quand Grier sortit la langue pour le caresser. La succion eut un effet direct au niveau de son bas-ventre : Lil sentit son sexe réagir et durcir.

— Je vais t'embrasser, annonça Lil, une seconde avant d'écraser la bouche de Grier sous la sienne.

Le jeune homme se cambra contre lui, acceptant sa passion de plein fouet. Leurs langues dansèrent l'une contre l'autre. Lil empoigna les fesses de Grier à pleines mains et malaxa les muscles fermes sous le jean serré. Sans honte, il se frotta à lui, encouragé par l'érection qu'il sentait se presser contre la sienne et les gémissements plaintifs qui émanaient de la gorge de Grier.

— Merde, tu me tues, soupira Lil.

À contrecœur, il le repoussa.

— Non, ne t'arrête pas, protesta Grier.

Passant les deux bras autour du cou de Lil, il se remit à l'embrasser. L'architecte se perdit dans un tourbillon de sensations. Quand la langue de Grier pénétra sa bouche avec agressivité, il sut que l'autre était prêt à passer au stade supérieur, mais Lil hésitait encore. Quelque chose le retenait. Faisant confiance à son instinct, il choisit d'attendre. Une fois encore, il s'écarta de l'homme magnifique qu'il tenait dans ses bras.

Grier avait les lèvres enflées de leurs baisers, les yeux troublés et déçus.

— Lil ?

— Oui ?

— Je te veux.

Lil ferma les yeux et inspira profondément.

— Nous avons toute la nuit.

— Tu crois ?

— À moins que quelqu'un d'autre ne t'attende ?

— Non, répondit Grier d'une voix lente. Il n'y a personne.

— Ton absence ne va pas déclencher une alerte enlèvement ?

— Je n'ai plus douze ans, Lil, même si je vis encore chez mon père.

— Vraiment ?

— Oui.

— Pourquoi ?

— C'est une longue histoire.

— Tu auras toute la nuit pour me la raconter, dit Lil à mi-voix. Donne-moi une minute pour me préparer.

Il pénétra dans la salle de bain. Une fois la porte refermée, il s'appuya contre le panneau et inspira profondément, plusieurs fois, afin de retrouver son équilibre, les baisers lui ayant fait perdre la tête. Il était captivé par Grier qu'il désirait désespérément, mais il y avait chez le jeune homme une certaine vulnérabilité. Pas ce qu'on attendait d'un 'mauvais garçon' au look aussi agressif, mais c'était ce que ressentait Lil, malgré les tatouages et l'attitude pleine d'assurance. Il désirait que cette nuit ne s'arrête jamais. Après avoir passé quelques heures avec Grier, après cette balade en bateau, Lil désirait davantage qu'une simple baise sans lendemain. Il savait bien qu'aucun futur n'était possible entre eux, aussi voulait-il que le sexe soit, au moins, mémorable. Pas question de se contenter d'un petit coup rapide.

LE TAXI les laissa devant chez Rick, un bar où les deux hommes se retrouvèrent à jouer au billard plutôt qu'à aller danser. Ils passèrent une heure agréable à savourer leur camaraderie, presque soulagés tous les deux de ce répit après l'intensité de leur désir mutuel. Danser n'aurait fait qu'exacerber la passion qui brûlait entre eux.

Au bout d'un moment, lassés de jouer, ils partirent à la recherche d'un autre bar. Grier proposa le Cellblock, qui s'avéra être un bar pour amateurs de cuir. Très surpris, Lil se demanda une fois de plus qui était réellement Grier et quels étaient ses objectifs. Les habitués reconnurent le jeune homme. Très

31

vite, Lil et lui furent entourés par des barbus portant du cuir des pieds à la tête, qui plaisantaient avec Grier sur un ton affectueux.

Une fois que le couple se retrouva seul, Lil ne put résister à sa curiosité.

— Alors, c'est ça ton truc, Grier ? demanda-t-il.

L'autre haussa les épaules.

— Je suis tombé par hasard dans ce bar un jour, je m'y suis fait quelques amis.

— Tu es accro au cuir ?

— Le BDSM ne m'intéresse pas, si c'est la question que tu te poses.

— Je suis soulagé de l'apprendre, admit Lil.

— Par contre, je conduis une Harley. Ça te pose un problème ?

— Non, à moins que tu cherches à me faire monter derrière toi. J'ai une peur panique de la moto. Je n'ai aucune envie de terminer ma vie sur le bord d'une route à cause d'un accident.

— Aurais-tu connu une mauvaise expérience de ce genre ?

— Quelques-uns de mes amis de lycée se sont tués sur leur Harley. Je dois avouer que ça a sérieusement plombé mon enthousiasme.

— C'est un mode de transport comme un autre, Lil. Il faut suivre quelques règles de prudence, bien sûr, mais en s'y tenant, une moto est aussi sûre qu'une voiture ou un camion.

— Je ne suis pas d'accord.

— Il faudra un jour que je te fasse faire un petit tour pour que tu changes d'avis.

— Je n'y tiens pas.

Grier eut un sourire.

— C'est à toi de choisir.

— Quelle heure est-il ? demanda Lil.

— Presque trois heures.

— Je suis épuisé. Pas toi ?

— Si, la journée a été longue, convint Grier. Tu veux qu'on rentre ?

— Oui.

L'ambiance entre eux venait de changer de façon drastique et Lil n'arrivait pas à s'expliquer pourquoi. Peut-être était-ce l'atmosphère de ce bar et l'idée d'être en compagnie d'un homme ayant la 'mentalité cuir' ? Ces gens-là, Lil s'en était toujours méfié, et en général, il ne les fréquentait pas. Pour lui, il s'agissait d'individus agressifs et brutaux qui avaient besoin du danger pour se motiver. Il venait de découvrir une vérité toute simple : il ne savait rien de Grier. Après des années passées à vivre seul et à ne dépendre que de lui-même, Lil avait appris la prudence. Et il faisait confiance à son instinct. Son attirance pour un homme aussi à l'aise dans un tel décor l'inquiétait. Lil n'avait jamais été inspiré par le cuir et l'expérience ne le tentait pas. Bien sûr, Grier l'avait rassuré en affirmant ne pas pratiquer le BDSM. Peut-être était-ce l'épuisement qui le faisait réagir un peu trop vivement. Lil décida cependant de suivre son intuition.

Dans le taxi, au retour, les deux hommes restèrent silencieux. Lil se détendit légèrement lorsque Grier tendit la main pour prendre la sienne.

— Tu as la trouille, c'est ça ?

— Non, pas du tout, répondit-il d'une voix calme. Mais je suis fatigué. Je pense qu'il est temps d'aller se coucher, d'accord ?

— Rien de plus ?

— Rien de plus, confirma Lil.

— Tu veux toujours faire une visite de la Bourse du Commerce et de la Willis Tower ?

— Oui, j'aimerais beaucoup. Tu es libre demain ?

— Je pense l'être, du moins jusqu'à 17 heures. Ensuite, je retourne au festival tenir le stand jusqu'à la fermeture.

— Passe-moi ton téléphone, demanda Lil.

Quand Grier lui tendit son appareil, l'architecte entra son propre numéro, puis fit la même chose sur le sien, inscrivant dans ses contacts les chiffres que Grier lui indiqua.

— Voilà, nous pouvons désormais nous contacter, indiqua Lil qui rendit à Grier son portable.

— Tu es en colère ?

— Non, pas du tout.

— Tu veux que je te raccompagne jusqu'à ta porte ?

— Ça va aller.

À peine eut-il parlé que Lil regretta sa décision. Il voulait que Grier reste tout en n'ayant pas envie de le réclamer.

— Vous me donnez quelques minutes ? demanda Grier au chauffeur du taxi.

L'homme hocha la tête avec nonchalance.

Lorsque Lil agita maladroitement ses clés, Grier les lui prit des mains pour ouvrir la porte sans la moindre difficulté. Lil déconnecta l'alarme avant d'allumer. Il fut surpris quand Grier l'empoigna pour l'embrasser avidement.

— Je suis très déçu de ne pas passer la nuit avec toi.

— Désolé, mon chou. Je ne sais pas trop ce qui m'a pris.

— J'espère que ce n'est pas à cause de ce que je t'ai dit. Jamais je ne te forcerai à monter sur ma moto si ce n'est pas ton truc.

— Je sais, chaton. Ne t'inquiète pas. C'est juste un coup de fatigue. Je ne suis plus si jeune, il me faut bien l'admettre.

— Arrête avec ça ! Tu n'as même pas quarante ans.

Lil se mit à rire.

— Allez, embrasse-moi et sauve-toi.

— J'ai passé un très bon moment aujourd'hui, annonça Grier. Merci.

— De rien. Nous allons recommencer demain.

— D'accord.

Une fois encore, Grier embrassa Lil, puis il quitta l'appartement. Derrière lui, Lil verrouilla la porte et réamorça le système d'alarme.

GRIER SE réveilla en entendant des coups résonner à la porte de sa chambre. Après avoir tâtonné pour retrouver sa montre sur la table de chevet, il plissa les yeux pour regarder l'heure, avec la sensation qu'il venait à peine de s'endormir. C'était effectivement le cas ! Il n'était que huit heures du matin. Quatre petites heures depuis qu'il s'était écroulé dans son lit.

— Et merde ! grommela-t-il.

Il enfila un caleçon et vacilla jusqu'à la porte. En ouvrant, il trouva Luca avec Jillian, qui paraissait très embêtée.

— Désolée, je t'ai réveillé ?

— À ton avis ?

— J'ai un problème, Grier.

Grier soupira en voyant Luca habillé de pied en cap.

— Quoi ?

— On me réclame au boulot et je n'ai personne pour garder Luca.

— C'est une blague, j'espère ?

— Grier, s'il te plaît…

— J'avais d'autres projets pour aujourd'hui.

— Et tu ne peux pas les changer ?

— Je n'en ai pas envie.

— Pourquoi ne pas emmener Luca avec toi ?

— Mais enfin, Jill…

— S'il te plaît… ?

Grier baissa les yeux vers le petit garçon qui le regardait, plein d'espoir.

— Je suis censé le garder combien de temps ? maugréa-t-il.

— Toute la journée.

— Tu plaisantes, Jillian !

— Ma mère a du travail, papa et Jake sont occupés au festival. Je n'ai personne d'autre.

— Moi aussi, je dois aller au festival à dix-sept heures.

— Emmène Luca avec toi. J'irai le récupérer là-bas.

— D'accord. Allez viens, bonhomme, dit Grier gentiment.

Il prit la main de Luca. Dès que Jillian s'éclipsa, Grier retomba assis sur son lit.

— Je suis décholé de t'embêter, Tito G, gazouilla Luca.

Grier essayait régulièrement de corriger la prononciation de l'enfant, mais ce n'était pas une tâche aisée. Luca se trompait fréquemment s'il était ému ou excité… comme à présent. En l'entendant déformer le son [z], Grier devina son anxiété.

— Tu veux à recommencher à dormir ?

Grier regretta amèrement la mauvaise grâce de son accueil, surtout quand il vit les yeux de Luca se remplir de larmes. Prenant l'enfant dans ses bras, il le serra contre lui.

— Tu as faim ?

— Oui ! Chuper !

— Alors, allons voir ce que nous pouvons trouver. Je crois avoir du porridge… Ça te va ?

Luca lui adressa un grand sourire.

— Oui, si tu as du sucre ou du sirop d'érable à mettre dessus.

Il s'était s'exprimé d'une voix décidée et, malgré ses reniflements, il n'avait pas fait la moindre faute.

— Bien entendu.

V

— LIL, JE suis désolé, mais ça ne va pas être possible aujourd'hui.

— Pourquoi ?

— Parce que je fais du baby-sitting pour une amie, expliqua Grier. Je suis vraiment désolé.

— C'est l'enfant avec qui je t'ai vu l'autre nuit ?

— Ouais. Il s'appelle Luca.

— Eh bien, amène-le.

— Tu es sérieux ?

— Il est bien élevé ? vérifia Lil.

— Très bien.

— Dans ce cas, amène-le. Pour qui tu me prends ? Je n'ai pas la phobie des enfants.

— Je suis heureux de l'apprendre.

— On se retrouve dans une heure ?

— D'accord.

Grier raccrocha avant de retourner dans sa chambre. Il avait laissé Luca devant la télévision, à regarder avec enthousiasme les Pingouins de Madagascar sur Nickelodeon – la chaîne destinée aux enfants. Il retrouva Luca assis par terre, les jambes croisées, un biscuit fourré Pop-Tart à la main.

— N'oublie pas de ramasser les miettes, d'accord bonhomme ?

— D'accord.

Luca hocha la tête tout en mâchant sans beaucoup de discrétion.

— Et ferme la bouche quand tu manges, indiqua Grier.

Le petit obéit instantanément et se mit à mastiquer sa nourriture comme une vache ruminerait de l'herbe : en remuant la mâchoire de droite à gauche.

— N'exagère pas, quand même, Luca. Si tu continues à manger comme ça, tu vas avoir des problèmes d'articulation temporo-mandibulaire.

— Hein ?

Grier éclata de rire et ébouriffa les cheveux sombres qui retombaient en frange sur le front du petit garçon.

— Tu aurais bien besoin qu'on te coupe les cheveux.

Luca marqua son approbation d'un hochement de tête.

— Tito A m'a dit que je ressemblais à une fille.

— Quand t'a-t-il dit ça ?

Grier fronça les sourcils, perplexe. Depuis quand Ali avait-il son mot à dire concernant Luca ? Et le traiter de fille ? C'était débile !

— Je m'en rappelle pas… L'autre jour.

— Au festival ?

— Non, ch'était à la maison. Il est venu manger le choir avec maman et moi.

Grier se figea.

— Il vient souvent ?

— Pas très chouvent, bredouilla Luca.

— Luca, combien de fois est-il venu ?

Grier leva la main, doigts écartés, avant d'insister :

— Cinq fois – comme ça ?

Luca lui replia deux doigts, n'en laissant que trois tendus.

— Non, comme cha.

Bon sang, que se passait-il ? Pourquoi personne n'avait informé Grier de cette nouvelle relation ?

— Finis ton petit déjeuner, bonhomme. Il faut qu'on y aille.

LORSQUE LE taxi arriva à Bucktown, il était près de 10 h 30. Lil les attendait devant la porte, vêtu comme un véritable touriste d'un pantalon kaki et un tee-shirt Tommy Bahama. Il ne s'était pas mis de gel dans les cheveux, préférant les laisser au naturel sans avoir à gérer une masse collante due à l'humidité ambiante, dont le niveau était extrêmement élevé. Du coup, avec ses mèches qui lui retombaient souplement sur le front, il paraissait plus jeune. Grier ne put s'empêcher d'admirer ce blond qui l'intéressait si vivement. Il aurait aimé l'embrasser en lui disant bonjour, mais en présence de Luca, il s'en abstint.

— Hé.

— Hé toi-même, répondit Lil avec un grand sourire. Présente-moi ce jeune homme.

Le petit garçon le regardait avec une franche curiosité.

— Je suis Luca. Et toi, comment tu t'appelles ?

Lil tomba sous le charme.

— Je m'appelle Lil.

— Je dois l'appeler Tito Lil ? s'enquit Luca, tourné vers Grier.

— Oui, ce serait parfait, répondit Grier.

— Tito ? répéta Lil, d'un ton interrogateur.

— En philippin, ça veut dire 'oncle'.

— Mais je ne suis pas son oncle.

— Moi non plus, nous sommes cependant des adultes. Dans son pays, il serait irrespectueux qu'il s'adresse à nous sans un titre formel.

— Je vois.

— En route pour de nouvelles aventures, annonça Grier.

Il aida Luca à remonter dans le taxi et à ajuster sa ceinture de sécurité. Le trio se dirigea ensuite vers le Loop, le quartier d'affaires de Chicago, en bordure du lac Michigan. En terme de distance, ce n'était pas très loin mais à cause des habituels labyrinthes urbains, ils durent cheminer lentement à travers la ville. À quelques rues de la Willis Tower, ils demandèrent au chauffeur de les arrêter, décidant que marcher serait bien plus agréable que de demeurer plus longtemps dans ce taxi étouffant. Lil paya la note, puis ils se retrouvèrent tous les trois sur le trottoir.

Luca renversa la tête en arrière en arrivant devant la Willis Tower.

— Waouh ! s'exclama-t-il. Je ne vois même pas le chommet de chet immeuble.

— C'est vrai, c'est impressionnant, confirma Lil. Cette visite sera sûrement très intéressante.

Grier repéra dans la voix de l'architecte une petite note d'appréhension.

— Pourquoi dis-tu cela ? Je pensais que tu désirais la faire.

— Je supporte mal l'altitude, confessa Lil. Dès que je me retrouve en hauteur, j'ai mal au cœur et l'envie inepte de sauter par-dessus la rambarde.

— Je vais te tenir la main, Tito Lil, annonça Luca avec sérieux. N'aie pas peur.

— Merci, Luca. Ton aide me sera certainement utile.

Lil regarda Grier et articula en silence : 'il est adorable !'

— C'est vrai, répondit le jeune homme avec un sourire.

Ils firent la queue avec les autres touristes qui attendaient leur tour pour pénétrer dans l'ascenseur devant les mener jusqu'au sommet, le Skydeck – la tour d'observation. D'après la brochure que Lil tenait en main, la Willis Tower était le plus haut gratte-ciel de l'hémisphère ouest et le troisième du monde. C'était une attraction notable de la ville, aussi il y avait un ticket à payer pour avoir accès aux derniers étages et bénéficier de la vue magnifique. L'ascenseur express décolla et atteignit le cent-troisième étage en moins de soixante secondes. Luca pressa les mains sur ses oreilles. Quand les portes s'ouvrirent, il se tourna vers Grier :

— Ch'est bouché.

— C'est la pression qui te compresse les tympans, expliqua Grier. Pince-toi le nez avec les doigts et souffle.

Luca suivit les consignes, puis il la regarda Grier avec un sourire.

— C'est bon, Tito G, c'est débouché.

— Tant mieux.

Luca fila aussitôt en direction des 'Pas dans le vide' dont tout le monde parlait. Lil résista en réalisant l'expérience qui l'attendait.

— Viens, Tito Lil ! insista Luca, accroché à sa main.

Grier, resté en arrière, regarda avec amusement Lil pénétrer sans cacher son anxiété dans la petite cage en verre. Il s'agissait de protubérances rectangulaires qui avançaient d'un mètre vingt environ au-dessus de Wacker Drive et permettaient aux touristes de voir la rue, à plus de trois cents mètres en-dessous, à travers le plancher transparent. Lil se serait trouvé mal sans le petit visage innocent de Luca levé vers lui.

— C'est dément ! s'exclama Luca.

— Dément, exactement, mon pote, croassa Lil.

Grier passa le bras autour de sa taille afin de le serrer contre lui.

— Je te tiens.

— Dieu merci ! chuchota Lil.

Se tournant vers Grier, il commença à hyper-ventiler, affolé au point d'oublier d'expirer. Grier trouvant son expression du plus haut comique, ne put retenir un petit rire.

— S'il te plaît, si on s'écartait de là ?

— Allez, soupira Luca. Tu es un gros bébé, Tito Lil.

Cette fois, Grier éclata de rire.

— Bien dit, bonhomme.

— Ça suffit, protesta Lil. Laisse-moi conserver un peu de dignité auprès de cet enfant.

— Je pense qu'il est trop tard pour ça, plaisanta Grier.

— Oh pétard !

Lil s'accrocha à la main de Grier.

— Allons-nous-en.

— Tu ne veux déjà plus rien voir ? Quel genre d'architecte es-tu ?

— Du genre qui préfère voir un gratte-ciel sur du papier quand il en dessine le plan.

Grier prit Luca dans les bras, puis le trio retourna dans l'ascenseur, qui les ramena au niveau du sol en un temps record. Lil eut la sensation d'avoir oublié son estomac quelque part au niveau du quatre-vingtième étage. Quand il se retrouva dans la rue, les jambes tremblantes, il était blafard.

— Je pense avoir besoin d'un remontant. Quelle heure est-il ?

— Quelle importance ? répondit Grier. Quelque part dans le monde, il doit être plus de dix-sept heures.

Lil eut un rire nerveux.

— Trouve-moi un bar où ils me serviront une bière.

Ils marchèrent un moment jusqu'à une pizzeria Uno, où ils décidèrent de déjeuner. Luca fut tenté par une pizza au salami tandis que Lil commandait un pichet de bière. Tout le monde y trouva donc son compte. Une fois que l'architecte eût repris quelques couleurs, Grier et Luca se moquèrent de sa panique. Très vite, les plaisanteries volèrent gaiement.

— Rappelle-moi de ne jamais recommencer, pantela Lil. Franchement, à quoi je pensais ?

— Heureusement que je t'ai tenu la main, hein, Tito Lil ?

— Tu as été très courageux, Luca. Au fait, quel âge as-tu ?

— Je viens juste d'avoir chept ans.

— Eh bien, je vais raconter à ton papa et à ta maman que grâce à toi, je n'ai pas eu trop peur.

— Je n'ai pas de papa, chuchota Luca.

— Ah. Très bien, dans ce cas, je le dirai seulement à ta maman.

— Tu la connais ?

— Non, mais ton Tito G la connaît, il pourra lui parler de ton courage.

— D'accord.

Luca engloutit une énorme bouchée de sa pizza qu'il se mit à mâcher lentement, en veillant tout du long à garder la bouche fermée.

Lil regarda le petit garçon en silence, ignorant le changement brutal du langage corporel de Grier. Luca avait des yeux ronds et noirs, comme des boutons, qui ressemblaient un peu à ceux de Grier, davantage en forme d'amande, et ses longs cils n'étaient pas aussi recourbés. L'enfant avait le teint naturellement hâlé, cuivré même, ce qui évoquait un abricot bien mûr, surtout au niveau des joues. Ses cheveux d'un noir intense étaient très raides. C'était manifestement un métis, la combinaison parfaite d'un père caucasien et d'une mère philippine. Lil aurait voulu se mettre des claques de ne pas avoir

40

remarqué plus vite qu'il possédait la même bouche que Grier, bien ciselée, avec une lèvre inférieure renflée et boudeuse, légèrement creusée au milieu, et celle du dessus plus étroite. Même la légère fossette de son menton confirma les soupçons désormais affirmés de Lil : Luca était le fils de Grier. Voilà qui ne faisait qu'accentuer le mystère de ce jeune homme énigmatique, avec lequel il se retrouvait par hasard.

Se tournant vers lui, Lil le vit lever sa chope de bière en un toast silencieux.

— Tu as deviné ?

— Apparemment.

— Alors buvons pour fêter ça, d'accord ?

— Bien sûr, dit Lil avec un sourire forcé. Buvons à tous les pères et à leurs fils.

VI

TRÈS VITE, l'ambiance devint pesante. Grier se sentait nauséeux depuis que Lil avait découvert un secret que personne, même pas sa famille, n'avait deviné. Il allait falloir qu'il raconte toute cette sordide histoire à l'architecte, ne serait-ce que pour effacer l'expression désapprobatrice de son visage fermé. 'Comment as-tu pu faire ça ?'

Oui, c'était la question à un million de dollars. Celle que Grier se posait tous les jours de sa vie. S'il avait eu la possibilité de changer une erreur de son passé, ce serait le jour où il avait accepté de cautionner le mensonge de Jillian.

Lil réclama l'addition et insista pour payer le déjeuner malgré les protestations de Grier.

— Écoute, c'est normal que je vous invite, puisque Luca et toi, vous me rendez service.

— Merci.

— De rien, répondit Lil avec raideur. Je pense que nous en avons assez vu pour aujourd'hui, tu ne crois pas ?

Grier se pencha pour lui parler à l'oreille afin que l'enfant ne les entende pas.

— Je t'en prie, donne-moi une chance de tout t'expliquer.

— Grier, c'est inutile.

— Ce n'est pas mon avis. Je t'en prie…

Lil céda.

— D'accord.

Grier savait qu'il avait choqué l'architecte et qu'il désirait probablement ne plus s'approcher de lui. Et qui pourrait l'en blâmer ? Grier avait plus de problèmes à gérer que tout homme ne le devrait – ou le voudrait, à dire vrai. Pourtant, il lui paraissait important que Lil comprenne ses raisons pour avoir accepté de mentir. Pour ça, il aurait à supporter cette attitude réprobatrice quelques heures de plus, mais tant pis.

— Y a-t-il un zoo, dans le coin ? demanda Lil.

Luca poussa un cri de joie et se mit à sautiller sur place.

— Oui ch'il te plaît, on va au zoo ! Ch'il te plaît !

Lil lui sourit gentiment.

— Si Tito G nous en trouve un à proximité, nous irons, mon bonhomme.

— Le zoo de Lincoln Park n'est pas très loin.

— Alors, allons-y.

En quittant le restaurant, les deux hommes se mirent en quête d'un taxi, avec un très joyeux Luca entre eux deux. Peu après, plein d'enthousiasme, le petit garçon rebondissait sur son siège tandis que le chauffeur, pris dans les embouteillages, avançait lentement vers le zoo.

— Du calme, Luca, l'admonesta gentiment Grier.

— J'ai envie de voir les ions !

— Tu verras tout ce que tu veux si tu es sage.

— Moi aussi, je suis très impatient de les voir, Luca, indiqua Lil. Mais si tu continues à t'agiter, tu risques de te faire mal avec ta ceinture de sécurité. Reste tranquille.

— Tu crois qu'on aura droit de donner à manger aux animaux ? Tu crois qu'il y aura des canards ?

— Je ne sais pas trop, mais nous le découvrirons très bientôt, répondit Lil.

Une fois au zoo, ils découvrirent une ferme expérimentale, sponsorisée par John Deere, où les enfants étaient autorisés à caresser et à nourrir les animaux. Dès que Grier lui acheta un petit seau de granulés, Luca se mit à courir vers les enclos.

— Merci d'avoir eu cette idée, dit Grier. Je sais qu'il ne s'agit pas du genre de visite que tu avais prévu de faire en ville.

— Si tu veux savoir la vérité, rétorqua Lil, glacial, je suis tombé sous le charme de ton fils.

VII

IL ÉTAIT presque vingt-trois heures lorsque Lil ouvrit la porte d'entrée pour trouver sur le seuil un Grier très fatigué.

— Désolé pour l'heure. Il m'a fallu une éternité pour tout fermer.

— Ce n'est pas grave. Je savais que tu risquais d'arriver tard.

Grier paraissait hésiter à pénétrer dans la maison. Lil dut le convaincre d'une main doucement posée sur son bras.

— Allez, viens, Grier. Ce qu'il te faut, c'est une bonne bière glacée.

— Oui, ça serait génial.

Il fut rassuré de voir l'architecte aussi cordial, son attitude rigide de la matinée s'étant quelque peu radoucie. Il accepta la bière avec reconnaissance et suivit Lil en bas de l'escalier menant à la chambre d'amis, à l'entresol.

Une fois dans sa suite, Lil s'installa sur son lit et déclara :

— Je t'écoute.

Lorsqu'il tapota le matelas à côté de lui, Grier y posa les fesses avec précaution. Il dut avaler plusieurs longues goulées de bière avant de se sentir capable d'ouvrir la bouche.

— As-tu déjà fait quelque chose de tellement débile que tu n'envisages même pas d'en parler ?

— L'erreur est humaine, Grier.

— Luca n'est pas une erreur ! protesta le jeune homme avec force.

— Hé, du calme !

Lil apaisa cet élan d'humeur en frottant la cuisse de Grier à travers le tissu de son jean.

— Luca est un gosse adorable, personne ne pourrait le traiter d'erreur. Excuse-moi pour mes remarques de ce matin. Tu n'as rien à m'expliquer, tu n'as pas à te justifier vis-à-vis de moi.

Grier se détendit visiblement. Il se rapprocha de Lil au lieu de se tenir à l'écart, comme un animal acculé. Gêné, il se mit à gratter l'étiquette de sa bouteille de bière, l'arrachant de son ongle jusqu'à ce qu'il n'en reste rien.

— Je n'ai jamais raconté ce secret personne, sauf à ma mère, Lil. Je ne sais même pas pourquoi je t'en parle.

— Peut-être parce que tu as besoin d'une oreille attentive.

— Je te connais seulement depuis deux jours et demi, et pourtant...

— ... Il y a une connexion, continua Lil avec un hochement de la tête. J'en suis tout aussi conscient que toi.

Grier inspira profondément avant de lancer :

— Ma mère a fondu en larmes quand je lui ai raconté.

— C'est vrai ?

— Je lui ai tout avoué un mois avant sa mort.

— Pourquoi avoir attendu aussi longtemps ?

— Je pensais qu'elle allait mieux. Si j'avais su la gravité de son état, je me serais confessé bien plus tôt.

— A-t-elle eu l'occasion de passer du temps avec lui ?

— Non. Juste quelques visites, certainement pas assez pour que Luca s'en souvienne. Il ne me pose jamais de questions la concernant.

— Tu pourras lui parler de sa grand-mère lorsqu'il sera plus grand.

— Oui, je présume.

— Ta mère t'a-t-elle donné des conseils ?

— Elle m'a dit d'affirmer ma paternité sans tenir compte du reste.

— Pourquoi ne l'as-tu pas fait ?

— Ça aurait détruit la longue amitié qui unit nos deux familles.

Lil s'écarta un peu pour lui faire de la place.

— Viens ici.

Lorsqu'il prit Grier dans ses bras, il sentit le léger frisson qui animait les longs membres. Il était flatté que Grier soit prêt à lui divulguer un secret aussi personnel. Connaissant à peine le jeune homme, Lil ne pouvait qu'imaginer le parcours difficile d'une existence sans personne pour le guider ou partager le fardeau de sa culpabilité. Ayant complètement changé d'opinion, il ne pensait plus à Grier comme à un homme insensible, capable de rejeter ses responsabilités. C'était à cause de la douleur qu'il venait d'entendre dans sa voix, de sa terreur, du regard blessé de ses grands yeux noirs. Lil aurait dû se douter qu'il y avait davantage dans cette histoire. Il se sentait lamentable d'avoir porté un jugement trop rapide.

Au bout de quelques minutes, Grier se remit à parler :

— J'adore Jillian, annonça-t-il. C'est une fille drôle, intelligente, très courageuse.

— Et aussi très belle, d'après le peu que j'en ai vu.

— C'est vrai, reconnut Grier. Mais c'est surtout une garce entêtée et égoïste qui s'imagine avoir la science infuse.

— Waouh !

— C'est la vérité, Lil. Lorsque nous avions tous les deux cinq ans, Jillian a décidé que j'étais Ken et elle, Barbie.

Lil se mit à rire.

— Personne ne pourra l'accuser de manquer d'à-propos.

— Non. En clair, elle est devenue obsédée par moi et nos familles ont approuvé cette idée. Seule fille au milieu de trois garçons, elle était la petite princesse et obtenait tout ce qu'elle voulait. Quand elle a fini par remarquer que je préférais le rôle de Barbie à celui de Ken, elle s'est mise en colère.

— Oui, j'imagine.

— Elle était certaine de réussir à me faire changer d'avis.

— Ce n'est pas si facile de renoncer à un rêve.

— Elle s'est mise à raconter à nos parents respectifs que j'étais adorable avec elle. Elle ne cessait de me poursuivre et de me surprendre. En privé, elle se frottait contre moi comme une chatte en chaleur, convaincue que je finirais par succomber à ses charmes.

— Apparemment, c'est ce que tu as fait.

— Lil, j'allais avoir dix-huit ans. Mon expérience sexuelle tenait dans la paume de ma main. Je bandais en permanence, même avec un coup de vent qui me passait entre les jambes.

— J'imagine qu'elle y est passée aussi – entre tes jambes…

— Pff… Même pas.

— Que s'est-il passé ?

— À la fin de l'année, nous sommes allés ensemble au bal du lycée. Je me suis bourré la gueule. Ensuite, elle a, comme qui dirait abusé de moi.

— Cette petite bonne femme ? Elle fait à peine un mètre cinquante.

— En fait, elle mesure un mètre cinquante-cinq et est ceinture marron en taekwondo.

— On s'écarte du sujet, remarqua Lil.

— C'est vrai. Tu vois, Jillian était déterminée à coucher avec moi. Elle était convaincue qu'après une telle expérience, je verrais la lumière. Il ne lui a pas fallu cinq minutes pour me déshabiller et me faire bander. Avant même que je réalise ce qui se passait vraiment, je l'avais pénétrée et je pompais comme un malade.

— Merde… sans préservatif, bien entendu.

— Bien entendu. J'ai honte de l'avouer mais je me souviens à peine d'elle et de cette mascarade.

— Ensuite, qu'avez-vous fait ?

— Nous nous sommes à peine parlé. Cette nuit-là, elle a dû avoir une révélation et réaliser que jamais, malgré ses manigances, je ne deviendrais Ken.

— La grossesse ?

— En août, alors que j'allais entrer à l'université, elle m'a annoncé être enceinte. J'ai été à la fois choqué et effrayé, mais je lui ai proposé le mariage.

— C'est une plaisanterie ?

— Je ne savais pas quoi faire d'autre.

— Dieu merci, elle a eu le bon sens de refuser.

— Non seulement elle a refusé, mais elle m'a dit aussi de ne pas m'inquiéter parce qu'elle comptait avorter. Ensuite, elle m'a serré contre elle en me souhaitant bonne chance à l'université.

— De toute évidence, elle a changé d'avis par la suite.

— J'aurais dû savoir qu'elle mentait. Jillian est une soigneuse née, Lil. Elle a toujours voulu devenir infirmière, comme sa mère. En novembre, quand je suis revenu à la maison pour Thanksgiving, elle était enceinte de cinq mois. J'ai failli mourir en la voyant.

— Qu'as-tu fait ?

— Rien ! Il y avait une tension terrible aussi bien chez nous que chez les voisins. Jillian avait raconté à tout le monde avoir été violée, tout en refusant d'avorter. Ses parents étaient consternés, les miens ne savaient que faire pour les soutenir et les aider. Tu sais, ils ont toujours plus ou moins considéré Jillian comme propre leur fille.

— Je ne comprends pas trop cette histoire de viol.

— Elle n'a pas voulu détruire l'amitié entre nos deux familles. Je dois lui reconnaître au moins ça. Elle s'en est tenue à son histoire, sans jamais céder malgré leur insistance. Il lui était plus facile de blâmer un assaillant inconnu que d'admettre que c'était moi, le violeur, cracha Grier.

— Mais c'était plutôt l'inverse ! s'exclama Lil, outré par le machiavélisme de Jillian. Cette fille est vraiment tordue.

— Je sais que ça paraît foireux, pourtant elle tient à moi. Elle a voulu me protéger de la colère de nos pères respectifs. S'ils avaient su la vérité, ils m'auraient probablement castré sans hésiter.

— Que s'est-il passé après la naissance de Luca ?

— Je n'étais pas là, répondit Grier avec amertume. Il est né en mars, elle l'a déclaré de père inconnu, c'est ce qui est inscrit sur son certificat de naissance. Elle l'a même prénommé sans me consulter.

— Luca est un prénom charmant.

— Là n'est pas la question. Elle ne m'a pas laissé l'opportunité de participer à sa naissance ou au choix de son prénom.

— J'imagine qu'elle a voulu te soulager de toute responsabilité.

— J'imagine.

Grier enfouit son visage dans le cou de Lil.

— Tu sens bon.

— Merci, mais ne change pas de sujet.

— Que veux-tu encore savoir ?

— Avez-vous évoqué l'avenir ? Luca me semble très à l'aise avec toi, aussi je présume que tu t'es impliqué dans sa vie, même de loin.

— J'ai mis ma propre existence entre parenthèses pour cet enfant. À ton avis, pourquoi est-ce que je vis encore chez mon père ? Pour être proche de Luca. Je suis son baby-sitter officiel depuis qu'il a deux ans. J'épargne ainsi mon loyer afin d'économiser pour lui et son futur.

— Tu mets de l'argent de côté ou tu le donnes à Jillian ?

— Je lui ai ouvert un compte d'épargne peu après sa naissance. J'y verse environ 300 dollars par mois.

— Il doit y en avoir plusieurs milliers, à présent.

— Il en aura besoin pour couvrir ses frais universitaires, répondit Grier.

— Et Jillian, elle travaille ?

— Oui. Après la naissance de Luca, elle a fini ses études d'infirmière dont elle est sortie major de sa promotion. Finalement, elle a bien suivi les traces de Tita Nita.

— Tu appelles sa mère Tita ?

— Oui, nous avons adopté les coutumes philippines.

— Je trouve ça génial.

— Pour Luca, c'est plus facile.

— Jillian me paraît plutôt décidée et autoritaire.

Grier ricana.

— Dans notre groupe, c'était elle l'alpha – la meneuse. Ali, Jake et moi étions ses esclaves.

— Et Jake, que pense-t-il de cette histoire ?

— Il n'en sait rien. Que voulais-tu que je lui dise ? 'Au fait, j'ai baisé ta sœur la nuit dernière' ?

— Ne sois pas vulgaire… Je le croyais ton meilleur ami ?

— Il l'est. Mais il est aussi le frère de Jillian.

— Maintenant que le pire est passé, serait-elle d'accord pour tout avouer ?

— Que veux-tu dire ?

— Le choc d'une grossesse imprévue est derrière vous. Aujourd'hui, tout le monde connaît Luca, chacun veut certainement ce qu'il y a de mieux pour lui. Il est préférable d'avoir un père, Grier.

— D'après Jillian, en parler changerait l'opinion que ses parents ont de moi. Au final, chaque membre des deux familles devrait prendre parti. Elle s'y refuse.

— Et toi, que veux-tu ? demanda Lil.

— Jusqu'ici, je l'ai laissée prendre toutes les décisions.

— Es-tu toujours aussi passif ?

— Non, mais je me sens coupable.

— De quoi ?

— De l'avoir déçue, j'imagine… de ne pas m'être comporté en homme. Je l'ai laissé tout gérer en me contentant de me cacher la tête dans le sable.

— Grier, arrête ! Tu es bien trop dur envers toi-même. Cette fille s'est jouée de toi depuis le début.

— Je ne vois pas les choses de cette façon, Lil. J'étais le prince de tous ses rêves d'adolescente. Quand elle a réalisé que je préférais être une princesse, sa petite bulle a éclaté, elle a vécu l'enfer.

— Tu n'as rien d'une princesse, Grier.

— Ça se discute, Lil. Tu ne sais pas tout.

Lil repoussa le jeune homme afin examiner ses yeux d'ébène au lieu de se contenter d'écouter sa voix. Malgré ce qu'il venait d'entendre, il n'avait pas perdu son estime concernant Grier. En fait, il se sentait encore plus attiré. Le jeune homme venait de lui dévoiler une sensibilité bien plus profonde que son apparence de mauvais garçon ne le laissait supposer.

Lil l'embrassa doucement.

— Parle-moi de ce que je ne sais pas à ton sujet, Grier.

De la langue, l'architecte caressa le clou en onyx que Grier portait à l'oreille gauche. Il remarqua la chair de poule qui se répandit sur le cou et la nuque du jeune homme

— Serais-tu un métamorphe ? chuchota Lil.

— Possible, parce que j'ai des goûts bizarres.

— Du hard ?

— Non, plutôt lingerie fine.

Cette fois, Lil en bafouilla.

— Quoi ? Mais le cuir… les tatouages ?

— Je te dégoûte ?

— Au contraire, roucoula Lil. Tu sais, ces temps-ci, il est rare que je sois surpris, mais toi, mon joli, tu es un magnifique amalgame de contradictions.

Poussant Grier à la renverse sur le lit, Lil s'installa sur lui à califourchon, sans jamais le quitter des yeux. Il sentit la chaleur corporelle irradier de ce corps, des vagues tentatrices dont il avait bien l'intention de profiter. Il ouvrit le bouton à la taille du jean de Grier et écarta les deux pans du pantalon. Lorsqu'il aperçut la dentelle rouge sang, il s'étouffa presque sous le choc. Nom de Dieu ! Il bandait si fort qu'il faillit en perdre la tête sur le champ.

Il se pencha vers Grier et écrasa sa bouche sur la sienne.

VIII

Lil se perdit dans le goût enivrant de cette bouche. Il introduisit sa langue entre les lèvres ouvertes et, dépassant les tendres barrières, il suça doucement celles de Grier, encouragé par la façon dont le jeune homme s'accrochait à ses reins pour le plaquer contre son sexe rigide. Grier n'avait plus rien d'hésitant. La nervosité et l'insécurité qu'il manifestait depuis une demi-heure semblaient s'être évaporées devant la vive réaction de Lil à sa surprenante révélation.

À contrecœur, l'architecte s'écarta de lui.

— Grier, je veux voir.

— Vas-y.

Avec empressement, Grier souleva les hanches pour permettre à l'architecte d'enlever plus facilement son pantalon. Il resta ensuite exposé, son sexe érigé poussant contre la dentelle rouge du tanga qui ne cachait quasiment rien. Une tache humide apparut, assombrissant le tissu, qui s'élargit peu à peu, l'excitation de Grier s'enflammant sous le regard fiévreux de Lil.

— Que tu es beau ! chuchota l'architecte.

Il posa la joue contre le tissu aérien, caressant Grier de la langue à travers la dentelle qu'il humidifia complètement. Les gémissements érotiques que poussait le jeune homme ne firent que l'exciter davantage, la chaleur se diffusa dans tout son corps. Il fit glisser le sous-vêtement le long des hanches que Grier soulevait pour lui et le laissa tomber sur le tapis avant de s'attaquer au tee-shirt, qu'il arracha par-dessus sa tête. Une fois Grier entièrement nu, Lil admira en détail le corps magnifique exposé devant lui. Il découvrit ainsi les autres tatouages dont Grier lui avait parlé : des petites étoiles bleues qui descendaient en s'amincissant du nombril au bas-ventre, pour terminer en constellation autour de la base de son sexe. L'organe en question était proportionné au reste : pas énorme, mais de la bonne taille, pensa Lil. Ouais, un sexe idéal – épais et circoncis – d'où perlaient des gouttes de sperme qui glissaient le long de la hampe engorgée. Lil fut tenté comme il ne l'avait pas été depuis bien longtemps. Il désirait éperdument Grier.

Écartant les jambes du jeune homme, il effleura l'intérieur de ses cuisses de bas en haut, savourant le contact de sa fine toison. Ces poils sombres le changeaient de ses derniers amants, la mode étant aux jambes rasées ou épilées. Jusqu'ici, tout l'enchantait dans ce qu'il découvrait de ce jeune homme qui lui avait confié bien plus que son corps.

Lil dirigea les opérations. Très lentement, il enroula la langue sur le gland tumescent, puis prit le sexe tout entier dans sa bouche et aspira avec précaution. En même temps, il caressait les bourses pleines, surpris et charmé de les découvrir épilées. C'était également la seule partie de son corps que Lil préférait glabre. Grier se tortilla avant de céder en écartant davantage les jambes. Il laissa Lil mordiller son sexe tendu en suivant le tracé des veines épaisses qui le marbraient.

L'architecte s'attaqua pour de bon à sa tâche, sans plus de précautions ou d'agaceries. Il engloutit toute la longueur jusqu'au fond de sa gorge, faisant bon usage de ses muscles préhensiles ayant poussé tant d'hommes à hurler de jouissance. Grier n'y fut pas insensible. Il se mit à panteler en réclamant à Lil de continuer. Il cria de plaisir, les cuisses resserrées autour de la tête de l'architecte.

— Je vais jouir.

Lil ignora cet avertissement et se prépara à la giclée brûlante qui ne tarda pas à lui envahir la gorge, avec un goût salé n'appartenant qu'à Grier. Il avala tout, écartant légèrement la tête pour ne pas s'étouffer. Il continua ses caresses jusqu'à sentir Grier se ramollir dans sa bouche. Après un dernier coup de langue, Lil se redressa, remonta le long du corps étendu, puis embrassa passionnément Grier en frottant son érection douloureuse contre son ventre dur.

Grier lui força brutalement la bouche avec un regard incandescent.

— Baise-moi, supplia-t-il, le souffle encore brûlant.

Dans sa table de nuit, Lil récupéra un préservatif et un tube de lubrifiant. Il déchira l'emballage avec ses dents et roula le latex sur son sexe d'une main. De l'autre, il enduisit de gel l'entrée serrée du corps de Grier. Il inséra ensuite un doigt dans l'anneau de muscles, cherchant à le détendre.

— Prêt ?

— Oui, souffla Grier. Prends-moi, Lil.

Se tenant les cuisses à deux mains, le jeune homme posa ses jambes sur les épaules de l'architecte. Sa voix était étouffée, son visage rougi d'anticipation. Ses cils papillonnèrent lorsque, sans plus d'hésitation, Lil le pénétra, prenant ce qu'on lui offrait avec tant d'enthousiasme. Il s'enfonça jusqu'à ce que ses bourses heurtent les reins de Grier, puis il haleta, pris dans l'extase du moment. Les deux hommes échangèrent un regard passionné… qui en disait plus long qu'un millier de mots.

Lil se mit à bouger dans un martèlement régulier. Il savait d'expérience quand presser en avant et quand se retirer. Lorsqu'il changea son angle d'attaque et appuya sur la petite glande interne, il sentit les muscles du ventre de Grier se contracter. Il rit en entendant son amant pousser un juron :

— Oh merde !

L'architecte accéléra la cadence en direction de la ligne d'arrivée, conscient qu'il ne pourrait se retenir plus longtemps. Il était déjà prêt à exploser rien qu'à écouter la respiration de Grier devenir de plus en plus bruyante.

Soutenant le poids de son corps sur ses coudes, Lil glissa une main derrière la nuque de Grier et frotta leurs deux bas-ventres l'un contre l'autre. Ce qui provoqua instantanément un double et violent orgasme simultané, une célébration torride de leur passion partagée.

— Tu es incroyable ! s'exclama Lil, incapable de se taire.

Il savait bien que sous le feu de la passion, mieux valait retenir sa langue, les mots qui viennent aisément alors ne voulant plus rien dire à la lueur du jour. Pourtant, il s'était senti obligé de s'exprimer. Il était bien plus affecté par Grier qu'il ne l'avait cru. De toute évidence, ce sentiment était mutuel, parce le jeune homme resserra bras et jambes autour de lui, afin de garder leur connexion le plus longtemps possible.

— Lil ?

— Oui ?

— Merci.

— De quoi ? Tu as failli me tuer avec tes sous-vêtements déments.

— Tu as aimé ?

— Ah bon sang ! gémit Lil.

Il pressa son visage dans le cou de Grier, le maintenant en place.

— Tu l'as mise pour moi ou bien tu portes généralement de la dentelle rouge ?

— Non, juste pour les gens qui comptent.

— C'est bon à savoir.

— D'après ta réaction, tu apprécies la lingerie ?

Lil eut un rire de gorge.

— J'imagine que c'est plutôt évident.

— Quelque part, je m'en doutais.

Lil l'embrassa. Il aurait voulu rester éternellement en lui. Malheureusement, c'était impossible, aussi il relâcha le jeune homme et s'écarta.

— Et si on faisait un brin de toilette ?

— D'accord.

Malgré ça, Grier resserra son étreinte, peu désireux de laisser l'architecte s'en aller.

— Allez, viens, le cajola Lil. Nous avons toute la nuit, pas vrai ?

— Il faut que je sois à la maison à huit heures.

— Quelque chose d'important ?

— Je dois aider mon père pour un déménagement.

— Je vois.

Alors Lil que se dirigeait vers la salle de bain, il se retourna et demanda :

— Depuis combien de temps as-tu ce fétichisme pour la lingerie ?

— Depuis que Jillian jouait à la poupée avec moi.

Lil faillit basculer à la renverse.

— Pardon ?

— Rappelle-toi ce que je t'ai dit : nous étions toujours ensemble, de vrais siamois. Elle jouait à la poupée avec moi, elle aimait m'habiller.

— Nom de Dieu !

— J'aime les couleurs, si tu veux savoir. Je détestais mes slips blancs trop serrés, alors Jill me prêtait ses petites culottes roses à froufrou. Et je lui laissais volontiers porter mes sous-vêtements.

— Et malgré ça, s'étouffa Lil, elle a été surprise d'apprendre que tu étais gay ?

— Je crois qu'elle n'avait pas suffisamment réfléchi aux conséquences de nos petits jeux, répliqua Grier avec un éclat de rire.

— Combien de temps avez-vous échangé vos vêtements, tous les deux ?

— Jusqu'au collège, quand elle a commencé à avoir ses règles.

— Cette femme est incroyable !

— Oui, c'est un papillon, avec un squelette d'acier.

— J'aimerais la rencontrer.

— Viens demain soir au festival. Nous pourrons sortir quand j'aurai fini de travailler. Et je te présenterai aussi Jillian.

— D'accord. Et dans l'après-midi ? Je te verrai ?

— Je crains que non.

— Dans ce cas, il faut que nous profitions de la nuit.

Grier lui adressa un sourire ensorcelant.

— J'ai de l'endurance

— Oui, bien sûr, tu es jeune, se plaignit Lil. Laisse-moi quand même une heure pour récupérer.

— Tu as faim ? s'enquit Grier.

— Et toi ?

— Je n'ai rien mangé depuis notre pizza.

— C'était il y a un bail ! s'exclama Lil. Je prends une douche, puis nous remonterons dans la cuisine chercher quelque chose.

— Si tu as quelque chose dans le frigo, je peux te préparer à dîner.

Lil leva très haut les sourcils.

— Tu n'arrêtes pas de me surprendre.

Grier haussa les épaules.

— Ma mère a disparu, mon père est sans arrêt sur les routes, il a bien fallu que j'apprenne à me débrouiller tout seul.

— Vas-tu un jour prendre ton propre appartement ?

— Pas avant que je puisse m'éloigner de Luca sans avoir à m'inquiéter pour lui.

— Et d'après toi, ça prendra combien de temps ?

— Je n'en sais rien, admit Grier, les sourcils froncés. Pourrions-nous parler d'autre chose ?

Lil sentit que le jeune homme était mal à l'aise.

— Bien sûr. J'en ai pour une minute dans la salle de bain, puis ce sera ton tour.

Une fois la porte refermée, l'architecte entra dans la cabine, alluma l'eau et savoura le jet revigorant qui le nettoyait. Il restait cependant concentré sur Grier et sur ce qu'il venait d'apprendre au cours des dernières heures. Intrigué, il tenait beaucoup à en savoir davantage sur le jeune homme. Bien sûr, Lil était physiquement attiré, c'était indéniable, mais son engouement tenait plus encore à la personnalité de son jeune amant qu'à son corps superbe. Grier paraissait avoir tenu le mauvais rôle dans un mélo organisé par une femme très intelligente et plutôt égoïste. Lil admettait qu'au début, Grier ait pu se sentir coupable, mais des années s'étaient écoulées depuis. Jillian faisait confiance à Grier, elle le laissait garder Luca, prouvant ainsi sa valeur en tant que père et adulte responsable. Lil trouvait injuste que le jeune homme n'ait pas l'option de revendiquer officiellement l'enfant comme le sien.

Il y avait un élément que Lil ne comprenait pas : la dynamique entre les deux familles. Il existait sûrement un moyen d'arranger les choses. Il trouvait horrible que Grier ait dû mettre sa vie en stand-by depuis sept ans. Pour un homme aussi jeune, c'était une éternité.

À vingt-cinq ans, lui-même avait déjà son diplôme avec une spécialisation en architecture. Il faisait partie de ces jeunes ayant la chance d'avoir des parents aisés, ce qui leur permettait d'entrer à l'université sans être écrasés sous des prêts étudiants. Et si Grier n'avait pas menti, Luca en bénéficierait aussi. L'avenir du petit était déjà assuré, mais celui de son père restait en suspens.

Lil savait bien qu'il ne devrait pas s'impliquer. C'était inutile. Il ne resterait que cinq jours à Chicago, pas assez pour influencer les choix de Grier. Pourtant, il se sentait inexplicablement attiré par le père et le fils.

En fait, l'idée que Luca grandisse sans savoir qui était son père le troublait plus que tout autre chose.

C'était sans doute dû à son propre passé, au fait que son père l'avait abandonné étant enfant. Bien sûr, sa mère s'était remariée et son beau-père, un homme très bien, aimant et attentionné, s'était occupé de lui comme s'il était sa chair et son sang. Ce qui n'avait pas empêché Lil de se demander quelle aurait été sa vie avec son père biologique. Il lui avait fallu des années de psychothérapie pour répondre à ces questions. Il en était sorti apaisé, sans séquelles marquantes, pour devenir un membre heureux et productif de la société. Mais là encore, il avait bénéficié de l'argent nécessaire et d'une mère ayant compris son besoin d'explorer les raisons de son abandon. Lil ignorait si Luca aurait cette chance. D'après lui, la personnalité et l'avenir de l'enfant dépendaient d'une situation qui pourrait facilement s'arranger, une fois que Grier affirmerait officiellement ses droits.

IX

LIL EMBRASSA Grier sur les lèvres avant de refermer la porte du taxi sur lui avec un claquement sec. Les deux hommes s'étaient promis de se retrouver plus tard dans la soirée. L'architecte remonta deux par deux les marches du perron, impatient de retrouver la chaleur de la cuisine. Il faisait froid dehors à sept heures du matin, surtout qu'il ne portait qu'un pantalon souple et un tee-shirt. Lil savait que la température remonterait plus tard, mais pour le moment, il était frigorifié et désirait vraiment une autre tasse de café. Il voulait aussi prendre le temps de réfléchir aux heures écoulées.

Il dissolvait une ultime cuillerée de sucre dans son café lorsque Jody et Clark le rejoignirent.

— Ta conquête est partie ? demanda Clark.

Lil se contenta d'un hochement de tête.

— Trop fatigué pour parler ? se moqua Jody.

— Pourquoi êtes-vous debout à une heure aussi indue ?

— L'entraînement, répondit Clark. Je ne rentrerai pas avant quinze heures.

— Et toi ? insista Lil, tourné vers Jody.

— Je me lève toujours en même temps que lui.

— Beurk... Tu es une épouse parfaite.

— Rien à branler.

— Ne sois pas grossier, le réprimanda Lil. Quel genre de professionnel es-tu ?

— Du genre qui préférerait être au lit avec son homme.

— Ne m'en parle pas, rétorqua Lil.

Clark effleura les lèvres de Jody d'un rapide baiser.

— Je m'en vais. Je te dis à tout à l'heure ?

— Oui, je serai rentré vers dix-sept heures.

— D'accord. Je t'aime, Jo-Jo.

Jody referma les bras sur Clark afin de l'étreindre un petit moment.

— Je t'aime aussi, Kit.

Tandis que Clark sortait, Lil soupira.

— Franchement, vous mériteriez de figurer sur un poster du Couple Parfait.

— Est-ce que je ne détecte pas une note de tristesse ?

— Peut-être.

Lil haussa les épaules.

— Je me retrouve piégé dans une histoire d'amour qui ne me mènera nulle part.

— Attends, tu viens bien de prononcer le mot tabou ?

La voix choquée de Jody renvoya des échos dans la pièce silencieuse.

— Je sais… C'est ridicule, hein ?

— Mais enfin, Lil, tu le connais depuis…quoi ? Deux jours ?

— Trois, mais quand on aime, on ne compte pas, non ? Combien de temps t'a-t-il fallu pour tomber amoureux de Clark ?

En fixant son ami, Jody se remémora son attraction immédiate pour le footballeur.

— D'accord, je t'écoute.

— Tu te rappelles comment j'ai tenté de te dissuader de rester avec Clark ?

— Si je me souviens bien, j'ai tout à fait suivi tes suggestions.

— Tais-toi, espèce d'andouille. J'ai besoin que tu m'éloignes du précipice.

— C'est évident, répondit Jody. Qu'est-ce que tu lui trouves de tellement spécial à celui-là ? Bon sang, Lil, je t'accorde qu'il est magnifique, et tout, et tout, mais va-t-il t'intéresser au niveau cérébral ? Il est déménageur, nom d'un chien !

Lil avait oublié que Grier, lors de leur première rencontre, n'avait rien caché de son boulot. Depuis lors, il avait appris que le jeune homme était bien plus qu'un simple fier-à-bras. D'ailleurs, même si ça avait été le cas, c'est son père qui possédait cette fichue boîte où Grier travaillait. Ce que Jody ignorait.

— Laisse-moi t'en raconter davantage sur mon musculeux amant.

Durant dix minutes, Lil s'efforça de faire à Jody un bilan objectif de la vie de Grier Dilorio. Il ne garda par-devers lui que la surprenante révélation de sa superbe lingerie. Imaginer Grier dans de la dentelle rouge suffisait à lui accélérer le pouls, mais ça ne regardait personne.

— Ben merde, alors, commenta Jody une fois que Lil eut terminé.

— Tu sais, remarqua l'architecte, tu t'exprimes de plus en plus mal depuis que tu as déménagé ici.

— Je fréquente trop de sportifs.

— Mes condoléances, plaisanta Lil d'une voix d'outre-tombe.

Se penchant, il frappa pour rire Jody sur le bras.

— Hé, sois gentil !

— Jodes, qu'est-ce que je vais faire ? s'écria Lil.

Il poussa un gémissement en se cachant le visage dans les mains.

— Que veux-tu faire ?

— Le mettre dans ma valise pour le ramener avec moi à San Francisco.

Quand Lil releva les yeux avec un sourire, Jody éclata de rire.

— C'est vraiment incroyable ! En fait, je n'arrive pas à croire ce que j'entends.

— J'étais célibataire durant ces dernières années, d'accord, mais ça ne signifie pas que je sois définitivement exclu du Club des Heureux Couples.

Jody changea de ton.

— Lil, soyons sérieux, quelles chances as-tu que Grier envisage de déménager ? Il me paraît avoir bien trop de liens dans cet État.

— Tu as raison. C'est juste un merveilleux fantasme qui ne se réalisera jamais.

— À moins que quelque chose ne change…

— Comme quoi ?

— Aucune idée. Tiens-moi au courant, s'il te plaît.

— Merci.

— Tu veux déjeuner ? proposa Jody.

— Non, je pense plutôt retourner me coucher. Quelques heures de sommeil en plus me feront du bien. Je suis épuisé.

— Haha ! Raconte-moi tous les détails salaces.

— Tu rêves en couleurs, mon pote.

— Tu es gonflé ! protesta Jody. Tu ne cessais jamais de me houspiller pour que je te raconte ma vie sexuelle !

— Et si je me souviens bien, tu ne m'as jamais rien dit.

— Mais toi, jusqu'ici, tu as toujours été d'une franchise brutale.

— Pas cette fois.

— Waouh ! Tu tiens vraiment à lui, alors ?

— N'as-tu rien écouté de ce que je t'ai dit ?

— Pfft… J'en reste sans voix…

— Pourquoi ne pas utiliser ta formule habituelle : 'rien à branler' ?

QUITTANT LE centre-ville, Grier retourna jusqu'à Elk Grove Village où il arriva vers huit heures moins le quart. Il trouva son père déjà prêt et arpentant les lieux.

— Où étais-tu ?

— Sorti.

— Eh bien, va te préparer. Nous avons une longue journée devant nous.

— J'y vais, marmonna Grier.

Après avoir passé la moitié de la nuit à faire l'amour, il se demandait comment il allait survivre aux heures qui l'attendaient. Une fois ses aveux déballés, Lil et lui n'avaient plus cessé leurs ébats. Ce qui s'était transformé en deux autres rounds torrides. Les deux amants s'étaient ensuite abandonnés à un sommeil de plomb, interrompu par le réveil que Lil avait programmé pour lui.

Peu après, les deux Dilorio se mirent en route, prenant la I-90 en direction de l'Ouest, puis la I-94 qui rejoignait bientôt l'US-54 Nord vers le Wisconsin. Ils devaient déménager une famille depuis Mount Prospect, dans la banlieue de Chicago, non loin d'Elk Grove, jusqu'à Eau Claire – à cinq heures et demie de route. Grier aurait bien préféré être ailleurs, mais il devait cependant endurer le voyage, suivi de quelques heures de travail intensif. Fort heureusement, les autres gars avaient déjà chargé le camion la veille. Ce matin, il n'avait eu qu'à y faire monter sa Harley. Il tenait à l'avoir à sa disposition ce soir, quand Santino le déposerait au festival.

— Tu as rencontré quelqu'un ? demanda son père.

Grier aurait préféré dormir, mais il n'avait aucun espoir d'échapper à l'interrogatoire. Une chance encore qu'on ne lui demande pas de conduire. Son père adorait se trouver au volant de ses mastodontes et ne tenait pas à céder sa place.

— Oui, marmonna-t-il.

— Que fait-elle dans la vie ?

— C'est un 'il' papa.

— Qu'est-ce que tu dis ?

Le hurlement de son père fit sursauter Grier, déjà à moitié endormi et trop fatigué pour réaliser qu'il venait de se trahir.

— Et merde.

— J'ai cru que cette histoire grotesque était terminée.

— Pas du tout, rétorqua Grier, se préparant à la querelle inévitable.

— En clair, tu prétends encore être une tarlouze ?

— 'Encore' ? ricana Grier. Être gay, c'est comme être enceinte. Et tu connais le dicton, papa, 'soit on l'est, soit on ne l'est pas'.

— Sacrebleu, Grier. Je pensais que tu avais tourné le dos à tout ça.

Tourné le dos ? Grier se mordit la langue. Il mourait d'envie de rétorquer une vulgarité à la remarque de son père, mais se ravisa. Ça ne ferait qu'envenimer les choses, il le savait. Il ne voulait pas donner à Santino une bonne raison de le jeter hors de son camion ou même de sa maison.

— Papa, ce n'est pas vraiment le moment ni l'endroit pour en discuter.

— Et quand pourrions-nous en discuter ? Je ne te vois jamais.

— Tu ne me vois jamais parce que je travaille. Et quand ce n'est pas le cas, je fais du baby-sitting.

— Je sais, mais toi et moi ne passons plus assez de temps ensemble.

— Nous parlerons demain, d'accord ?

— Je ne vois pas pourquoi nous ne pourrions pas le faire maintenant.

— Parce que je suis crevé. Il faut que je dorme, sinon je serai incapable de travailler en arrivant à Eau Claire.

— Tu es fatigué d'avoir passé la nuit à… fricoter avec ton mec ?

— Laisse tomber, papa.

Grier soupira. Il n'était pas d'humeur à gérer ce merdier. Il ignorait pourquoi il s'était ainsi trahi. Peut-être à cause de Lil et des sentiments qu'il éprouvait envers lui – si intenses que Grier ne s'y retrouvait plus. Il n'avait jamais ressenti une telle attraction auparavant. Savoir que Lil quitterait Chicago dans cinq jours le poussait à agir et à parler de façon insensée. Par exemple, avec cet aveu intempestif, qui risquait de lui pourrir le trajet ce matin.

— D'accord, je me tais, grogna son père. Mais cette conversation n'est pas terminée, je t'assure.

— Sommeil… murmura Grier.

Il se retourna en appuyant la tête contre la portière. Une seconde après, il dormait.

Le reste du voyage se passa sans incident. Fidèle à sa parole, Santino n'aborda plus le sujet. Une fois sur place, les hommes accomplirent leur tâche en moins de deux heures, un véritable exploit pour un tel chargement, mais Grier, pressé de rentrer, s'activa comme un possédé.

Il dormit encore durant le voyage retour, évitant un autre interrogatoire. Il demanda à son père de le déposer, avec sa moto, à Grant Park avant de ramener l'énorme camion à Elk Grove. L'esprit plus clair après plusieurs heures de repos, Grier s'accorda le temps de réfléchir à sa conversation avec son père. Il se sentait plutôt soulagé d'avoir fini par aborder le sujet. Au moins, ça lui permettrait d'entamer le débat. Qui sait ? Peut-être en sortirait-il un résultat positif, ce qu'il n'avait jamais envisagé.

Le stand était déjà assiégé de clients désireux de goûter aux glaces Vinita. Grier se faufila entre Jillian et Jake pour se mettre au travail.

— Où est Luca ? demanda-t-il à Jillian.

— Avec maman.

— Il ne vient pas ?

— Pas ce soir. Tu l'as fatigué hier.

Grier lui jeta un regard de côté.

— Nous sommes allés au zoo, Jillian. Ça n'a rien d'éreintant.

— Qui est ce Lil dont il ne cesse de parler ?

— Un ami.

— Luca a l'air de beaucoup l'apprécier.

— C'est un mec génial.

— Tu es sérieusement attaché à lui ?

— Ça t'intéresse ?

— Pas vraiment, répondit la jeune femme qui haussa les épaules.

— Il vient me chercher à vingt-deux heures. Je pourrai te le présenter.

— Je m'en fiche, Grier.

Elle lui tourna le dos et repoussa ses cheveux en arrière, une attitude désinvolte dont elle était coutumière et que Grier ne supportait pas. La prenant par le bras, il la força à pivoter.

— Pourquoi es-tu en colère ?

— Depuis quand présentes-tu à Luca les hommes avec qui tu sors ? rétorqua Jillian, les yeux luisants de rage. Ça ne me plaît pas.

— Pourquoi ?

Grier fut instantanément sur la défensive. Jamais elle ne l'avait interrogé sur ceux qu'il fréquentait auparavant, jamais elle n'avait remis en cause son jugement concernant Luca. Au contraire, elle lui laissait sans hésitation l'enfant durant des heures. Et là, d'un seul coup, il devenait suspect ?

— Je pense qu'Ali a raison, insista Jillian. Luca grandit. Il prend davantage conscience des gens qui l'entourent. Je ne veux pas que tu l'influences avec tes préférences sexuelles.

— Tu sais parfaitement qu'être gay n'a rien d'une 'préférence'.

— Et alors ? C'est bonnet blanc et blanc bonnet... Juste de la sémantique. Pour parler net, tu suces des bites. Je préfère que mon fils n'ait aucun contact avec tes 'amis', quel que soit le nom que tu leur donnes.

Grier sentit le sang lui monter à la tête. Il n'arrivait pas à croire ce qu'elle venait de lui dire. Bien sûr, elle n'avait jamais apprécié qu'il soit gay, mais elle ne s'était jamais montrée irrespectueuse. Et maintenant, elle s'exprimait comme une homophobe.

— Il faut que nous parlions très sérieusement de tout ça.

— De quoi ? demanda-t-elle, l'air innocent.

— De mes droits.

Elle lui éclata de rire au nez.

— Tu n'as aucun droit, Grier.

Il l'entraîna jusqu'au fond de la guitoune, où personne ne pouvait surprendre leur conversation.

— Je suis son père. J'ai tous les droits.

— Il. N'a. Pas. De. Père.

— Conneries.

— Sur le papier, il y a écrit 'père inconnu' et devant un tribunal, c'est tout ce qui comptera, le défia Jillian.

— Mais enfin, Jillian, qu'est-ce qui te prend ?

— Je veux juste le protéger, Grier.

Ses yeux noirs étincelaient.

— Tu ne parais pas te soucier de son avenir.

— Qu'est-ce que tu racontes ?

— Qui est cet homme avec lequel tu traînes ? Tu n'as jamais eu de vraies relations jusqu'ici, du moins tu n'as jamais ramené personne. Tu comptes t'en aller et me laisser toute seule ?

— C'est ça qui t'inquiète ? Perdre ton baby-sitter ?

— Non ! protesta-t-elle.

— Depuis quand Ali et toi êtes-vous devenus un couple ?

— Ne me dis pas que tu es jaloux ?

— Non ! Merde !

— C'est bien ce que je pensais, cracha Jillian. Alors qu'est-ce que ça peut te faire ?

— Tout ce qui concerne Luca est important à mes yeux. Ali se prend-il pour un expert du bien-être des enfants depuis qu'il sort avec toi ? Je ne me souviens pas qu'il ait jamais offert jusque-là de veiller sur mon fils.

— Arrête de l'appeler comme ça ! grinça Jillian.

Elle s'approcha de lui, si près qu'il reçut son haleine en plein visage. Elle venait de manger un hot-dog dont l'odeur donna à Grier la nausée. Il n'était pourtant pas question qu'il recule devant elle.

— Il est mon fils, Jillian, énonça-t-il. Et tu as sacrément intérêt à ne pas l'oublier.

X

LIL TOUSSOTA pour interrompre une discussion qui lui paraissait houleuse entre Grier et cette jeune femme, la tristement célèbre Jillian, devina-t-il. Grier parut soulagé de le voir et lui adressa un sourire lumineux. Au contraire, Jillian le fixa sans aménité.

— Jillian, voici mon ami, Lil Lampert.

— Salut.

Aussi froide que les crèmes glacées vendues au stand, elle examina Lil sans se cacher. L'architecte supporta cette attention avec aplomb, accoutumé à être jugé ou dévisagé par des étrangers qui cherchaient une cible pour alimenter leur colère. Des années plus tôt, dans sa phase la plus arrogante, il avait tendance à réagir contre les agressions de ce genre. Aujourd'hui, devenu plus conservateur, presque rangé, il gardait l'esprit clair.

Il se contenta d'un sourire aimable.

— Comment allez-vous ?

— Très bien.

— Je m'en vais, annonça Grier en récupérant ses affaires.

— Ce n'est pas terminé ! protesta Jillian.

— Pour moi, si, répliqua Grier avec colère. À demain.

Il sortit et s'approcha de Lil, qui lui tendait déjà la main. Tandis que leurs doigts s'entrelaçaient, Lil fit un pas en avant pour déposer sur les lèvres de Grier un léger baiser.

— Ça va ?

— Maintenant, oui.

Lil le prit par la taille et l'entraîna en direction de l'avenue Michigan.

— Tu parais fatigué, remarqua-t-il.

Ce qu'il aurait voulu dire, c'était plutôt : 'tu parais en colère', mais il décida de laisser à Grier le temps de reprendre ses esprits.

— Je suis vanné. Je n'ai pas cessé de m'activer depuis que je t'ai quitté ce matin.

— Nous avions prévu de sortir, mais pourquoi ne pas plutôt choisir quelque chose de relaxant ? Ça me plairait de passer un moment dans un bain bouillonnant avec une bière, pas toi ?

— Ça me semble être paradisiaque à présent. Tu crois que Clark et Jody n'y verront pas d'objections ?

— Grier, je te l'ai déjà dit, ils m'ont invité et je peux ramener qui je veux à la maison. De plus, j'ai parlé à Jody de ce que j'éprouvais.

— À quel propos ?

Tout en posant sa question, Grier tourna vers Lil ses grands yeux noirs.

Quel con, pourquoi j'ai dit ça ? pensa Lil.

— Il sait que la vie nocturne ne me tente plus autant qu'avant.

— Ah. D'accord.

Bon sang. La prochaine fois, je vais tomber à genoux et lui proposer de m'épouser.

— J'ai eu la sensation que Jillian et toi étiez en train de vous disputer quand je suis arrivé.

— Oui, en quelque sorte, ricana Grier. Si tu n'étais pas intervenu, nous aurions probablement fait un show à la Jerry Springer. Tu connais le principe de l'émission ? Ils invitent des couples ou des familles afin d'exposer et résoudre en public leur problème – et les spectateurs peuvent réagir, poser des questions ou donner une opinion.

— Tu veux m'en parler ?

— Plus tard.

— C'est comme tu veux, répondit Lil avec douceur.

— Attends un moment…

— Qu'est-ce qu'il y a ?

— J'ai ma moto.

— Je refuse de monter dessus.

— Je sais, Lil. Prends un taxi, je te suivrai. Donne-moi juste le temps de la récupérer, d'accord ?

Lil n'eut que dix minutes à patienter avant d'entendre le rugissement de la Harley. Il vit Grier freiner devant lui et mettre un pied à terre sur le trottoir pour garder son équilibre.

— Tu es certain de ne pas changer d'avis ? Je peux te prêter mon casque.

— Il n'en est pas question.

— Comme tu veux.

Avec un rictus moqueur, son blouson de cuir et son casque noir, Grier était la parfaite incarnation d'un vrai dur.

Lil leva la main pour attirer l'attention d'un taxi. Grier le suivit jusqu'à Bucktown, puis il attendit que l'architecte déverrouille la porte et coupe l'alarme. Dès que le volet roulant du garage se souleva en silence, il poussa sa moto à l'intérieur et la gara après d'un 4 x 4 gris métallisé. Les deux hommes prirent ensemble l'escalier, réinstallant l'alarme dès que la porte fut refermée. Il était vingt-trois heures, et il n'y avait plus aucune lumière dans la chambre principale.

Lil prit la main de Grier qu'il attira contre lui, se plaquant contre son corps des pieds à la tête. Il l'embrassa sur la bouche, appréciant la façon dont le jeune homme écarta immédiatement les lèvres pour lui.

— Tu m'as manqué aujourd'hui, soupira-t-il quand il s'écarta enfin.

— Toi aussi, reconnut Grier.

Malgré sa réponse favorable à son baiser, Grier restait morose, perdu dans ses pensées. Quand Lil le prit par le menton pour scruter les flaques sombres de ses yeux, il trouva en eux une sorte de barrière, aussi réfréna-t-il sa passion – pour le moment. Il espérait qu'un peu d'alcool permettrait à Grier de se détendre et de lui confier ce qui le troublait.

Lil récupéra dans le frigo un pack de bières, puis les deux hommes montèrent l'escalier jusqu'à la terrasse, sur le toit de la maison, où était installé le bain bouillonnant. Le jacuzzi était dissimulé derrière les parois en treillis d'un gazebo spécifiquement installé pour avoir de l'intimité. Grier, qui avait déjà laissé tomber son blouson de cuir sur la terrasse en bois, empoigna le dos de son tee-shirt et s'en débarrassa d'un mouvement vif. Une fois de plus, Lil fut hypnotisé par le spectacle de ses tatouages et de ses abdominaux parfaits dont les muscles ondulaient à chaque mouvement. Il perdit toutes ses bonnes intentions lorsque la lumière bleue émanant du bain bouillonnant dessina des ombres sur le superbe torse exposé.

— Tu es absolument bandant, soupira-t-il.

Incapable de rester une seconde de plus loin de Grier, Lil le serra contre sa poitrine et cacha son visage contre la peau douce de sa gorge.

— J'ai tellement envie de toi que j'en tremble, reprit-il.

— Je sais.

Grier, manifestement excité, avait répondu d'une voix haletante.

Les deux hommes se déshabillèrent sans se quitter des yeux. Lil aimait la façon dont Grier le dévorait d'un regard affamé, sous lequel il se sentait l'homme le plus désirable du monde. Il se savait attirant – et s'exerçait sacrément dur pour maintenir son corps en bonne forme – mais il s'inquiétait de vieillir et de perdre son attrait, un souci que bien des gens partageaient. Un gay y était particulièrement sensible, surtout dans une société obsédée par le 'jeunisme'. L'évidente excitation de Grier l'enivrait. Il la sentait émaner de cet homme au physique parfait à tous les points de vue, capable de séduire qui il voulait. C'était pour Lil l'ultime aphrodisiaque.

Les deux hommes se plaquèrent l'un contre l'autre. Leurs sexes érigés se joignant, et ils s'enlacèrent avec passion.

— Préservatif... gémit Grier lorsqu'il s'écarta. Je veux te baiser. J'en ai besoin.

Lil sentit son cœur tambouriner contre sa cage thoracique. Il tomba à genoux et chercha fébrilement le pantalon kaki qu'il venait d'enlever et de jeter il ne savait où. Il faillit crier de joie en sentant sous ses doigts le tissu souple. Il sortit de sa poche un petit sachet en aluminium et un tube de lubrifiant, puis rampa jusqu'à l'endroit où Grier, toujours debout, l'attendait. Lil déroula le préservatif sur le sexe engorgé de son amant, qu'il lubrifia plusieurs fois.

Passant ensuite le tube à Grier, il se retourna et posa la tête sur ses mains, les reins levés.

— Je suis prêt, Grier.

Lil sentit un pouce lubrifié effleurer l'entrée de son corps et ferma les yeux lorsque le doigt inquisiteur le pénétra. Il gémit tandis que Grier le travaillait pour le détendre. Se penchant, le jeune homme embrassa Lil sur les épaules, sans retirer ses doigts de leur étroite prison. Une fois que Lil fut relaxé, un autre doigt s'ajouta au premier.

— Tu es tellement serré, bébé.

Lil exhala, se forçant à s'ouvrir pour Grier.

— Viens, insista-t-il. Maintenant.

Il était tellement excité qu'il allait jouir dans la minute, il le savait, mais pas avant de sentir la délicieuse douleur qui se transformerait très vite en un plaisir enivrant. Tout l'oxygène de ses poumons disparut lorsque Grier le pénétra en force, son gland s'enfonçant davantage en lui à chaque coup de reins.

Peu après, Lil se convulsa autour du sexe qui l'empalait. Lorsqu'il explosa, des jets de sperme éclaboussèrent le ponton de bois, ce qui déclencha l'orgasme de Grier.

Grier s'écroula sur le dos solide qui ne céda pas sous son poids

— Mon Dieu… Lil, haleta-t-il. J'en avais vraiment besoin.

Lil passa la main derrière lui pour tapoter le bombé ferme de sa fesse.

— Quand tu veux, mon chou.

Grier se retira, enleva le préservatif et y fit un nœud avant de le jeter dans la poubelle qui se trouvait justement placée sur la terrasse. Il ne voulait pas insulter ses hôtes en laissant traîner ce genre de souvenir.

Lil posa la main au creux des reins de Grier, le guidant jusqu'au bain bouillonnant. Il espérait que ça l'aiderait à se détendre et à dissiper le rictus de colère qui lui déformait les traits. Les deux hommes gémirent de plaisir lorsque l'eau chaude les enveloppa. Puis Lil passa à Grier une bière, surveillant la façon dont le jeune homme s'attaqua à la bouteille et en vida le contenu en quelques gorgées. L'aura de colère furieuse qui avait entouré Grier un peu plus tôt s'était évaporée après son orgasme. Adouci, il éclaboussa gaiement Lil de l'autre côté du bassin.

— Tu veux me parler de ta journée ? interrogea doucement Lil.

— Pas maintenant.

Lil lui fit passer une autre bière.

— Très bien. Je suis là si tu as besoin d'une oreille attentive.

— Merci, Lil. Qu'as-tu fait de sympa aujourd'hui ?

— J'ai visité la Bourse de Commerce de Chicago.

— Alors ? Qu'en as-tu pensé ?

— Si tu veux savoir la vérité, je n'ai pas pu y entrer. Alors j'ai abandonné et je me suis retrouvé à arpenter l'avenue Michigan.

— Et tu as usé tes semelles ? plaisanta Grier. Tu as regarni ta garde-robe ?

Lil déposa sa bouteille de bière derrière lui sur le plancher de bois, avant de se glisser plus près de Grier.

— J'ai regarni la tienne, chuchota-t-il. Chez Victoria's Secret.

— Lil…

La voix rauque de Grier fut comme un éclair atteignant l'architecte au bas-ventre.

Lil se mit à califourchon sur l'homme brun et l'embrassa, sidéré de voir son sexe manifester de l'intérêt après un délai aussi court.

— Qui a besoin de Viagra avec toi ?

— Tu n'auras pas à utiliser cette merde avant très, très longtemps, affirma Grier.

Lil l'interrompit par un autre baiser. Très vite, les deux hommes se frottèrent l'un contre l'autre, chacun désireux de s'offrir un nouvel orgasme.

69

Lorsque Lil sentit Grier bander, il plongea la main dans l'eau pour empoigner leurs deux organes qu'il caressa sur toute la longueur, à un rythme paresseux, tout en continuant à embrasser Grier avec passion. Il ne fallut pas longtemps pour que les amants, pantelants, jouissent dans un bel ensemble.

Quand Lil s'écroula contre la poitrine de Grier, il cacha son visage dans le creux que formaient son cou et son épaule. D'instinct, Grier referma ses bras autour de lui. Chacun écouta tambouriner le cœur de l'autre.

— Tu restes ici cette nuit ? s'enquit Lil.

— Vaut mieux pas. Demain, j'ai Luca. Je veux être à la maison quand Jillian me l'amènera. Je préfère ne pas lui donner quelque chose à utiliser contre moi.

— Grier, que s'est-il passé aujourd'hui ?

— Plein de trucs.

— Je ne peux pas t'aider si tu ne m'en parles pas.

— Lil, je ne veux pas te coller mes ennuis sur le dos. Ce ne serait pas juste.

— Pas juste ? Pff… Ne sois pas idiot. Si je te pose la question, c'est parce que ça m'intéresse.

— C'est vrai ? s'étonna Grier.

— Ce n'est pas évident ?

— J'espérais…

— Parle-moi, amour.

— Ce matin, j'ai tout avoué à mon père.

— Et tu es encore vivant pour me le dire. C'est de bon augure, plaisanta Lil.

Grier se mit à rire.

— Oui, je suppose. En fait, il a réagi de façon plutôt correcte. Il ne m'a pas expulsé de son camion.

— Voyons le côté positif, c'est un poids en moins.

— La discussion entre lui et moi n'est pas terminée, loin de là, remarqua Grier avec amertume.

— Pour certains parents, il faut du temps.

— Et toi, tu as eu de la chance ? Ou bien a-t-il fallu aussi que tu te battes ?

— Ma mère a compris avant moi que j'étais gay, répondit Lil avec un sourire. Elle a une personnalité très spéciale, plutôt exubérante et introvertie. Elle adore le théâtre, où nous allons le plus souvent possible. Ça ne lui a posé aucun problème d'avoir un fils gay. Ce qui l'inquiétait, c'était ce que d'autres

70

pouvaient me faire, elle s'est montrée très protectrice. Elle avait entendu des histoires horribles concernant l'homophobie, elle craignait pour ma sécurité, surtout parce que j'ai hérité de son côté dramatique et théâtral. Je dois admettre avoir eu un comportement assez extravagant dans mes jeunes années. Ce que tu vois maintenant, c'est la version atténuée.

— Ce que je vois quand je te regarde, c'est un homme parfaitement sûr de lui. Et je trouve cette caractéristique très séduisante. J'en ai assez de me morfondre dans mon coin. J'aimerais être aussi naturel que toi, ou que Jody et Clark.

— Chaton, Clark a connu son chemin de croix, il n'a pas vécu des choses faciles. Les parents de Jody étaient à l'opposé, ils ont toujours compris et accepté l'orientation de leur fils. Nous avons tous à jouer les cartes que la vie nous donne. Tu finiras par trouver ta voie et quand tu décideras enfin de quelle façon tu veux vivre, les choses se mettront en place. Ta famille apprendra à accepter qui tu es vraiment, mais d'abord, il faut que toi-même, tu t'acceptes.

— Je n'ai aucun problème avec ma sexualité, Lil. Ce qui m'inquiète, c'est de tenter de forcer Jillian à me reconnaître officiellement comme le père de Luca. Je crains qu'elle réagisse mal et que ça détruise mes chances d'obtenir une garde partagée.

— Grier, nous ne sommes plus au Moyen-Âge. Le mariage gay est reconnu dans la plupart des États, les gays ont droit de former des familles. Au tribunal, le père obtient un droit de garde bien plus souvent que tu l'imagines. Tu envisages réellement de porter toute cette histoire au grand jour ?

— Je vois Jillian changer de jour en jour, en ce moment. Je ne sais pas s'il s'agit de l'influence de mon frère ou si elle a toujours éprouvé un tel ressentiment envers moi. Je pensais réellement que nous étions tombés d'accord concernant Luca, mais hier ou même ce soir, elle m'a sorti des paroles qui m'ont interpellées, je ne sais plus quels sont ses véritables sentiments.

— Ton frère est homophobe ?

— Oui, je suppose que tu pourrais le qualifier ainsi.

— A-t-il toujours été comme ça ?

— C'est devenu pire cette dernière année. J'avais l'habitude qu'il me houspille et fasse des remarques désagréables concernant mon attirance pour les mecs, mais après la mort de maman, il s'est mis en tête de protéger papa de mon homosexualité. Il est convaincu que je vais provoquer la mort de notre père.

71

— Qu'est-ce qui lui donne l'autorité d'être à la fois juge et juré ?

— Le droit d'aînesse, j'imagine.

— Tu ne me parais pas du genre à te soumettre.

— Ce n'est pas le cas, mais j'aime mon père, et je ferais presque n'importe quoi pour ne pas lui faire de peine.

— Grier, tu penses toujours aux autres en priorité.

— Que veux-tu dire ?

— Comme tu l'as dit toi-même, tu as mis ta vie entre parenthèses pour Luca. Mais il ne s'agit pas seulement de lui, pas vrai ? Pour toi, tous les autres passent avant – ton père, ton frère, Jillian… Et toi alors, quand viendra ton tour ?

XI

LA QUESTION le fit tiquer, mais Lil la prononça si tendrement que Grier maîtrisa son besoin instinctif de se défendre vivement.

— Je ne sais pas, Lil.

— Tu ne penses pas qu'il est temps, pour une fois, de penser d'abord à toi ?

— Et Luca ?

— Tu ne lui apporteras rien de bon si tu continues à laisser les circonstances dicter ta vie. Je sais bien que c'est plus facile à dire qu'à faire, et j'ignore ce que pensent Jillian et sa famille, mais je vois bien que tu es troublé. Grier, il faut que tu défendes tes droits.

— Je ne veux causer de tort à personne.

— Ton inertie cause du tort à Luca... Il a besoin de connaître son père ; il lui faut savoir qu'il n'a pas été abandonné. Dieu seul sait ce que Jillian lui a raconté. Tu es au courant ?

— Elle lui a dit que son père était malade, qu'il avait dû partir.

— En clair, elle lui a dit que son père était mort ?

— Non, pas vraiment, mais Luca en a déduit que son père se trouvait avec ma mère, au paradis, c'est là que les gens vont quand ils sont malades. Il sait qu'ils ne peuvent pas revenir.

— Que vas-tu lui raconter quand il insistera pour en savoir davantage ?

— Aucune idée.

— Il va déjà à l'école ? demanda Lil.

— Oui. Il est en primaire.

— Je suis surpris qu'il ne t'interroge pas plus. Les enfants ne se font pas de quartier entre eux. C'est étonnant que Luca ne rentre pas chez lui le soir avec un millier de questions.

— Je ne veux pas être désagréable, mais en quoi es-tu un expert ? Comment sais-tu ce qui se passe à l'école primaire ?

— J'ai été Luca. Je me souviens combien j'avais mal quand les gens me posaient des questions sur mon père. Durant très longtemps, l'idée d'être tellement insignifiant que mon propre père m'avait abandonné sans une explication a causé des ravages en moi.

— Je suis désolé. Je l'ignorais.

— C'est pourtant le cas, Grier. Je ne veux pas que Luca puisse un jour imaginer qu'il ne mérite pas d'être aimé.

— Merde, c'est ce que tu pensais ?

— Pendant des années.

— Comment t'en es-tu sorti ?

— J'ai commis un tas de folies jusqu'au jour où ma mère m'a trouvé un thérapeute vraiment doué, répondit Lil avec un sourire.

— Quel genre de folies ?

— Je me demande ce que je n'ai pas fait... Déjà, je couchais avec tous ceux qui se présentaient. Tu sais, j'étais le parfait cliché : le mec qui sortait sans arrêt, qui se faisait remarquer, qui pensait que l'attention était une forme d'amour.

— J'essaie de t'imaginer ainsi.

Lil éclata de rire.

— Crois-moi, j'étais à fond dans mon rôle. Jody a été le témoin de mes insanités. D'ailleurs, quand je l'ai connu, à l'université, j'avais déjà quasiment résolu mes problèmes vis-à-vis de mon père.

— Je pensais que tu avais un beau-père.

— C'est vrai, un homme très bien. Mais sa présence ne m'a pas empêché de souffrir à l'idée que mon géniteur s'était enfui sans un regard en arrière.

— Tu n'as plus jamais entendu parler de lui ?

— Non.

— Quel sale con !

— Je n'y pense plus.

— Quand tu étais enfant, à quoi rêvais-tu par-dessus tout ?

— Je cherchais à m'affirmer... J'avais besoin d'être certain de valoir quelque chose.

— Ta mère ne te disait pas qu'elle t'aimait ?

— Si, tout le temps. Ça ne suffisait pas. La personne qui aurait dû compter le plus pour moi m'avait rejeté.

— Tu penses que Luca pourrait me haïr un jour ?

— Il t'aime beaucoup, Grier. Je vous ai vus ensemble tous les deux. Mais plus tu lui cacheras la vérité longtemps, plus ça sera difficile pour vous deux au final. Tu n'as pas intérêt à attendre la crise de l'adolescence.

— Je l'aime tellement. Parfois, la nuit, je reste éveillé en pensant à son avenir. J'aimerais qu'il ait les opportunités que je n'ai pas connues.

— Pourquoi Jillian refuse-t-elle d'avouer la vérité ? C'est quand même énorme de prétendre avoir été violée.

— Jillian était une petite fille modèle qui ne faisait jamais de bêtise. Alors que nous trois, Jake, Ali et moi, ne cessions d'avoir des ennuis, elle était parfaite : toujours première à l'école, déléguée de sa classe, pom-pom girl en chef, bénévole à l'hôpital du coin. Ses parents y tiennent comme à la prunelle de leurs yeux. Elle a considéré que crier au viol était plus noble que d'admettre une erreur. Quand elle a annoncé sa grossesse à ses parents en insistant pour garder l'enfant – puisqu'ils sont catholiques et refusent le principe même d'un avortement – elle a quasiment atteint la sainteté.

— Est-ce qu'ils n'ont pas voulu retrouver ce mystérieux inconnu pour porter plainte ?

— Jillian a refusé d'aller à la police. Elle a dit à ses parents que s'ils insistaient, elle quitterait la maison. Bien sûr, ils ont été horrifiés par cette menace.

— Je n'arrive pas à croire qu'elle s'en soit sortie avec cette histoire.

— Ses parents ne sont pas du genre revendicatif, Lil. Ils ont simplement été reconnaissants qu'elle ait survécu à ce prétendu viol. Ils n'ont pas voulu rajouter à ses tourments. Ils se sont encore plus occupés d'elle. Quand Luca est né, il est devenu l'enfant de tout le monde. Les parents de Jillian l'ont gardé à tour de rôle, ainsi, elle a pu aller à l'université. Quand je suis revenu après mes deux ans en Illinois, j'ai été à mon tour enrôlé comme baby-sitter.

— Je ne comprends toujours pas ce qu'elle espérait tirer de ce mensonge.

— Pour ça, il faudrait que tu saisisses mieux la façon dont fonctionne la famille.

— Et tu ne peux pas m'éclairer ?

— Les Garcia sont des immigrants, ils ont travaillé dur, avec des horaires effrayants parfois, pour donner une bonne vie à leurs enfants, un bien-être qu'eux-mêmes n'avaient jamais connu. Ils sont très respectés dans la communauté philippine. Ils avaient placé d'immenses espoirs en Jillian. Pour eux, elle est l'incarnation du Rêve Américain. Bien entendu, ils n'avaient pas imaginé qu'elle devienne mère célibataire. En fait, son père a toujours dit qu'il ne voyait personne digne de sa fille.

— C'est normal, c'est ce que pensent la plupart des parents. Personne n'est jamais à la hauteur.

— Et pourtant, moi, ils m'avaient accepté comme prétendant, ricana Grier. Nos deux familles ont toujours plaisanté sur un futur mariage entre nous.

— Ce qui n'a fait qu'alimenter l'obsession de Jillian.

— Oui, j'imagine. Tita Nita et Tito Enteng nous aiment, Ali et moi, presque autant que leurs propres enfants. Ça les aurait tués d'apprendre que j'avais déshonoré leur fille. Ça aurait aussi créé une rupture épouvantable entre nos deux familles.

— S'ils étaient si bons amis, ils auraient pu en discuter et surmonter cette épreuve.

— Ce n'est pas ce que pensait Jillian… et il faut bien admettre qu'elle les connaît mieux que nous.

— Tu ne crois pas que Jillian a surtout pensé à sa petite vanité, sans se soucier de la vérité,

— Que veux-tu dire ?

— Elle avait décidé de t'avoir. Quand ses projets ont échoué, elle n'a pas supporté d'affronter l'humiliation d'avoir été rejetée, alors elle a inventé cette grotesque histoire de viol. C'était plus facile pour elle de jouer les victimes que d'admettre aimer un gay n'ayant aucune envie de l'épouser.

— Tu la penses manipulatrice à ce point ? C'est par hasard que nous avons couché ensemble, c'était un accident.

— De ta part, c'est certain, mais si Jillian est aussi intelligente et bien organisée que tu me l'as présentée, elle savait exactement ce qu'elle faisait.

— Mais je lui ai proposé le mariage !

— Ça aurait été une farce.

— Il faut que j'y réfléchisse, Lil. Ça fait beaucoup à absorber.

— À mon avis, ce serait du temps bien employé puisque tout l'avenir de Luca dépend des décisions que tu prendras. Tu es certain que personne n'est au courant de la vérité ?

— Certain.

— Tu n'as pas regretté d'avoir accepté ce mensonge en tenant Luca dans tes bras ?

Les yeux de Grier étincelèrent tandis qu'il se rappelait les innombrables nuits passées à ressasser sa frustration et sa colère.

— Si, parfois.

— Par exemple, avec tes petits copains en cuir…

— Comment as-tu deviné ?

— J'ai connu la même chose, Grier. Tu as choisi une échappatoire, moi une autre. Nous ne sommes pas si différents.

— Oui, j'ai fait quelques expériences dans le BDSM, en espérant que la douleur m'aiderait à expurger ma culpabilité. J'ai vite réalisé que ce n'était pas mon truc. Fort heureusement, mes 'petits copains en cuir', comme tu dis, se sont avérés être des mecs très bien, ils m'ont aidé à reprendre mes esprits. Ils m'ont fait entrer dans la confrérie des Harley-Davidson, et c'est une amitié qui perdure. J'ai appris à connaître les motards, je me sens à l'aise parmi eux, je n'ai pas besoin de t'expliquer pourquoi je me suis senti libre sur la route. Je me suis aussi tatoué. Ces gens-là m'ont accepté, avec mes défauts, contrairement à Jillian et Ali qui n'arrêtaient pas de vouloir me changer. Tu aurais vu la tête de Jillian après mon premier tatouage… c'était celui du bras. J'ai cru qu'elle allait exploser.

Grier ricana d'un air sarcastique.

— Quant à mon frère, il n'aurait pas été plus choqué si je m'étais castré.

Lil, toujours à califourchon sur les genoux de Grier, se pencha pour l'embrasser sur les lèvres. Il frotta ses hanches contre le sexe du jeune homme.

— Surtout pas ! protesta-t-il. Voilà qui aurait été une tragédie.

Grier approfondit le baiser, pénétrant sa bouche avec insistance. Très vite, les deux hommes en furent réduits à gémir.

— Ma queue est d'accord avec toi, annonça ensuite Grier.

— J'en suis bien conscient, mon chaton. Et si nous redescendions dans ma chambre cette fois ?

— Bonne idée.

Grier aida Lil à quitter son giron, puis les deux hommes récupérèrent leurs serviettes qu'ils s'attachèrent autour de la taille.

La maison avait été complètement rénovée et revue. De l'extérieur, c'était toujours une brownstone classique, mais à l'intérieur, le design italien régnait en maître. Les sols étaient en ardoise, avec des tapis colorés aux dessins géométriques ; tout le mobilier était moderne et élégant. La maison avait quatre niveaux : l'entresol, avec la chambre d'amis ; le rez-de-chaussée où se trouvaient la cuisine, le salon et la salle à manger ; à l'étage, il y avait essentiellement la chambre principale, avec dressing et salle de bain, plus une autre salle d'eau. Et ensuite, sur le toit, se tenait la partie récréative, avec d'un côté la terrasse et la tonnelle sous laquelle se trouvait le bain bouillonnant, et de l'autre, une pièce de télé. Un escalier circulaire reliait les différents niveaux, un ascenseur permettait de descendre plus vite.

— J'aime beaucoup l'architecture intérieure de cette maison, remarqua Grier, tandis que les deux hommes attendaient que l'ascenseur monte jusque sur le toit.

— Les propriétaires ont dépensé une petite fortune. Cette porte, par exemple…

Tout en parlant, Lil ouvrit le panneau en verre biseauté, ce qui leur permit d'entrer dans un petit ascenseur de poche.

— Alors qu'ils auraient pu se contenter d'une porte standard, ils ont choisi un modèle de luxe. Toute la maison a été rénovée avec des matériaux haut de gamme, c'est ce qui la rend si spéciale.

— La plupart vient d'Italie, non ? demanda Grier.

— Oui, en ce qui concerne les salles de bain. Mais la cuisine est 100 % américaine.

— Si je deviens un jour architecte d'intérieur, c'est exactement ce que j'aimerais faire, annonça Grier d'un ton rêveur. Ça ne marchera jamais. Mon père n'a pas changé d'avis concernant mon choix de carrière. Il est tout à fait d'accord pour financer la suite de mes études à condition qu'il s'agisse d'une profession virile et non d'un métier qui, selon lui, est réservé aux femmes.

— Manifestement, ton père n'y connaît rien. Il faut que tu prépares tes arguments, Grier. Fais-lui la liste des meilleures sociétés de décoration du pays. Tu seras surpris de constater combien d'hommes les dirigent. Bien sûr, il y a également des femmes, mais la parité existe dans la profession. Ton père est resté figé dans un stéréotype.

— Il est routier, Lil.

— Alors, apprends-lui. Fais-le changer d'avis.

— C'est un peu tard pour ça, tu ne crois pas ? Il a plus de soixante ans.

— Il reste actif, il est capable d'apprendre et d'évoluer. Si tu tiens suffisamment à ta carrière, il faut que tu te battes pour elle, Grier. Et c'est valable pour tout le reste, insista Lil.

— Je n'ai pas besoin d'un sermon ! rétorqua sèchement Grier.

Lil prit le jeune homme dans ses bras et le serra contre lui.

— Je ne fais qu'enfoncer des portes ouvertes.

— Je ne suis peut-être pas prêt pour cela.

Lil décida de ne pas insister.

— Très bien. Je n'en parle plus.

— Très bien.

Lorsque les deux hommes arrivèrent dans la chambre, Lil se dirigea tout droit vers sa penderie dont il sortit un sac rose au logo de Victoria's Secret – le célèbre magasin de lingerie fine. Il espérait retrouver l'ambiance passionnée que ses remarques malvenues venaient de gâcher. Pour la seconde fois, il avait eu un aperçu du côté défensif de Grier. La première, c'était lorsqu'il avait tout appris concernant Luca. Les deux incidents mettaient en lumière le côté indécis de Grier, qui préférait ne pas affronter un problème pourtant aussi énorme que le proverbial éléphant dans le couloir.

— Veux-tu savoir comment j'ai passé tout l'après-midi ?

Lil posa la question avec une lueur dans le regard.

— Oui.

XII

Lil SORTIT de son sac un paquet enveloppé d'un papier rose et l'ouvrit lentement pour révéler trois strings Lacie taille unique – 'ce qui se vendait le plus' lui avait affirmé la vendeuse lui ayant présenté des modèles à foison en affirmant qu'ils convenaient aux hommes de toutes tailles. Attiré par les vives couleurs, Lil avait opté pour un string jaune citron, un autre bleu roi, et un dernier rose magenta.

— Waouh ! J'adore, chuchota Grier.

Il s'empourpra et sa respiration devint rauque tandis qu'il caressait la lingerie avec amour.

— C'est bien ce que je pensais.

Les yeux assombris de désir, Lil arracha la serviette de Grier et la fit tomber et à ses pieds ; il s'enivra de la façon dont le corps ferme et parfait s'échauffait sous son regard.

— Laisse-moi t'habiller, reprit l'architecte.

Il s'empara du string bleu roi et tomba à genoux, afin de le faire glisser le long des cuisses musculeuses. Il s'arrêta un moment pour frotter son nez contre les lourdes bourses, puis recueillit sur le bout de la langue une goutte de sperme qui perlait du sexe érigé, déjà plaqué contre l'estomac durci. Le string allait parfaitement à Grier, dont il mettait en valeur l'organe tumescent. Au niveau de la taille, la dentelle reposait juste sous le bouquet de petites étoiles bleues. D'un geste sensuel, Lil glissa sous l'élastique pour caresser les tatouages de la langue. De l'autre main, il effleura de bas en haut les cuisses de son amant, recouvertes d'une souple toison frisée. Lil gémit de plaisir, puis son corps tout entier se couvrit de chair de poule quand Grier passa les doigts dans ses courts cheveux blonds, pour tirer dessus plutôt brutalement. L'architecte se releva, à contrecœur, peu désireux de relâcher sa prise. Retournant jusqu'à sa penderie, il en tira un blouson de cuir noir qu'il s'était acheté.

— Enfile-le, amour, proposa-t-il.

— Je ne pense pas que ça m'ira.

— Nous avons à peu près la même taille…

Lil ajouta avec franchise :

— Sauf que tu as des épaules bien plus larges que les miennes ne le seront jamais.

— Tu ne te rends pas justice.

— Je ne fais que dire la vérité, aussi brutale soit-elle.

— Ça, j'avais remarqué, fit Grier, les sourcils froncés.

— Tu préférerais que je ne te dise pas tout ce que je pense ?

— À mon avis, te le demander reviendrait à t'empêcher de respirer.

— C'est vrai, ce serait horrible pour moi.

Lil leva les yeux au ciel avec une grimace exagérée.

— Il y a des années que je m'exprime comme je l'entends. Et je n'ai pas ma langue dans ma poche.

— J'ai d'autres idées des endroits où tu pourrais mettre ta langue, rétorqua Grier. Bien, tu veux que je joue au mannequin ?

— Oui, souffla l'architecte.

Il aida Grier à enfiler son blouson Prada, puis lissa le cuir souple. Voir le jeune homme ainsi, avec ce cuir noir et ces sous-vêtements à froufrous, lui provoqua une curieuse réaction dans l'estomac… et au bas-ventre. À nouveau, il bandait, et c'était la troisième fois ce soir. Un vrai record depuis qu'il avait franchi la barrière des trente-sept ans pour passer du côté obscur. Son cœur faisait des soubresauts comme une truite hors de l'eau.

— Bon sang, que tu es beau !

— Je parie que tu dis ça à tous les jolis garçons, plaisanta Grier.

— Seulement à ceux qui me font bouillir le sang.

— Ainsi, je ne suis qu'un mec de plus dans ton écurie ?

Si Grier avait lancé ça comme une plaisanterie, Lil remarqua dans ses yeux de la vulnérabilité.

— D'abord, rétorqua-t-il, je n'ai pas d'écurie de ce genre. Et si c'était le cas, tu serais mon seul étalon.

— C'est vrai ?

— Bien sûr que c'est vrai. Qu'est-ce que tu imagines ? Que j'ai dix hommes comme toi qui m'attendent à la maison ?

— J'ignore ce que tu as chez-toi, à San Francisco.

Lil prit Grier dans les bras afin de le regarder intensément.

— Je n'ai personne. Je ne suis pas du genre à être en couple.

— Et c'est ce que tu voudrais ?

Lorsque Lil l'embrassa, Grier ouvrit la bouche par automatisme ; il laissa l'architecte l'explorer en profondeur. Quand les deux hommes finirent par se séparer, ils étaient pantelants. Pourtant, Grier répéta sa question.

— Est-ce que tu cherches quelqu'un de permanent ?

— Est-ce que ça t'intéresserait ? demanda Lil, qui le scruta, à la recherche d'une réponse.

Grier le dévisagea un long moment, étudiant son visage franc, puis à contrecœur, détourna les yeux.

— On va se coucher ?

Ils finirent dans un mélange emberlificoté de membres. Grier, à califourchon sur Lil, se perdit dans les yeux couleur de myosotis qui le fixaient avec adoration.

— Lil ?

— Quoi, mon cœur ?

— Je vais enlever ce blouson.

— Non. Garde-le encore un peu.

— D'accord.

Lil tendit les bras et glissa les mains sous la douceur du cuir afin de jouer avec les mamelons de Grier, des petits bourgeons durs et bruns qui répondirent manifestement à toucher.

— Grier, tu es tellement beau !

— Arrête de dire ça.

— C'est vrai.

Grier étouffa un cri choqué quand Lil égratigna de l'ongle sa peau fragile.

— Tu serais superbe avec un piercing à cet endroit, indiqua Lil en désignant la partie supérieure du sein de Grier. Une petite barre, peut-être.

— J'y ai déjà pensé.

— Si ça te dit, j'irai avec toi.

— Oui, ça me plairait.

Lil lui adressa un sourire démoniaque, puis il tira sur la dentelle bleue, l'écartant sur le côté. Son geste libéra le sexe de Grier comme un diable hors de sa boîte.

— J'adore ta queue, roucoula Lil.

Il la caressait déjà de haut en bas. Grier se mit à genoux et repoussa son string sur ses cuisses. Il se contorsionna pour l'enlever, mais avec l'architecte entre ses jambes, ça lui fut impossible. Frustré, il en devint maladroit. Lil roula sur le côté, avant que Grier ne déchire son cadeau en lambeaux. Il était prêt à faire un effort pour son amant frénétique – qui semblait décidé à passer à la vitesse supérieure, quelles que soient les limitations légales.

— Où est le lubrifiant ? demanda Grier avec impatience.

Du doigt, Lil lui désigna la table de chevet. Il se demandait pourquoi Grier était aussi énervé : il agissait comme s'il avait quelque chose à prouver. Le jeune homme le fit rouler à plat ventre, puis lui releva les hanches et l'architecte se retrouva à quatre pattes. Il tourna la tête pour regarder Grier, qui portait toujours son blouson. Les pans du vêtement ouvert s'agitaient à chacun de ses mouvements, offrant à Lil des aperçus d'une peau luisante de sueur et de tatouages colorés. Grier était incroyablement sexy, Lil ne pouvait contrôler les sensations qui lui brûlaient le corps. Il était de plus en plus désespéré de sentir le sexe de son amant l'empaler profondément.

— Je suis prêt, mon cœur.

Grier prit alors possession de lui, son sexe lubrifié et ceint de latex pénétrant le corps offert de l'architecte. Le jeune homme semblait devenir de plus en plus confiant à chaque coup de reins ; il martela Lil avec agressivité en grognant de plaisir. Quant à Lil, il criait d'extase en sentant l'organe dur heurter sa prostate en cadence.

— C'est bon, Lil ?

— Divin, haleta-t-il.

Il se raccrocha à la tête de lit sous la force de l'impact suivant.

— Je veux que ça soit bon pour toi. Je veux être ton étalon.

— Oh bon sang !

Resserrant les bras autour du torse de Lil, Grier se pencha pour déposer des baisers brûlants dans son cou, puis il aspira la peau sensible tout en continuant à pilonner son amant. Lil tendit le bras derrière lui pour s'accrocher au cou du jeune homme.

— C'est tellement bon, mon cœur.

Grier pivota d'un mouvement rapide. Cette fois, Lil se retrouva sur lui, à califourchon. Grier poussa un sourd grondement quand Lil s'empala à nouveau sur son sexe raidi, le demi-tour les ayant séparés. Puis il cria de plaisir en se sentant englouti dans cette chaleur torride. Lil renversa sa tête sous l'effet de l'extase. Il se mit à rebondir sur l'organe planté en lui, savourant sa jouissance sous le regard avide de son amant. Grier jouait avec les mamelons de l'architecte, qu'il pinça et transforma en petites boules durcies. Puis il sentit Lil frémir peu avant que son orgasme fasse jaillir sur son torse et son cou des jets de sperme mousseux. Grier céda à son tour au plaisir, le sexe malaxé par les muscles internes de l'architecte, et jouit en lourdes vagues brûlantes.

Lil s'écroula sur le torse humide de Grier, d'où il écouta leurs respirations sifflantes et leurs battements de cœur erratiques.

— C'était bon ?

— C'était bien plus que bon, ronronna Lil, rassasié au-delà du possible.

Ils s'endormirent. Réveillé vers quatre heures du matin, Grier se désengagea doucement du corps de Lil, toujours drapé sur lui. Il fit un bref arrêt dans la salle de bain, puis enfila un des boxers de l'architecte et remonta jusque dans la cuisine. Il fut surpris d'y trouver Clark, assis au comptoir, qui sirotait un café.

— Désolé, s'excusa immédiatement Grier.

Il était conscient d'avoir la tête d'un mec tombé du lit après une nuit torride – et des traces de sperme séché sur la poitrine.

— Aucun problème, mec. Mi casa es su casa, ajouta Clark avec un sourire.

— Merci. J'étais venu chercher un truc à boire.

— Je viens de faire du café, mais si tu préfères quelque chose de frais, il y a de l'eau et de la bière dans le frigo.

— Pourquoi es-tu debout aussi tôt ?

— Je dois être à Bourbonnais en milieu de matinée. J'ai un entraînement.

— C'est à peine à une centaine de kilomètres au sud d'ici, remarqua Grier.

— Je sais, mais la circulation sera épouvantable si je ne pars pas de très bonne heure. Et toi, pourquoi es-tu debout ?

Grier ricana.

— Il faut que je rentre chez moi pour garder Luca. Jillian va me tuer si je ne suis pas à l'heure.

— Tu vas dans quelle direction ?

— Vers l'ouest.

— Dommage, sinon je t'aurais raccompagné.

— Merci, j'ai ma moto.

— Où est-elle ?

— Dans ton garage.

Clark hocha la tête, sans quitter Grier du regard. Le jeune homme avait la sensation de subir un interrogatoire.

— D'après Lil, tu travailles chez ton père ? reprit Clark.

— Oui, jusqu'à ce que je me décide enfin à partir pour faire ce que j'ai vraiment envie de faire.

— C'est-à-dire ?

— Je veux être architecte d'intérieur.

— Pas étonnant que tu t'entendes aussi bien avec Lil.

— Oui, c'est un point commun entre nous.

— Lil est un mec très bien, remarqua Clark. Tu pourrais trouver bien pire.

— Je peux te poser une question ?

— Vas-y.

— Comment as-tu trouvé le courage de t'exposer ainsi ?

Clark engloutit ce qui lui restait de café, puis reposa sa tasse dans l'évier.

— À un certain moment, on ne réfléchit plus. Je voulais faire carrière, bien sûr, mais je voulais Jody encore plus. Quelque fois, il faut sauter dans le vide en espérant qu'un filet sera là pour vous rattraper.

— Tu savais qu'il y aurait un filet ?

— Bordel, non ! J'ai cru devoir faire une croix sur ma carrière.

— Tu as eu du cran.

Clark dévisagea Grier, qui le contemplait comme s'il s'agissait du dalaï-lama. L'admiration émanait de lui, par vagues.

— Écoute, Grier, je peux t'assurer que ça n'a pas été facile. À aucun moment.

— Je sais, j'ai lu des articles.

— Ne crois pas tout ce que les journalistes écrivent... Il y avait bien davantage dans notre histoire. Mais pour faire court, quand on désire quelque chose plus que tout au monde, il faut être prêt à en payer le prix et à en subir les conséquences.

— Oui, c'est aussi ce que je crois, approuva Grier. Passe une bonne journée, Clark.

— Toi aussi, mon pote. À bientôt.

Grier récupéra deux bouteilles d'eau avant de redescendre l'escalier. Il pensait déjà à la journée qui l'attendait, à tout ce qu'il avait à faire, en se demandant quand Lil et lui pourraient se retrouver. Il était de plus en plus conscient que cette relation était bien plus qu'un simple béguin, et pourtant, elle prendrait bientôt fin. L'idée des adieux inéluctables lui pesa sur le cœur, mais il avait encore quatre jours... et il prévoyait de ne pas en perdre une seule minute.

Lil dormant toujours profondément, Grier déposa l'eau sur la table de chevet avant de passer dans la salle de bain prendre une douche. Quand il fut propre et récuré, il trouva Lil assis dans le lit, occupé à boire à la bouteille.

— Hé, le salua Grier à mi-voix. Je n'avais pas l'intention de te réveiller.

— Ce n'est pas toi, mon cœur. Tu t'en vas ? Si tôt ?

— Il faut que je sois à Elk Grive à sept heures. Si je retourne au lit avec toi, je ne partirai jamais.

— Ce qui me conviendrait très bien, rétorqua Lil avec un grand sourire. Je te revois plus tard ?

— J'aurais terminé avec Luca vers dix-huit heures.

— Tu le gardes souvent ?

— Tous les jours de la semaine, parfois aussi le week-end.

— A-t-elle une solution de secours si tu n'es pas disponible ?

— Ses parents, mais elle sait qu'elle peut compter sur moi en cas d'urgence.

— En clair, tu es à sa botte.

Grier cessa de s'habiller.

— S'il te plaît, ne recommence pas.

Lil haussa les épaules.

— Tu m'appelles ?

XIII

GRIER ARRIVA à l'heure, mais de justesse. Jillian était déjà dans l'allée, avec Luca. Elle regarda sa montre, d'un air furieux.

— Désolé, s'excusa Grier.

Il conduisit sa V-Rod dans le garage, éteignit le puissant moteur et retira son casque tout en souriant à Luca qui courait déjà pour l'accueillir.

— Hé, bonhomme, comment va ?

— Très bien, répondit Luca avec un grand sourire. Je peux regarder la télé ?

— Bien sûr. Emmène tes affaires dans la maison et attends-moi.

— Je n'ai plus que vingt minutes pour aller travailler, râla Jillian d'un ton excédé.

— Et alors ? Ce n'est qu'à dix minutes d'ici, lui rappela Grier.

Il descendit de moto, son casque calé sous le bras.

— Qui viendra chercher Luca tout à l'heure ?

— Soit maman, soit Ali.

— Quoi ?

— Tu m'as parfaitement entendue.

— Depuis quand Ali fait-il du baby-sitting ?

— Quelle importance ?

— Il n'y connaît rien.

— Il faudra bien qu'il apprenne s'il veut rester avec moi.

Grier vit là une opportunité d'en apprendre davantage.

— Depuis quand sors-tu avec lui ?

— Pourquoi ? Tu es jaloux ?

— Ça me paraît très soudain.

— Ali a toujours eu un faible pour moi.

— Et pourquoi est-ce que je n'étais pas au courant ?

Jillian haussa les épaules.

— Sans doute parce que je n'avais jamais fait attention à lui. En plus, il ne voulait pas avoir l'air bête vis-à-vis de toi.

— Et tout à coup, tu t'intéresses à lui ?

— Il est très gentil.

— Le facteur aussi, Jillian, ce n'est pas pour autant que tu as envie de sortir avec lui.

— Pourquoi es-tu aussi garce ?

— Ne m'appelle pas comme ça.

— Il n'y a que la vérité qui blesse…

— C'est toi qui agis comme une vraie salope.

— J'aurais dû me douter que tu le prendrais mal. Ali m'a bien prévenue que tu défendrais ton territoire.

— Ali sait-il que je suis le père de Luca ?

— Bien sûr que non !

— Il faut que tu le lui dises.

— Non, je ne veux pas.

— Nous ne pouvons pas garder éternellement ce secret, Jillian. J'ai eu tort de te laisser raconter tes mensonges pendant si longtemps. Je veux être officiellement reconnu comme le père de mon fils.

— Il n'en est pas question.

— Pourquoi ? demanda Grier, sans retenir la colère de sa voix.

— Je ne veux pas que Luca sache que tu es son père.

— Il m'aime autant que je l'aime.

— Pour le moment, c'est très bien, mais tu ne crois pas qu'il changera d'opinion quand je lui dirai que tu préfères un homme à moi, sa mère ? Tu crois vraiment qu'il t'aimera encore ?

— Oui, affirma Grier.

En vérité, il n'en était pas certain. Comment réagirait Luca en apprenant que son père était homosexuel ?

— Je ne veux pas qu'il ait honte de ses gènes.

— Ce ne sera pas le cas si tu lui présentes correctement la situation. Malheureusement, il risque d'être influencé par Ali et son code moral trop rigide. Pour le moment, Luca ignore encore la signification du mot 'gay'.

— Ali n'est pas la seule personne au monde qui considère ça contre nature.

— Tu n'as jamais eu de problème vis-à-vis de moi auparavant. Pourquoi as-tu tellement changé ?

— Te voir avec cette tarlouze m'a fait réaliser à quel point tu étais gay.

— Et c'est ça ton problème, pas vrai ? Tu n'arrives pas à accepter avoir été amoureuse du mauvais frère.

— Ce n'est pas vrai.

— Mais si, c'est vrai. C'est ta foutue fierté qui t'empêche d'admettre que tu t'es plantée, que tu as mis tes œufs dans le mauvais panier. Je ne t'ai jamais menti, Jillian. Je t'ai annoncé que j'étais gay dès que je l'ai réalisé.

— Je sais. Je suis désolée d'en arriver là, mais je veux pour mon fils une vie meilleure.

— Les gays réussissent aussi bien que les autres. Pourquoi dis-tu que je ne pourrais pas donner à Luca une vie meilleure ?

— Regarde-toi, Grier. Tu as vingt-cinq ans, un boulot sans avenir, et même pas de logement à toi. En clair, tu es un raté.

— Je reste là pour ne pas m'éloigner de Luca ! lui cracha Grier au visage. Merde, tu le sais très bien.

— Je veux voir mon fils vivre auprès d'un homme qu'il puisse admirer, quelqu'un ayant réussi et qui lui serve de modèle. Quelqu'un comme ton frère.

— Dis-moi que tu n'envisages pas sérieusement de l'épouser !

— Il m'a proposé d'adopter Luca. Au moins, il sera un Dilorio. Il y aura ton nom sur son certificat de naissance, même si ce n'est pas toi qui en seras le père.

— Non.

— Allez, c'est ce qu'il y a de mieux.

— Je n'arrive pas à croire ce que j'entends. Je te croyais de mon côté, Jillian.

— Je suis du côté de Luca

— Et tu ne le penses pas qu'il a le droit de savoir que son véritable père l'aime de tout son cœur ? Je préférerais mourir que voir un autre prendre ma place.

— Grier, ne joue aux héroïnes de tragédie pas avec moi.

Il l'empoigna par le bras et la secoua brutalement.

— Je ne compte pas abandonner mes droits sans me battre.

— Lâche-moi ! hurla Jillian. Si tu me touches encore une fois, j'irai porter plainte contre toi.

Instantanément, Grier la libéra et s'écarta d'un pas. Les yeux étrécis, il cracha :

— Je ne te reconnais pas !

— C'est pareil pour moi, bordel ? Qui es-tu ?

— Je suis le père de Luca, annonça Grier. Il est plus que temps que tout le monde le sache.

— Fais bien attention à toi, pédale. J'ai déjà pris ma décision concernant Ali. Si tu cherches à t'interposer, tu en subiras les conséquences.

— Oui, et ton petit monde parfait t'explosera au visage.

Jillian se tenait devant sa voiture, dans sa blouse immaculée d'infirmière, avec ses longs cheveux noirs répandus en un souple voile sur ses épaules. Elle était l'incarnation même du professionnalisme, une femme consacrée au métier de soigner et guérir, ainsi qu'elle l'avait décidé. Mais Grier savait désormais que, sous ce masque de compassion, se cachait une garce égoïste et manipulatrice. Jillian avait organisé son parcours de façon impitoyable et jamais il ne s'en était rendu compte jusqu'à aujourd'hui. Il voyait clair à présent. Ce visage parfait était celui d'une femme avec laquelle il avait partagé une amitié durant toute sa vie. Ce n'était plus le cas. Jillian était devenue son ennemie, elle était déterminée à n'en faire qu'à sa tête sans se soucier de ce qu'il éprouvait.

Juste avant de faire démarrer sa voiture et quitter le trottoir, Jillian descendit sa vitre pour lui jeter une dernière remarque :

— N'envisage même pas d'aller parler à mes parents ou à Ali. Je connais suffisamment de tes sales petits secrets pour les faire changer d'opinion concernant tes talents de baby-sitter et tes sacrifices. Ils ne t'autoriseraient plus à t'approcher de lui.

— Quels sales petits secrets ? demanda Grier, manifestement perplexe.

— Tu veux m'épeler le mot 'string' ?

Avec un sourire mauvais, elle s'en alla sur un dernier éclat de rire moqueur.

Grier était si choqué qu'il ne trouva pas de réplique pour se défendre. Il sentit des larmes de frustration et d'impuissance lui brûler les yeux, puis rouler sur ses joues en un flot régulier. Il les essuya rapidement, inquiet d'avoir à affronter Luca dans cet état. Il entendit la télévision qui hurlait dans la salle à manger. Il trouva l'enfant assis par terre, à grignoter les Rice Krispies préparées pour lui.

— Qu'est-ce que tu regardes, bonhomme ?

— Fanboy et Chum Chum.

— Parfait. Tito G. va prendre une douche rapide, d'accord ?

— D'accord.

— Luca ?

— Oui.

— Tu peux me faire un gros câlin, s'il te plaît ?

Luca se redressa et s'élança en avant, confiant que Grier le rattraperait. C'était un mouvement que tous deux avaient pratiqué au cours des années. Grier serra son fils contre lui, humant l'odeur du shampooing de bébé que l'enfant utilisait toujours pour laver ses souples cheveux noirs. Il frotta sa joue râpeuse contre la peau soyeuse, en prenant soin de ne pas la marquer.

— Je t'aime, Luca, dit-il, les yeux humides.

L'enfant s'écarta et prit dans ses deux petites mains le visage de Grier pour le regarder bien en face.

— Moi auchi, je t'aime, Tito G.

Il dut remarquer ses larmes parce qu'il ajouta :

— Tu es trichte ?

— Non, bonhomme… Ça va. J'avais juste besoin d'un câlin.

— Je suis doué pour faire des câlins.

— Je sais.

Avec un sourire, Grier remit l'enfant sur ses pieds.

— Maintenant, je vais prendre ma douche, d'accord ?

Toujours en courant, Luca retourna prendre sa place devant la télévision.

La douche n'améliora en rien l'humeur de Grier, mais pour son fils, il fit bonne figure. Tous deux passèrent les trois heures suivantes dans un calme relatif. Chaque fois que Grier évoquait sa conversation avec Jillian, il avait envie de casser quelque chose. Il n'arrivait pas à comprendre que la situation ait pu dégénérer à ce point. Sa mère lui manquait, elle aurait su quoi faire si elle avait été là. Il n'avait personne à qui se confier – sauf Lil, et l'architecte n'avait pas à s'impliquer dans cette histoire. Le pauvre homme s'enfuirait à toutes jambes s'il apprenait la menace de Jillian. Comment un fétichisme pour de la lingerie, d'ailleurs initialement dû à l'influence de Jillian, pouvait-il s'avérer une arme secrète qu'elle utiliserait contre lui ? C'était malsain, sur tous les plans. Grier se sentait anormal, dévié, tordu. Jamais il n'obtiendrait le droit de garde si les tribunaux apprenaient qu'il était non seulement gay, mais aussi pervers. Et pourtant, l'idée de voir son frère Ali élever son fils lui donnait des brûlures d'estomac.

Dans tout ce magma, Ali était une énigme. Depuis quand avait-il commencé à envisager une vie commune avec Jillian ? Grier pensait bien connaître son frère. Autrefois, ils avaient été proches, étant souvent même considérés comme des jumeaux. Chacun d'eux était alors capable de décrypter ce que pensait l'autre. Et pourtant, il n'avait rien vu venir. Ali avait-il toujours été amoureux de Jillian ? Dans ce cas, ça avait dû le tuer de la voir attirée par la pédale alors qu'elle aurait pu, tout du long, avoir le frère 'normal', celui qui avait une vie brillante, qui possédait un loft au centre-ville, dans le quartier du Loop, et qui exerçait une brillante carrière.

Jake et Grier s'étaient souvent moqués d'Ali et de son envie frénétique d'être toujours le meilleur. Que ce soit à l'école, dans son métier, ou même dans sa façon de s'habiller. Ali visait le sommet. Tandis que Jake se contentait d'être un bon vendeur en ingénierie automobile et que Grier rêvait d'architecture intérieure, Ali planifiait sa vie pour devenir le futur Stanley Morgan – une des principales banques d'investissement du monde. Comme Grier trouvait détestable une existence bâtie autour de l'argent, les deux frères avaient commencé à se séparer bien avant qu'il annonce au grand jour son orientation sexuelle. En y repensant, il se demanda si cet aveu n'avait pas déclenché chez Ali le désir d'obtenir Jillian, puisqu'il savait enfin avoir une chance d'intéresser la jeune femme dont, de toute évidence, Grier ne voulait pas. Tous les deux, Jillian et Ali, se ressemblaient beaucoup, au final. Tous les deux étaient des obsédés du travail, de la planification, de la réussite. Des perfectionnistes. Ils formeraient un couple idéal et feraient de Luca un homophobe militant, un consommateur attiré par les marques, un petit crétin doré ne pensant qu'à l'argent, à l'image sociale, au standing…

Son téléphone sonna. Il regarda qui l'appelait et soupira.

— Lil ?

Les deux hommes convinrent de se retrouver au festival vers dix-neuf heures. John Mayer – un jeune chanteur guitariste – devait se produire à la scène Shell dans la soirée et Lil tenait à assister à ce concert gratuit. Ils pourraient ensuite dîner ensemble.

Avant de raccrocher, l'architecte lui demanda d'une voix vibrante :

— Tu passes une bonne journée ?

— Oui.

— Tu ne me parais pas très convaincu.

— Mais si, Lil, ça va. À tout à l'heure.

— D'accord, mon cœur. J'ai hâte de te revoir.

XIV

LIL LANÇA à Grier un autre coup d'œil à la dérobée tout en roulant dans sa cuillère ses spaghettis à la carbonara. Ils avaient décidé de partager une assiette, à laquelle Grier touchait à peine. Il jouait plutôt avec les gressins, qu'il cassait en deux, puis en quatre – ce qui mettait un tas de miettes sur la nappe de lin blanc.

— Est-ce que tu comptes me parler, ou bien vas-tu attendre qu'un agent anti-miettes nous expulse de ce restaurant ?

Grier le regarda en clignant des yeux de chouette.

— Pardon ?

— Chaton, physiquement, tu es là, mais mentalement, tu es ailleurs.

Grier haussa les épaules. Lil sentait bien que son vis-à-vis était de mauvaise humeur, mais il le connaissait très peu au fond, aussi il ne pouvait rien en déduire. Grier était-il du genre à préférer qu'on le laisse tranquille tandis qu'il ressassait de sombres pensées ? Ou au contraire fallait-il que Lil le convainque de s'ouvrir et de lui confier ses problèmes ? L'architecte ne voulait pas être indiscret. D'un autre côté, il tenait aussi à informer Grier qu'il était disposé à écouter.

— Je me souviens de ce que tu m'as dit, Grier – que tu n'étais pas prêt. Tu ne dois pas pour autant tout garder à l'intérieur, comme dans une bouteille dont le bouchon est prêt à sauter.

— En parlant de bouteille… je prendrais bien une autre bière.

Grier fit un signe au serveur, puis il eut enfin un sourire lorsqu'une Budweiser bien glacée fut déposée devant lui, près des cadavres de ses deux copines qui furent bientôt débarrassées.

— Santé.

Levant la main, Grier porta à toast à Lil et vida la moitié de sa bouteille en quelques longues gorgées.

— Eh bien, c'est une façon de résoudre ton problème. Boire pour oublier a toujours été une bonne solution.

— Demain, je n'ai pas à travailler, alors, je peux me saouler si j'en ai envie.

— Est-ce à dire que tu vas rester avec moi cette nuit ?

— Pourquoi serais-tu intéressé par l'idée de me garder ? s'étonna Grier. Je suis d'une triste compagnie ce soir.

— Mais non, ça me plaît d'être avec toi, même quand tu es comme ça.

Grier ricana d'un ton moqueur.

— Je ne te pensais pas désespéré à ce point.

Lil tendit la main à travers la table pour saisir les doigts de Grier dans les siens.

— Hé ! Pourquoi dis-tu ça ?

Grier retira sa main et la planta dans ses cheveux hérissés.

— Je ne veux pas en parler.

— Ça te dit de m'emmener danser ?

— Quoi ?

— S'il te plaît… La dernière fois, nous avons changé d'avis en cours de route. Mais la musique va peut-être t'aider à retrouver le moral.

— J'en doute. Mais pourquoi ne pas essayer ?

Ils terminèrent leur repas en silence. Quand le serveur apporta l'addition, Grier s'en empara d'un geste sec. Il adressa à Lil un regard noir et ignora la carte de crédit que lui tendait l'architecte. Il déposa un billet de cent dollars dans le plateau.

— Je ne suis pas à la rue, aboya Grier en colère.

— Personne n'a jamais dit que tu l'étais, rétorqua Lil. C'est moi qui te traîne de droite à gauche, ça me paraît donc normal de payer les notes.

— J'ai reçu de bons pourboires l'autre jour, j'insiste pour payer ce soir.

— Comme tu veux, marmonna l'architecte.

DANS LE taxi, l'ambiance fut plutôt pesante parce que Grier choisit de s'asseoir à l'avant, avec le chauffeur, laissant Lil tout seul sur le siège arrière. L'architecte ignorait ce qui se passait dans la tête du jeune homme, mais la soirée ne se déroulait pas comme il l'avait prévu. Le pire était qu'il n'arrivait pas à pénétrer sa barrière de silence. C'était frustrant, surtout parce qu'il s'était toujours flatté d'être capable d'extirper la vérité de n'importe qui. En vérité, malgré ce qu'il ressentait pour Grier, c'était un étranger. Lil ne savait rien de la vie que menait le jeune homme, à part ce qu'il en avait appris au cours des derniers jours – c'est-à-dire pas beaucoup. Par contre, il savait que Grier ce soir était sur les nerfs, prêt à saisir la moindre occasion pour se battre. Lil avait le triste pressentiment que cette mauvaise humeur n'allait pas tarder à lui retomber dessus.

Ils retournèrent chez Rick. À peine entré, Grier fonça tout droit jusqu'au bar pour se commander une nouvelle bière, ainsi que le Salty Dog – un cocktail vodka-pamplemousse – que désirait l'architecte. Lil espérait que la vodka adoucirait son chagrin devant l'étrange comportement de Grier. D'un autre côté, peut-être cette attitude était-elle normale pour Grier... Comment Lil pouvait-il le savoir ? Est-ce que l'homme agréable et tendre avec lequel il avait passé du temps au cours des derniers jours n'était qu'un masque, cachant cet individu intense qui portait sa colère comme une cape noire ? Ce soir, même d'apparence, Grier était menaçant : il portait du cuir noir des pieds à la tête, sans la moindre touche de couleur pour adoucir son image. Et pourtant, malgré la rage qui irradiait de lui par chacun des pores de sa peau, Grier était incroyablement attirant. Lil ne réussissait pas à le quitter des yeux.

Il lui prit des mains sa bière et la déposa sur le comptoir, près de son propre verre.

— Danse avec moi, mon cœur.

Les yeux d'encre brillèrent de protestation, puis cédèrent lorsque Lil passa tendrement ses bras autour de la taille du jeune homme, pour le conduire jusqu'à la piste de danse. La musique était un mélange de pop contemporaine, suffisamment entraînante pour que Lil soit pris par le rythme, même s'il ne connaissait pas les chansons. Il y avait plusieurs années qu'il ne fréquentait plus les boîtes de nuit, un détail qu'il avait omis de mentionner en entendant Grier lui demander s'il aimait danser. En vérité, Lil avait cessé de sortir, lassé des brèves rencontres sans lendemain que ce genre d'endroits provoquait toujours. La clientèle n'était pas de celles qui cherchaient des engagements sérieux, et Lil n'avait pas la patience de supporter les débutants. Il était à la recherche d'une relation plus profonde et, sans s'y attendre le moins du monde, il se trouvait attaché à Grier. Bien sûr, parler de 'relation' entre eux était prématuré. Les deux hommes étaient physiquement compatibles et Grier paraissait prêt à aller plus loin... Du moins, hier, il l'était. Aujourd'hui, Lil ne se sentait plus aussi assuré des intentions du jeune homme. D'ailleurs, même si Grier et lui désiraient la même chose, il y avait fort peu de chances pour que Grier accepte de déménager à San Francisco. Il avait des responsabilités envers Luca, ce qui était bien normal, même si Lil aurait préféré le voir plus combatif pour faire rétablir ses droits parentaux. Pourquoi Grier ne se battait-il pas ? Lil était frustré de devoir assister, impuissant, à une telle injustice. Il avait tenu sa langue après avoir constaté que ses conseils étaient mal accueillis – et qu'ils provoquaient même chez Grier l'apparition d'un côté obscur auquel il préférait ne pas se confronter. Bien que Lil n'en ait pas envie, l'heure de la vérité avait sonné : cette petite aventure n'était qu'une passade de vacances. D'ici quelques jours, tout serait terminé. Lundi, en reprenant l'avion, il ferait ses adieux à ce bel homme qui, pour le moment, semblait perdu dans un autre monde.

Au-dessus de leurs têtes, les lumières stroboscopiques caressaient d'éclats colorés le brun si sexy. Grier avait la tête penchée en arrière et les yeux clos. Lil ne pouvait s'empêcher de le fixer, conscient des nombreux autres hommes, sur la piste de danse, qui cherchaient à attirer l'attention de Grier. Certains le heurtaient d'un coup de hanche, par 'accident' ; d'autres se pressaient contre ses fesses. Ignorant délibérément la présence de Lil, ils n'hésitaient pas à effleurer ses bras nus ou cherchaient à écarter la veste sombre qui lui couvrait le torse. Ça faisait un bail que l'architecte ne s'était pas retrouvé avec quelqu'un d'aussi attirant. Il fut surpris d'éprouver une vive jalousie, dont des vagues augmentaient de plus en plus tandis que son sang bouillonnait. Il se colla à Grier et lui passa les deux bras autour du cou, empêchant ainsi les autres d'approcher davantage.

— Grier…

La voix de Lil sembla sortir le jeune homme brun de son état de transe. Il ouvrit les yeux avec un sourire.

— Hé.

— Embrasse-moi, réclama Lil, impatient de marquer son territoire.

Grier lui écrasa les lèvres d'un baiser qui devint vite brûlant et avide, le battement pulsant de la musique scandant leur excitation. Lil sentit durcir le sexe de Grier. Il trouva satisfaisant que, malgré leur différence d'âge, il soit encore capable de tenter cet homme si magnifique. Grier lui empoigna les fesses pour l'attirer plus près, se frottant contre lui à travers l'épaisseur du cuir. Lil bandait aussi, ce que ne cachait nullement la fine toile de son pantalon.

— Te. Veux.

Le souffle brûlant de Grier lui enflamma l'oreille et fit naître dans son estomac une volée de papillons.

— Je sais.

Sans cesser de danser, Grier lui fit quitter le centre de la piste, jusqu'à un couloir qui menait aux toilettes. Il emprisonna Lil dans le cercle de ses bras et, tout en s'appuyant contre le mur, il continua à l'embrasser et à onduler contre lui.

— Prenez une chambre ! remarqua quelqu'un qui passa devant eux en se rendant aux toilettes.

Grier lui lança un coup d'œil.

— Dégage ! beugla-t-il.

Il prit la main de Lil et l'entraîna jusqu'aux toilettes, dont il verrouilla la porte avant de presser l'architecte contre le panneau de bois. Ses baisers incendiaires auraient pu faire fondre la peinture sur les murs.

Derrière eux, quelqu'un frappa à la porte, hurlant qu'ils ouvrent immédiatement. Ignorant les cris, Grier tomba à genoux, descendit la fermeture éclair de Lil et libéra son sexe érigé d'où perlaient déjà des gouttes de sperme.

— Veux. Ça... gémit Grier.

Il l'engloutit instantanément. Lil ferma les yeux, sentant son énergie vitale disparaître tandis que Grier le suçait avec avidité. Il jouit très vite, quelques minutes après, en longs jets brûlants... et cette bouche incroyable le transporta dans un endroit paradisiaque. Grier ne cessa pas ses caresses, même quand Lil commença à se ramollir. Son amant persista à mordiller et lécher la peau douce. Il ne se redressa que lorsque les voix, dans le couloir, devinrent insupportables.

Des insultes fusèrent.

— Sale raté de merde ! Ouvre cette putain de porte.

Par la suite, Lil eut du mal à se souvenir de ce qui s'était passé. Il sentit Grier libérer son sexe et le rajuster en remontant sa fermeture, mais ensuite, tout devint flou. Il entendit le son du bois éclaté, sentit un courant d'air contre sa joue lorsque Grier, d'un coup de poing, fracassa le panneau. Arrachant ce qui en en restait d'une main rageuse, Grier saisit par le cou le pénible braillard qu'il essaya, en vain, d'amener jusqu'à lui à travers l'ouverture insuffisante. Grier dut se contenter de frapper, plusieurs fois, le mec contre la porte tout en hurlant de toute la force de ses poumons :

— Je ne suis pas un raté !

Enragé, Grier était devenu un étranger terrifiant. Lil dut intervenir et libérer de force le malheureux à moitié étranglé qui criait tout aussi fort.

— Lâche-le, mon cœur. Il ne vaut pas la peine que tu t'énerves. Ce ne sont que des paroles en l'air.

— Je ne suis pas un raté ! répéta Grier, manifestement déchaîné.

— Mais personne n'a dit que tu l'étais.

— Si, ce connard l'a dit ! tonna Grier.

Il avait le visage marqué de plaques rouges, sa main droite saignait au niveau des jointures, mais le pire, c'était le regard éperdu, affolé, de ses grands yeux noirs. Ça déclencha en Lil le besoin immédiat de protéger Grier et de réparer les dégâts.

— Ça va aller, Grier. Tout le monde a un peu trop bu, tu réagis trop violemment.

— Je vais porter plainte, enfoiré ! cracha le blessé, qui se tenait la tête comme s'il craignait de la perdre.

Il n'arborait pas d'autres signes de blessure, seul son ego en avait pris un coup. Lil était quasiment certain de pouvoir tout arranger avec quelques mots d'excuse pleins de tact, éventuellement assortis d'une compensation financière.

— Allez, viens, mon cœur. Sortons de là et allons voir le directeur, dans son bureau, loin des regards indiscrets.

Lorsque l'incident fut enfin réglé, le gérant de la boîte avait accepté la carte de crédit de l'architecte en paiement des dommages. Il signa également un accord certifiant qu'il n'y aurait pas de poursuites. Il était près de quatre heures du matin. Depuis sa crise dans les toilettes, Grier n'avait plus dit un mot. Il s'était contenté de laisser Lil mener les négociations.

Les deux hommes prirent un taxi pour retourner à Bucktown. Grier suivit humblement l'architecte en haut des marches, où il attendit, le temps que l'alarme soit désactivée. Il resta ensuite planté au milieu de la chambre comme un enfant, sans protester tandis que Lil le déshabillait.

— Tu veux boire quelque chose ?

Lil posa la question juste avant de soulever la couette de son lit et d'inciter Grier à s'y étendre.

— De l'eau, s'il te plaît.

Grier s'exprimait d'une voix dénuée d'émotion. Son visage était tout aussi figé. Lil se souvint d'avoir un jour assisté à ça, après que Jody ait été agressé et frappé. Il avait fallu plusieurs jours – et de nombreux sédatifs – avant de voir son ami sortir de cet état de choc. Il supposa que ce serait la même chose pour Grier.

— Je vais te chercher de l'eau, d'accord ? J'en ai pour une minute.

— D'accord.

Lil passa dans l'ascenseur et appuya sur le bouton menant à l'étage, conscient que son intrusion allait surprendre Jody et Clark. Par chance, Jody avait l'habitude des urgences médicales : il fut instantanément opérationnel lorsque Lil ouvrit la porte de la chambre obscure

— Qu'est-ce qui se passe ? demanda-t-il.

— Tu aurais des analgésiques ?

— Pourquoi ?

— Grier s'est battu ce soir, j'ai besoin de quelque chose à lui donner.

— Quel genre de bagarre ? intervint Clark. Tu es blessé ?

— Non, moi ça va, mon chou. Mais lui est dans un sale état.

— Il a bu ?

— Pas depuis plusieurs heures.

— Je vais te donner du Vicodin – ça fera effet contre la douleur. J'hésite à lui donner quelque chose de plus fort, parce qu'il doit encore avoir de l'alcool dans le sang. Retrouve-nous dans la cuisine quand il se sera endormi, Lil. Je veux que tu nous racontes ce qui s'est passé.

Même si Jody ne cachait pas ses appréhensions, il tendit à Lil le comprimé qu'il avait réclamé.

— D'accord.

Lorsque Lil retourna dans sa chambre, Grier était toujours assis sur le lit, ne portant que son caleçon.

— Voilà, c'est pour toi, mon cœur. Prends ça avec de l'eau.

— Qu'est-ce que c'est ?

— La pilule du bonheur.

Grier secoua la tête et ricana pour exprimer sa méfiance, cependant il accepta le comprimé et l'avala.

— Je suis désolé pour tout ça. Je vais m'en aller le plus tôt possible.

— N'y pense même pas. Ferme les yeux et repose-toi.

Se laissant retomber à la renverse sur le lit, Grier cacha ses yeux dans son avant-bras. Lil attendit qu'il se soit endormi pour quitter la chambre. Quand il referma la porte, Grier ronflait doucement.

XV

LA CAFETIÈRE était déjà remplie lorsque Lil se glissa à table, dans la cuisine, face à Jody et Clark. Il accepta la tasse que Jody lui passait et en sirota une gorgée.

— Qu'est-ce qui s'est passé ? demanda Clark, les sourcils froncés.

Les années ne lui avaient rien fait perdre de sa beauté. Au contraire, la maturité et la confiance en soi n'avaient fait qu'ajouter à son charme naturel. Il était à tomber malgré ses cheveux ébouriffés et sa mine qui révélait un réveil impromptu. Ses yeux, couleurs de pierres précieuses, scrutaient Lil avec intensité, dans l'attente de sa réponse.

— Grier a piqué une crise de rage en entendant quelqu'un le traiter de raté.

— Je t'avais dit d'être prudent, indiqua Clark qui bondit de son siège. Tu ne connais rien de ce type !

Jody le força à se rasseoir.

— Clark, du calme. Écoutons au moins ce que Lil a à nous dire.

L'architecte leur fit donc un rapport des différents événements de la soirée, en commençant par le dîner et la mauvaise humeur de Grier. Quand il expliqua ce qui s'était passé dans les toilettes et la façon dont le jeune homme avait perdu la tête, il ne fut pas surpris de voir Jody et Clark rester plusieurs minutes sans voix.

— Et l'autre abruti, il n'a rien ? s'enquit enfin Clark.

— Il aura probablement des douleurs au cou comme s'il venait d'échapper à la pendaison. Il ressentira aussi durant quelques jours les effets des coups reçus, mais sinon, rien de grave.

— Bon Dieu ! s'exclama Jody.

— J'avoue que c'était plutôt choquant.

— À mon avis, Grier a des problèmes pour gérer sa colère, remarqua Clark. Tu ferais mieux de rompre avec lui.

100

— Attends un peu, indiqua Jody. Tu considères qu'il a des problèmes sans même écouter sa version de l'histoire. Si je me rappelle bien, j'ai connu autrefois un joueur très frustré qui passait son temps à balancer des coups de poing dans les murs avant que je le prenne amoureusement en main.

— C'était différent, se défendit Clark.

— Et pourquoi ? rétorqua Lil. Parce qu'il s'agissait de toi ? Tu ignores le genre de pression auquel Grier est soumis en permanence. D'après le peu que j'ai appris, il est manipulé par cette garce, la mère de son fils. Il est possible qu'ils se soient disputés ce soir, ou bien c'est son père qui l'a énervé, ou encore son connard de frère qui lui a dit quelque chose d'inacceptable. Laisse-le tranquille, s'il te plaît.

— Pourquoi le ferais-je ? Manifestement, tu es prêt à lui trouver toutes les excuses de la terre. Il faut bien que quelqu'un veille sur toi, Lil.

Clark enchaîna :

— Et si ce mec abusait des stéroïdes et que ça lui montait au cerveau ? Il a le corps d'un bodybuilder, pourquoi pas aussi le mauvais caractère ?

— Grier est l'un des hommes les plus gentils et plus doux que j'ai rencontrés. Tu devrais le voir avec son fils.

— Lil, intervint Jody d'une voix apaisante, tu te fais l'avocat du diable. Tu es tombé amoureux d'un type que tu connais depuis... quoi ? Quatre jours ?

— C'est sans importance. Je sais, au fond de mes tripes et dans mon cœur, que c'est un mec bien.

— Mon pote, si tu veux mon avis, c'est ta queue qui parle, pas ton cerveau.

— Clark ! se récrièrent à l'unisson Lil et Jody.

— Je dis juste ce que je pense. Il est évident que tu lui accordes beaucoup de place.

— C'est ma décision, c'est mon choix, c'est ma vie, signala Lil. J'apprécierais de votre part un peu plus d'empathie et moins de négativité.

— Waouh ! s'exclama Clark, très surpris. Manifestement, tu es accroché.

— Oui, je pense que nous l'avons déjà établi.

— Alors, je vais lui accorder le bénéfice du doute. Mais je veux que tu sois honnête, Lil. S'il a une autre crise de ce genre, dis-le-moi. Promets-le.

Lorsque Jody jeta à son ami un de ses regards de médecin les plus intenses, Lil répondit par un bref hochement de tête.

— Je suis certain que c'est un incident isolé, expliqua-t-il fermement. D'une part, il avait trop bu, de plus, il y avait ce problème qu'il a ressassé durant tout notre dîner.

Il se leva et alla déposer sa tasse vide dans l'évier.

— Réveillez-moi demain avant de partir, d'accord ?

— Lil, tu es en vacances. Pourquoi veux-tu un réveille-matin ? demanda Clark.

— Je ne le sais pas au juste si Grier a des impératifs ou non demain. Je veux qu'il dorme durant quelques heures de plus, mais il faudra bien que je le réveille avant midi.

— Lil ?

— Quoi, Clark ? soupira Lil qui s'attendait à recevoir d'autres conseils malvenus.

— J'aime bien Grier.

— Ça m'étonnerait.

— Il me paraît être un mec sympa, mais j'ai appris à toujours me poser des questions, à ne pas croire aveuglément les gens comme je le faisais autrefois. Ça m'a pris un moment pour changer. J'espère que tu comprends ma position : je m'inquiète pour toi parce que je tiens à toi. Je ne veux pas que tu aies des ennuis.

— Merci de me le dire. Je suis heureux de savoir que tu veilles sur moi, mais je fais confiance à mon instinct, Clark. Grier est quelqu'un de bien.

— Il arrive aux gens bien d'être frustrés, Lil. Ce n'est pas incompatible. J'ai connu quelques moments très difficiles où Jody est intervenu juste à temps. Et moi aussi, je me considère comme quelqu'un de bien.

— Je comprends. J'ai quand même envie d'essayer. Pourquoi ne pas découvrir le fond des choses avant d'en tirer des conclusions hâtives, d'accord ?

LIL REDESCENDIT l'escalier et se jeta dans son lit. Il était épuisé, il avait besoin de recharger ses batteries, sinon il serait incapable de fonctionner le lendemain. Malgré les conseils de prudence qu'il venait de recevoir, il n'était pas du tout inquiet de dormir à côté d'un homme ayant failli en étrangler un autre. Endormi, Grier paraissait angélique. Lil se rapprocha et passa un bras sous lui afin de le serrer contre lui. Il s'endormit profondément et ne se réveilla qu'en sentant le lit bouger.

Grier était habillé, et paraissait prêt à s'enfuir.

— Hé, dit Lil d'une voix endormie. Tu t'en vas déjà ?

— Il le faut.

Grier s'exprimait d'un ton dur et décidé.

— Assieds-toi un moment avec moi, mon cœur.

Grier se percha au bord du lit et regarda fixement dans le vide, au-dessus de la tête de l'architecte. N'arrivant pas à croiser son regard, Lil tendit les bras et lui saisit le visage à deux mains.

— S'il te plaît, regarde-moi.

— Tu dois me prendre pour un vrai psychopathe.

— Pas du tout.

— J'ai tellement honte.

— Il ne faut pas, mon cœur.

— Est-ce que tu me croirais si je t'affirmais ne jamais avoir fait un truc pareil jusqu'ici ?

— Bien sûr, je te crois.

— Je n'ai jamais agi comme ça... Tu peux le demander à tous ceux qui me connaissent. Même quand je suis en colère ou frustré, je ne me bats jamais. Je vais juste me faire tatouer, ou bien je pars faire un tour en moto.

— Ainsi, tes tatouages sont des symboles d'anciennes douleurs ?

— Oui et non... Au début, c'était le cas. C'était la seule partie de ma vie que je pouvais contrôler. Personne ne gérait mon corps ou me disait quoi en faire, alors j'ai un peu abusé de l'encre. Aujourd'hui, ça me paraît être de l'art. Je ne vois plus mes tatouages comme la matérialisation de mon sentiment d'impuissance.

— Alors, qu'est-ce que tu fais quand tu ne gères plus ton environnement ?

— Je monte sur ma moto et je file tout droit devant moi. Quand je reviens, j'ai les idées plus nettes, en général. Les mecs avec lesquels je roule ne me laissent pas trop longtemps ressasser mes malheurs.

— Apparemment, ce sont de vrais amis.

— Oui, c'est vrai. Lil, je tiens à te rembourser l'argent que tu as dépensé hier soir.

— Nous verrons cela plus tard.

— Quels étaient les dégâts ?

— Grier, c'est sans importance.

— Je t'en prie, dis-moi.

— J'ai laissé au gérant le numéro de ma carte de crédit. Il est censé me téléphoner d'ici quelques jours pour me donner le montant de la note.

— En clair, tu lui as laissé carte blanche.

— Quasiment.

— Bon sang, Lil.

— Hé, une porte de toilettes, ça ne doit pas coûter si cher.

— Et le mec que j'ai frappé ?

— Une chance pour toi, il avait déjà une sale réputation dans ce bar et il passe son temps à chercher des ennuis. Ce n'est pas la première fois qu'il est repéré, aussi il tient à ne pas impliquer la police. J'ai offert de payer ses frais médicaux, mais ce sera au gérant de servir d'intermédiaire. Je n'aurai pas à rencontrer personnellement ce type-là.

— C'était un vrai con.

— Vous étiez ivres tous les deux, les choses ont dérapé.

Grier secoua la tête avec force.

— Je n'arrive pas à croire que j'ai balancé mon poing dans cette porte comme dans Ironman. Mais à quoi je pensais ?

— Justement, tu ne pensais pas.

— Merde, j'aurais pu le blesser gravement.

— Chaton, c'est fini… Inutile de ressasser.

— Je ne peux pas m'en empêcher. Ça va me hanter un bon moment.

— Tu finiras par oublier.

— Il faut que je m'en aille, annonça le jeune homme, buté.

— Je te revois plus tard ?

— Je serai au festival à partir de seize heures jusqu'à la fermeture.

— Tu veux que je te retrouve là-bas ? insista l'architecte.

— Après ce qui s'est passé la nuit dernière, tu tiens encore à me fréquenter ?

Lil se rassit et attira Grier dans ses bras. Le jeune homme se raidit et résista, mais Lil s'entêta.

— Ne me repousse pas, mon cœur. Je suis de ton côté.

Grier ne répondit rien, mais il se détendit visiblement, et se laissa aller contre Lil. Les deux hommes prirent le temps d'écouter un moment leur double respiration.

— Merci de m'avoir cru, chuchota Grier

— Grier, j'ai confiance en toi.

— Tu ne peux pas savoir combien ça compte pour moi d'être avec quelqu'un qui ne passe pas son temps à me juger.

— Tu es un homme bien, et un père remarquable.

Quand Grier s'écarta, Lil vit la vulnérabilité qui s'exprimait, toute nue, dans les grands yeux noirs humides de larmes. Il embrassa le jeune homme avec force, espérant lui apporter un certain réconfort, mais il releva la tête avant que Grier ne s'écroule pour de bon. Pas question de laisser son amant se sentir encore plus humilié, en le dépouillant de ce qui lui restait de fierté.

— Va faire ce que tu as à faire, mon cœur. Je te retrouverai ce soir.

Le souffle rauque, Grier s'inclina et posa son front contre celui de l'architecte.

— Merci.

— De rien.

XVI

VU L'HEURE matinale, le trajet jusqu'à Elk Grove ne prit pas bien longtemps et Grier profita du peu de circulation pour rouler plein gaz tandis que le puissant moteur de sa V-Rod filait sur l'I-90. Comme toujours, le vent qui lui soufflait au visage et le grondement familier de sa Harley eurent sur lui un effet magique. Il se sentit se détendre et oublier cette colère qui l'avait étouffée la nuit passée. Il était heureux d'avoir décidé, hier, dans l'après-midi, de prendre sa moto au lieu de laisser les Garcia l'emmener au festival. Il préférait infiniment rouler ainsi, surtout pour l'apaisement que ça lui procurait.

Il fut de retour chez lui en moins d'une demi-heure, et s'étonna de trouver son père assis à la table de la cuisine devant une tasse de café, le journal du matin posé devant lui. En général, Santino prenait la route dès six heures. Et là, il était déjà presque sept heures.

— Hé, papa.

Son père déposa son journal avec un sourire.

— Bonjour, où étais-tu ?

— J'ai passé la nuit à Bucktown.

— Ah oui ? Chez qui ?

— Chez Clark Stevens et son compagnon, Jody.

— J'ignorais que tu les connaissais.

— Nous nous sommes rencontrés au festival. Ils avaient un ami en ville et nous avons sympathisé.

— Cet ami, c'est celui que tu fréquentes ces temps-ci ?

— Oui.

— Prend une chaise, mon fils. Il faut que nous parlions.

Et merde, pensa Grier. Après ce qui s'était passé la nuit dernière, il n'avait vraiment pas envie ce matin d'une discussion à cœur ouvert avec son père.

Pour gagner du temps, il marmonna :

— Laisse-moi d'abord me servir du café.

Sur le comptoir près de la porte, il déposa son casque, ses clés et son portefeuille, puis il récupéra un mug sur un portique en inox juste à côté de la cafetière. Il le remplit du breuvage noir avant de s'installer devant son père, de l'autre côté de la table.

— Qu'est-ce que tu as aux mains ? Tu t'es battu ?

D'un air coupable, Grier baissa les yeux sur ses jointures. Elles étaient tout enflées et ouvertes, une vraie boucherie.

— C'est rien, grommela-t-il.

— D'après ce que je vois, c'est tout le contraire, dit son père, les sourcils froncés.

Il se leva et quitta la pièce, revenant peu après avec une bouteille d'eau oxygénée, un tube de crème antibiotique et du coton.

— Papa, j'ai déjà nettoyé tout ça. Inutile d'en faire tout un plat.

— Je veux m'assurer que tu ne risques pas une infection.

Grier hocha la tête, touché par l'attention de son père. Il se laissa panser sans plus discuter. Santino s'appliqua à sa tâche, puis tartina les entailles de crème antiseptique.

— Voilà, dit-il en se redressant. Je pense que tu t'en sortiras vivant.

— Merci, papa. Pourquoi es-tu encore à la maison à cette heure-ci ?

— Le déménagement de ce matin a été annulé, j'ai un jour de congé.

— Waouh ! Un samedi libre. Tu as déjà fait des projets ?

— Pas vraiment. Enteng et moi avons bien envisagé d'aller faire un neuf trous au golf, mais ça dépendra de qui va surveiller le garçon.

— Où sont Jill et Tita Nita ?

— Elles travaillent toutes les deux.

— Je peux m'occuper de Luca, offrit Grier.

— Cette famille a vraiment de la chance de t'avoir. Je n'ai jamais vu une dévotion pareille.

— Papa, j'adore cet enfant, ça ne me dérange pas.

— Eh bien, je connais quelqu'un qui te déchargera bientôt de cette responsabilité.

— Qu'est-ce que tu veux dire ?

— Ali sort avec Jillian.

— C'est ce que j'ai entendu dire, marmonna Grier. Ça a commencé quand ?

— Aucune idée. Je ne passe pas mon temps à surveiller la vie amoureuse de ton frère, mais si ça marche entre Jillian et lui, je n'y ferai pas

107

d'objection. Au contraire, je serais soulagé de les savoir dans de bonnes mains, elle et Luca. Elle a connu bien des difficultés depuis la naissance de cet enfant.

— Pourquoi dis-tu cela ? s'insurgea Grier un peu trop violemment. Tout le monde s'occupe d'elle vingt-quatre heures sur vingt-quatre, elle se donne rarement la peine de garder Luca. Je pense avoir davantage changé ses couches qu'elle ne l'a fait.

— Pourquoi es-tu aussi en colère ?

Grier fixa le plafond pour éviter le regard scrutateur de son père.

— Je ne sais pas.

— Tu n'es quand même pas jaloux de voir ton frère sortir avec Jillian, dis-moi ?

— Je trouve juste que c'est un peu trop rapide.

— L'amour est toujours rapide, Grier. Bien sûr, pour être franc, j'ai toujours pensé que Jillian et toi finiriez ensemble. Vous étiez tous les deux comme Mork et Mindy.

— Qui ?

— C'était dans une série télévisée, les Jours Heureux. Tu n'as pas connu, c'était... avant ton époque.

Santino parut rêveur, puis il demanda :

— Tu connais quand même Robin Williams, pas vrai ?

— L'acteur ?

— Oui... Dans les années 70-80, il avait une sitcom.

— Papa, indiqua Grier avec un sourire indulgent. Je suis né en 1985.

Santino eut un petit rire.

— C'est vrai. Je t'assure pourtant que c'était du bon spectacle. Ta mère l'adorait.

— Et alors, qu'est-ce que tu cherches à démontrer ?

— Que Jillian et toi étiez comme ce couple, vous vous disputiez en permanence, mais vous faisiez bloc. J'ai toujours cru que tu finirais par l'épouser.

— Papa, je suis gay.

Santino se releva d'un bond pour aller se resservir du café.

— D'accord, parlons-en justement, de cette histoire-là.

— Je t'écoute.

Se rasseyant, son père resserra les mains autour de son mug et parut chercher à rassembler ses idées.

— Il m'est très difficile de comprendre que tu puisses être attiré par des hommes alors que tu parais plus viril que tous ceux que je connais, y compris ton propre frère. Mais regarde-toi… insista Santino. Tu viens de te battre, c'est évident. Tu adores rouler à toute vitesse sur ton engin du diable, tu soulèves des poids, tu aimes le sport. Je n'arrive pas à me faire à l'idée que tu préfères un homme à une femme.

— Tous les gays ne sont pas efféminés, papa. C'est un stéréotype.

— Vraiment ? Je ne connais rien concernant les pédés, il va falloir que tu m'expliques.

— Tu pourrais déjà ne pas nous affubler d'épithètes offensantes.

— Désolé. Je vais essayer, je ferai attention.

— Merci, papa.

— Tu ne peux pas contrôler ce que tu ressens ? demanda Santino. Oublier tes idées concernant les hommes et chercher à sortir avec des femmes ? Grier, tu pourrais avoir une famille. Bon sang, même Jillian accepterait de t'épouser si tu le lui demandais. Tu serais le père de Luca.

— Tu ne crois pas trop aux sentiments qu'elle éprouve pour Ali, hein ?

— Et merde, marmonna Santino. Je ne sais plus que penser. J'aimerais vraiment que ta mère soit encore parmi nous. Elle saurait quoi faire.

— Maman me dirait d'agir selon ma conscience et mon cœur. Je ne peux pas me forcer à aimer les femmes rien que pour te plaire.

— Mais tu n'as jamais essayé ! cracha son père. As-tu déjà couché avec une femme ?

Grier leva très haut les sourcils, surpris par la brutale franchise de Santino.

— Oui, je l'ai déjà fait.

— Et malgré ça, tu préfères un homme ? Cette idée me rend malade.

— Papa, j'en suis désolé. J'aimerais être tout ce que tu attends d'un fils, je suis conscient de te décevoir énormément, mais je ne peux plus dorénavant renier qui je suis. Ce serait comme me demander d'apprendre à écrire de la main gauche.

— C'est un exemple grotesque.

— Pas plus que de me demander d'essayer et d'apprécier les femmes.

— Mais comment peux-tu être intime avec un homme ? La nature n'a même pas prévu ce genre d'union.

— Papa, essaie d'oublier le sexe. Il y a bien plus que ça.

— S'il ne s'agit pas de sexe, je ne vois pas ce qui peut te faire choisir un homme plutôt qu'une femme. Je cherche vraiment à comprendre, Grier.

— Il s'agit de rencontrer l'être qui te correspond vraiment, celui avec lequel tu te sens entier, aimé et protégé. Je sais qu'avec maman, tu as connu ce genre d'union.

Santino le regarda, bouche ouverte.

— Et pourquoi ne pourrais-tu trouver ça avec une femme ?

Grier secoua la tête.

— J'aimerais que ce soit possible, ne serait-ce que pour te satisfaire. Ma vie serait beaucoup plus simple, mais se forcer à une relation simplement parce qu'elle est plus conventionnelle serait une injustice, pour tous les participants. Je vivrais un mensonge et au final, ça finirait probablement en drame.

— Tu ne me parais pas très heureux actuellement.

— J'ai divers problèmes à gérer.

— Je peux faire quelque chose pour t'aider ?

Grier décida qu'il ne pouvait partager ses soucis avant que Jillian et lui aient trouvé un compromis, ce qui lui semblait très peu probable dans le contexte actuel. Il fut cependant touché par le changement de position de son père.

— Je vais me débrouiller tout seul, papa.

— Pour en revenir au sexe, indiqua Santino avec une grimace, j'aimerais que tu n'attrapes rien. Il y a de sacrées maladies chez ces gens-là.

Grier tendit le bras à travers la table pour saisir la main de son père.

— Ne fais pas ça. Jusqu'ici, tu t'es montré respectueux et j'apprécie tes efforts pour tenter de comprendre, mais ne m'insulte pas, je t'en prie, sinon la discussion est terminée.

— Grier, je faisais juste une remarque.

— Et je te le demande encore, oublie le sexe, sinon je m'en vais.

Santino poussa un très long soupir.

— Parle-moi de cet homme que tu viens de rencontrer. Qui est-il ?

— Lil est architecte, c'est un très bon ami de Clark et Jody. Il vit à San Francisco et passe quelques jours à Chicago pour leur rendre visite. Il ne va pas tarder à rentrer chez lui, aussi notre histoire sera terminée aussi vite qu'elle a commencé.

Tout en parlant, Grier se sentit aveuglé devant la vérité de ses paroles. Il fut bouleversé par une sensation de perte si forte qu'il faillit craquer.

— Je ferais mieux d'aller me nettoyer.

Dès qu'il fit mine de s'en aller, son père le retint.

— Tu tiens vraiment à cet homme, pas vrai ?

— Oui.

— Tu pourras toujours aller le voir à San Francisco.

— Oui, j'imagine, annonça Grier d'une voix abattue. Dis à Enteng que je me charge de Luca. Vous pouvez aller jouer au golf tous les deux.

— Grier ?

— Quoi, papa ?

— Tu sais que je t'aime, pas vrai ?

Grier acquiesça avant de quitter rapidement la cuisine. S'il restait une minute de plus, il allait se mettre à pleurnicher comme un enfant, ce qui le pousserait sans doute à vider son sac, à tout avouer. Il n'était pas encore prêt à gérer ce genre de crise. Il avait besoin de temps pour trier ce qu'il ressentait, tout ce qui lui était arrivé au cours des derniers jours. C'est seulement ensuite qu'il se sentirait capable de s'asseoir et de parler à son père du merdier qu'était devenue sa vie.

LORSQU'IL SORTIT de la douche, il trouva Luca déjà dans sa chambre.

— Hé ! Quand es-tu arrivé ?

Son fils leva les yeux vers lui avec un sourire.

— Juchte maintenant.

Grier lui renvoya son sourire, se sentant d'humeur bien plus enjouée.

— Qu'est-ce que tu regardes ?

— Barney.

Grier se laissa tomber par terre, près de l'enfant. Posant le bras sur les minces épaules, il demanda :

— Et qu'est-ce que cette grosse bête violette a fait comme bêtises ces jours-ci ?

XVII

— TU AS prévu quelque chose de particulier à faire aujourd'hui ? demanda Jody, levant les yeux de sa tasse de café.

Il était presque l'heure de déjeuner, mais Lil venait juste de se lever, l'animation dramatique de la nuit passée l'ayant épuisé.

— J'attends que Grier me téléphone.

— Je peux te poser une question ?

— Non, mais je sais que tu le feras quand même.

— Où penses-tu aller avec cette histoire ?

— Pourquoi serais-je obligé d'aller quelque part ?

— Lil, allez…

L'architecte poussa un soupir et reprit une gorgée de son café.

— Jodes, j'essaie d'être réaliste. Je sais que je m'en vais lundi, ce qui ne nous laisse pas beaucoup de temps à passer ensemble. Et Grier ne va pas résoudre tous ses problèmes en deux jours. D'accord, je me demande aussi pourquoi mes sentiments et mon bon sens ne suivent pas la même trajectoire…

— Tu es vraiment amoureux de ce garçon ?

— Oui, même si je suis conscient des écueils qui nous séparent.

— Pourquoi ne pas avoir trouvé quelqu'un de moins compliqué ?

Lil leva un sourcil.

— Si c'était aussi facile, il y a des années que je vivrais en couple.

— En couple ? Cette fois, tu me fais vraiment peur, plaisanta Jody. Où est l'homme détaché et cavaleur que j'avais l'habitude de voir en toi ?

— Aucune idée, remarqua Lil d'un ton lugubre. Bon sang, mais qu'est-ce que je vais faire ?

— Si tu étais omnipotent, que ferais-tu ?

— Je jetterais cette garce manipulatrice dans un précipice, puis je ramènerais Grier et Luca avec moi à San Francisco.

— Ton idée n'est peut-être pas si mauvaise.

— Tu me conseilles le meurtre ? s'étonna Lil.

— Non, espèce d'idiot enamouré ! Pourquoi ne pas demander à Grier de passer quelques jours avec toi à San Francisco ?

— Je ne suis pas certain que ce soit possible.

— Tu lui as demandé ?

— Non.

— Tu ne peux pas gagner au loto si tu n'achètes pas de billet.

— Ce n'est pas faux.

— Fais-lui quitter sa routine pour découvrir la Cité de la Baie. Qui sait ce qui en sortira ?

— Il ne laissera jamais Luca... Surtout pas maintenant, après tout ce cataclysme.

— Tu ne lui demandes pas de déménager de façon permanente, juste de faire un break pour respirer un peu et oublier son stress. D'après ce que tu dis, il se tue à la tâche pour les autres sans jamais penser à lui. Peut-être qu'un nouvel environnement lui donnera du recul, une autre perspective pour faire des choix qu'il n'a encore jamais envisagés.

Lil s'illumina instantanément.

— Ça me paraît une excellente idée.

— En tout cas, tu ne risques rien à essayer.

— Je vais le lui proposer. Je verrais bien où ça nous mènera.

— Dis-moi si nous pouvons faire quelque chose. Clark s'inquiète à ton sujet.

— C'est sympa de sa part, mais Grier n'a rien d'un bâton de dynamite ambulant. En toute franchise, je pense que ce qui s'est passé la nuit dernière n'est qu'un incident isolé. Tu aurais dû voir le regard qu'il avait ce matin. Je n'ai jamais vu personne d'aussi torturé.

— C'est possible, mais les crises de rage sont difficiles à prévoir et à gérer. Tu connais comme moi ce que Clark a traversé. Il se met à ta place et c'est bien normal. C'est ce que fait un véritable ami.

— Et j'apprécie son attitude plus que tu ne peux l'imaginer. Malgré tout, j'ai la conviction que Grier n'a pas le tempérament colérique. Bien sûr, à l'heure actuelle, il est furieux contre Jillian et contre l'injustice de sa position vis-à-vis de Luca, mais c'est un garçon tout à fait enjoué. Je te rappelle que ces dernières années, il a mis sa vie entre parenthèses pour s'occuper des autres.

— Tu es certain que ce sacrifice ne l'a pas transformé en un individu amer et frustré ?

— Jodes, je ne dis pas qu'il est parfait. Je suis certain qu'il préférerait mener librement sa vie en affichant ses droits sur son fils, ce n'est pas pour autant que je crains de sa part une crise de folie.

— J'espère que tu as raison, Lil. Pourtant, à dire vrai, tu le connais à peine.

— Je le connais assez.

— Tu ne parles pas uniquement de sexe, on est bien d'accord ?

— Oh, arrête… ça va largement au-delà.

— Je suis très heureux de te l'entendre dire.

— Et pourtant, le sexe est absolument incroyable.

— Ça suffit ! Je ne veux rien savoir !

— Tu es tellement coincé ! s'exclama Lil avec un éclat de rire. J'avais pensé que le mariage t'ouvrirait… l'esprit, à défaut d'autre chose.

— Tu es ignoble, protesta Jody.

— Je sais, admit Lil avec un sourire. Mais depuis le temps, tu devrais y être habitué, tu ne crois pas ?

— Non, parce que ces derniers temps, tu agis de façon imprévisible.

— C'est que je suis amoureux pour la première fois… et c'est terrifiant.

— Non, sans blague ? Si tu as d'autres révélations, écris-moi sur Twitter.

— Je n'y vais jamais ! Franchement, qui a du temps à perdre à ce genre de bêtises ?

— Je me le demande aussi, remarqua Jody.

— Peut-être Demi et Ashton ?

Il parlait de Demi Moore et Ashton Kutcher dont les querelles conjugales, très médiatisées, s'étalaient à la Une des journaux américains. Jody lui répondit par un grand sourire avant de se lever.

— Il faut que je me prépare pour aller travailler. Je ne rentrerai pas ce soir avant minuit.

— Tu as des horaires vraiment épouvantables.

— Oui, c'est la vie idéale d'un urgentiste.

— Mais c'est ce que tu voulais, pas vrai ? Tu n'envisages rien d'autre ?

— Non.

— Et Clark s'adapte à ton emploi du temps ?

— Oui, nous avons appris à baiser en dormant.

Lil avala de travers et s'étouffa.

— Bon sang ! s'exclama-t-il en crachotant son café. Tu devrais m'avertir avant de sortir un truc pareil.

— Chacun son tour, ricana Jody.

LIL SE séchait les cheveux quand son téléphone se mit à vibrer. Il le récupérera rapidement après avoir vu le nom de Grier apparaître sur son écran.

Il salua le jeune homme avec chaleur :

— Hé ! Alors, comment tu te sens ?

— Très bien. Écoute, il y a eu un changement dans mes projets. J'ai Luca avec moi.

— C'est parfait. Auriez-vous envie de faire quelque chose tous les deux ?

— Ça te dit d'aller arpenter les animaleries ?

— Pourquoi pas ? Je te rappelle que j'ai un chat.

— J'ai promis d'y emmener Luca.

— Tu es bien conscient que tu vas ressortir d'une de ses boutiques avec une petite créature à fourrure ?

— Oui, mais il s'est accroché à cette idée comme un pit-bull.

— D'accord. Nous nous retrouvons où ?

— Prends un taxi pour venir en banlieue. Ou alors, tu peux prendre la ligne bleue du métro de Chicago. Dans ce cas, je te retrouverai à la gare Rosemont.

— En train, ça prend combien de temps ?

— Quarante minutes.

— Et en taxi ?

— Avec la circulation, plus d'une heure. Et je ne te raconte pas l'addition !

— D'accord, je prends le train. Je rappelle dès que je suis monté à bord.

— Lil ?

— Quoi, mon cœur ?

— Tu me manques.

Lil inspira profondément, puis laissa l'oxygène s'échapper tout doucement de ses poumons. Il aurait voulu dire : 'je t'aime, je voudrais te garder dans ma vie, je le voudrais si fort que ça me tue' mais pour une fois, il tint sa langue.

— Tu me manques aussi.

— Dépêche-toi, insista Grier.

— Je suis presque prêt, aussi il me faudra moins d'une heure pour vous retrouver.

— Parfait.

EFFECTIVEMENT, IL lui fallut moins d'une heure. Lil dévala les escaliers de l'entrée principale de la gare Rosemont pour trouver Grier et Luca, garés juste devant, dans un 4x4 rouge. Luca, penché par la fenêtre, agita les bras avec frénésie.

— Tito Lil ! Nous sommes là !

Lil accéléra le pas. En ouvrant la portière, il fut ému de voir Luca l'étreindre comme s'il était un parent perdu de vue depuis longtemps.

— Hé, comment vas-tu, petit bonhomme ?

— Nous allons à Pet Land.

— Oui, c'est ce que j'ai appris. Passe derrière, chaton.

En voyant le sourire que Grier lui adressa, Lil remarqua que toutes les traces du traumatisme de la nuit passée semblaient s'être effacées, sans doute grâce à la présence de l'enfant. Il trouvait bouleversant de voir le père et le fils ensemble. Tous deux étaient magnifiques, de façon différente… et pourtant similaire. Lil fut sidéré par son envie folle de les avoir tous les deux dans sa vie, à jamais. Il ignorait être capable de tenir à ce point à quelqu'un et n'avait même pas réalisé que ça lui manquait de ne pas avoir de famille.

Grier aida Luca à attacher son harnais, afin que l'enfant soit bien en sécurité dans le siège auto Britax de sa Silverado 1500. Il avait acheté ce 4x4 quelques années plus tôt, en réalisant qu'il lui serait impossible de trimbaler Luca sur sa Harley. Pour le moment, c'était impensable, et ce serait peut-être toujours le cas. Le 4x4 lui servait aussi à transporter des meubles et cartons délicats que la société ne tenait pas à charger dans les gigantesques semi-remorques. Il y avait cinq places assises, et Luca était parfaitement à l'aise dans celle qui lui était réservée.

— Tout le monde est prêt ?

— Oui, vas-y, vas-y, Tito G.

Grier éclata de rire tout en prenant la direction de la galerie commerciale Woodfield, à Schaumburg. L'animalerie ne s'y trouvait pas réellement, elle était à quelques rues de là, mais il était bien plus facile de se garer. Durant le week-end, trouver de la place à Woodfield était quasiment impossible. Ils eurent un coup de chance et découvrirent un emplacement disponible juste devant le magasin d'animaux. Les deux hommes descendirent de voiture avec un grand sourire aux lèvres tellement l'enthousiasme de Luca s'avérait contagieux. Prenant la main de Grier, l'enfant l'entraîna vers le magasin où il piailla de joie en voyant les cages alignées avec les chiens et chats à vendre.

— Je voudrais voir chelui-là, indiqua Luca.

Il pointait du doigt un chaton, un Himalayen apparemment, qui dormait dans le coin de sa cage.

— Tu crois qu'ils vont me laisser le tenir ? demanda Luca qui se tourna vers Grier.

— Oui, je pense, répondit son père. Laisse-moi trouver un vendeur pour nous aider.

Debout devant les cages, Lil étudia les différents animaux. Ils étaient tous adorables, il aurait fallu avoir un cœur de pierre pour résister à tant de charme.

— Lequel tu préfères, bonhomme ?

Luca avança le long des grilles, puis il revint à la première et au chaton qu'il avait désigné à Grier.

— Chelui-là.

— Tu as de la suite dans les idées. Ça me plaît.

— Hein ?

— Ce chaton est très joli.

— Ch'est un garchon ?

— Je n'en sais rien, il faudra le sortir de sa cage pour en être certain. Qu'est-ce que tu préfères, un petit chat ou une petite chatte ?

— Je veux une fille. Je veux lui acheter un collier rose Hello Kitty.

— Tu peux aussi mettre un collier rose à un mâle – à un garçon, annonça Lil avec naturel.

Luca écarquilla les yeux tout ronds.

— Nooon !

— Comment ça, non ?

— Maman a dit que le rose, c'était juchte pour les filles.

— Vraiment ?

— Oui, affirma Luca qui hochait vigoureusement de la tête. Et tu chais, Tito Ali a jeté mon pyjama rose.

117

XVIII

PAR AUTOMATISME, Lil s'apprêtait à rejeter l'idée sexiste – et manifestement homophobe – que Jillian et son prétendant avaient plantée dans l'esprit fertile de l'enfant lorsqu'il fut interrompu par le retour de Grier. Une jeune vendeuse le suivait, qui ouvrit la cage du petit chat blanc tout endormi. Elle lui passa autour du cou un collier accroché à une laisse, puis le souleva et le tendit à Luca. Elle avait pris la précaution de conduire l'enfant jusqu'à une zone grillagée où les éventuels acheteurs pouvaient examiner les animaux sans craindre une évasion à travers tout le magasin.

— Tiens, prends-le, dit-elle.

— Ch'est un garçon ou une fille ?

— C'est une fille, mon chéri.

— Tant mieux, sourit Luca.

— Pourquoi tant mieux ? demanda son père.

C'est Lil que Grier regardait, à la recherche d'une réponse.

— Je t'expliquerai plus tard, répondit l'architecte, les sourcils froncés.

— Je peux l'avoir ? demanda Luca.

— Et si tu jouais d'abord un peu avec elle ? suggéra Grier.

Luca se laissa tomber sur le sol, les jambes en tailleur, le chaton sur ses genoux. Dès que l'enfant lui grattouilla la nuque, la petite bête se mit à ronronner, un vrai moteur de bateau.

— Tu entends ! s'exclama l'enfant avec un rire ravi.

— Ça veut dire qu'elle est satisfaite, indiqua Lil.

Luca se tourna vers lui.

— Elle est quoi ?

— Ça veut dire heureuse, Luca. Les chats ronronnent quand ils sont heureux.

Luca récupéra le chaton pour frotter sa joue contre la fourrure, il émit aussi un grondement.

— T'as vu, moi aussi je ronronne, Tito G.

Grier s'accroupit et, d'un geste tendre de la main, repoussa la souple frange dont les mèches retombaient sur les yeux de son fils.

— C'est un ronronnement de tigre, bonhomme. Comment vas-tu appeler ton petit chat ?

— Je peux la ramener à la maison ?

— Oui.

Luca adressa à son père un sourire béat, puis il lui embrassa rapidement la joue.

— Merchi, chuchota-t-il. Mais ne fais pas de bruit, tu vas la réveiller.

— D'accord, répondit Grier à mi-voix. Comment vas-tu l'appeler ?

— Bianca.

— Où as-tu trouvé ce nom ?

— Dans un film.

— Lequel ?

— Ch'est des petites chouris qui chont dans une chochiété pour chauver les enfants perdus.

— Oh lala, fit Grier en riant. Ça en fait des S ! Je me rappelle vaguement avoir vu ce dessin animé à l'affiche… Bernard et Bianca, non ?

— Oui ! s'exclama Luca. Je peux l'appeler comme cha ? Bianca, en italien, cha veut dire blanche, tu chais.

— D'accord, bonhomme. Bianca me paraît parfait.

Se redressant, Grier s'approcha de Lil, qui contemplait la scène avec un sourire indulgent.

— Il est adorable, déclara l'architecte.

— Oui, je sais, acquiesça Grier. J'adore l'entendre parler, mais il faut régler ce problème de prononciation. J'ai déjà promis une petite fortune à une orthophoniste qui m'a assurée être capable de tout arranger.

— Je trouve ce défaut plutôt chou.

— Oui, pour le moment, mais quand il grandira, ça deviendra une tare. Je ne veux pas qu'on se fiche de lui à l'école. Tu sais bien comment sont les enfants entre eux. Je n'ai cessé de réclamer à Jillian de consulter un bon orthophoniste, mais elle n'a rien écouté. J'ai dû m'en charger directement.

— Je suis certain que ce défaut de prononciation se réglera très vite.

— J'espère.

— Encore une fois, insista Lil, ça me plaît beaucoup de l'entendre parler comme ça, mais je comprends ta position.

— Pourquoi as-tu fait cette tête tout à l'heure concernant le sexe du chat ?

— Oh, pas maintenant, protesta Lil qui leva les yeux au ciel.

— Pourquoi pas ?

— Tant qu'à faire monter ta pression sanguine, je préférerais que ce soit de façon lascive.

— Pourquoi, qu'est-ce que Luca a dit ? insista Grier, perplexe.

Lil lui raconta alors la conversation qu'il avait eue avec l'enfant. En moins d'une minute, il assista à une transformation : Grier perdit son expression affable et se hérissa.

— Voilà pourquoi je ne veux pas d'Ali dans la vie de mon fils ! s'exclama-t-il, furieux.

— Il te faudra un avocat.

— Tu as probablement raison.

— C'est certain. Plus tôt tu t'en occuperas, mieux vous vous en porterez, Luca et toi.

— Dès que j'engagerai quelqu'un, il me sera impossible de garder le secret.

— Grier, c'est indispensable.

— Il faut que je la force à être raisonnable.

— Elle ne m'a pas paru du genre à être raisonnable.

Grier ricana d'un air mauvais.

— Et encore, tu n'en connais pas la moitié.

— Je suis tout ouïe, mon cœur.

— Plus tard.

Luca tira sur le tee-shirt de Grier.

— Tito G, il faut lui acheter un lit et de quoi manger. Et un endroit pour faire ches besoins, et un bol pour mettre cha nourriture et de l'eau, et aussi… un collier.

Luca réfléchit à sa liste mentale et ajouta :

— Et les puches ? Il faut que Bianca soit toute propre, sinon maman ne va pas l'aimer.

Maman peut aller se faire voir ! pensa Grier, avec aigreur, très mécontent de Jillian après ce qu'il venait d'apprendre. Il poussa un long soupir.

120

— Nous allons lui acheter un collier antipuces et un grattoir pour se faire les griffes.

— Mais je voulais un collier Hello Kitty, geignit Luca.

— Elle aura les deux.

— Où vas-tu petit chat blanc ? Je vais dans les champs... chantonna Lil.

Grier lui envoya un coup de coude dans les côtes.

Un peu plus tard, les mains pleines d'accessoires divers – et de nombreux dollars en moins dans la poche de Grier – le trio retourna jusqu'au 4x4 pour y jeter ses nombreux achats dans le coffre arrière, sauf Bianca, qui dormait calmement dans son panier de transport. Luca installa avec soin la petite bête à côté de lui sur le siège arrière.

Déjà assis à l'avant, Lil pivota pour le regarder.

— Quelle aventure ! Tu as une petite chatte superbe, Luca.

L'enfant hocha la tête, avec un sourire heureux.

— Comme ton Chébachtian ?

— Ils ne se ressemblent pas du tout, mais tous les deux sont aussi mignons.

Grier retourna à Elk Grove Village. Il jeta un coup d'œil à l'horloge du tableau de bord afin de s'assurer que le grand-père de son fils serait bien rentré. Les Garcia vivaient dans une modeste maison, de style ranch, qui ressemblait beaucoup à celle des Dilorio – sauf que le revêtement était bleu, et non blanc. Il détacha Luca de son siège. Peu après, les bras remplis des différents accessoires de Bianca ils montèrent ensemble les marches jusqu'à la porte d'entrée. Enteng leur ouvrit, ayant reconnu le 4x4 rouge si familier.

— Mon Dieu ! Luca, qu'as-tu acheté ?

— Tito G m'a acheté un petit chat. Lolo, je peux le garder ?

— Bien sûr.

Le vieil homme aux cheveux blancs eut un sourire aimable, avant d'inciter, d'un signe de la main, Grier et Lil à entrer chez lui.

— Je vous présente mon ami, Lil, déclara Grier.

Il alla jusqu'à la cuisine pour déposer son fardeau. Quand il retourna au salon, Enteng demandait à Lil de se mettre à l'aise.

— Je vous en prie, asseyez-vous. Puis-je vous offrir quelque chose à manger ou à boire ? Si vous voulez, j'ai quelques restes que je peux faire réchauffer.

— Merci, nous allons sortir dîner en ville.

— Lil, vous êtes de Chicago ?

— Non, je vis à San Francisco.

— Une ville magnifique. Il y a aussi de l'excellente cuisine philippine.

— Oui, nous avons une importante communauté asiatique.

— Je sais. Je commande mes desserts dans une pâtisserie philippine de Bay Area. Peut-être connaissez-vous cette boutique ? Boucle d'or ?

— Non, je n'en ai jamais entendu parler.

— Masarap, hein, Luca ?

— Cha veut dire 'miam-miam', traduisit le petit garçon. Je chais parler philippin.

— Bravo, je suis très impressionné, le félicita Lil. Moi, je ne connais que l'anglais.

— J'ai un petit-fils très intelligent, remarqua Enteng avec fierté. Il ressemble tellement à sa mère.

Lil ne quitta pas Grier des yeux en répondant :

— Vraiment ?

Le jeune homme ne cachait pas sa contrariété d'avoir entendu un tel commentaire. En fait, son humeur venait de sombrer de façon drastique.

— On y va ? intervint l'architecte.

— Oui, pourquoi pas ? grogna Grier.

Lil se mit à genoux pour pouvoir regarder Luca dans les yeux, avant de serrer sa petite main.

— N'oublie pas de me tenir au courant, je veux savoir comment ça se passe pour Bianca. Tu m'enverras une carte postale, d'accord ?

Luca acquiesça vigoureusement de la tête.

— Je sais écrire, Tito Lil. Je t'écrirai.

— J'en suis ravi, Luca.

Après avoir brièvement embrassé l'enfant sur la joue, Lil se releva pour serrer la main d'Enteng.

— J'ai été heureux de vous rencontrer, monsieur.

— Moi de même.

Il se tourna vers Grier :

— Je te revois tout à l'heure au festival ?

— Non, pas ce soir. Peut-être demain.

— Demain soir, c'est la fermeture. Ton aide serait la bienvenue.

— Très bien, je passerai, répondit Grier.

Il se pencha pour serrer Luca dans ses bras.

— Il faut que j'y aille, bonhomme.

L'enfant serra très fort ses minces bras autour du cou de son père.

— Merchi, merchi pour ma Bianca.

— De rien. Occupe-toi bien d'elle. Elle est sous ta responsabilité à présent.

— Oui, je vais le faire.

Grier eut un sourire. Dieu qu'il aimait cet enfant !

— Je sais. Bon, je te dis à demain, d'accord ?

— Bien chûr.

Peu après, les deux hommes s'éloignaient en voiture, en silence. En passant devant une maison voisine, Grier la désigna du doigt à l'architecte.

— C'est là que je vis.

— Tu es vraiment juste à côté de Luca.

— Non, sans blague ?

— Hé, ne le prend pas comme ça. Réagis.

Grier eut un soupir.

— Désolé que tu doives subir tout ce merdier. J'imagine que tu n'avais aucune idée de ce qui allait te tomber dessus la première fois, quand tu m'as accosté.

— Non, c'est vrai. Mais j'ai passé avec toi la meilleure semaine de ma vie.

— Tu plaisantes ?

— Grier, j'aimerais que tu viennes avec moi lundi à San Francisco.

— Quoi ? Je ne peux pas !

— Pas pour toujours, mais viens au moins passer quelques jours.

— Tu me prends de court, non ?

Lil haussa les épaules.

— J'ai juste pensé que ça te ferait sans doute du bien de prendre un peu de recul. Je te ferai visiter la ville, nous pourrions passer prendre des renseignements au San Francisco Art Institute, je te présenterai aussi mon équipe. Tu sais, j'ai d'excellents dessinateurs qui travaillent pour moi.

— Ah ouais ?

— Allez, mon cœur, tu mérites d'avoir un moment rien que pour toi.

— Je ne pourrai pas m'en aller longtemps. Il y a plusieurs personnes qui comptent sur moi.

— Je sais, mais parfois, s'écarter un peu d'un problème permet de l'aborder sous une nouvelle perspective.

— Tu es très convaincant.

— Dans ce cas, je m'occupe de ton billet.

— Attends, laisse-moi une seconde, s'il te plaît.

Grier fit demi-tour sur Arlington Heights Road et revint en direction d'Elk Grove Village.

— Où allons-nous ? demanda l'architecte.

— Je vais prévenir mon père que je m'en vais pour quelques jours.

— Maintenant ? s'exclama Lil.

Il était un peu inquiet de rencontrer à l'improviste un homme censé être au-delà de tout bon sens. Il eut soudain quelques images mentales du père de Clark, un homophobe acharné.

— Je présume que tu vas vouloir m'entraîner chez toi ? reprit-il.

— C'est maintenant ou jamais.

— D'accord, dans ce cas, allons-y.

XIX

SI SANTINO fut d'abord surpris de voir son fils apparaître de façon aussi soudaine, son expression se renfrogna rapidement lorsqu'il inspecta, d'un air prudent, son compagnon. Lil s'était préparé à toutes les exhibitions d'une homophobie manifeste, mais il resta très calme, malgré le regard noir et les sourcils broussailleux qui venaient de se rejoindre au milieu du front ridé de Santino. Le père de Grier avait un visage expressif qui cachait très mal son désarroi à devoir rencontrer ainsi l'amant de son fils. Cependant, Lil l'affronta droit dans les yeux. Il fut soulagé quand Santino, une fois les présentations faites, finit par marmonner une vague réponse courtoise.

— Où comptez-vous aller tous les deux ? demanda-t-il ensuite à Grier.

— Nous venons de déposer Luca. Nous sortons maintenant pour dîner.

— Où ?

— Chez Shaw, à la Maison du Crabe.

— Ça me parait un bon choix.

— Aimeriez-vous venir avec nous ? proposa Lil.

S'il surprit le coup d'œil étonné de Grier, il était davantage intéressé par ce que son père allait répondre. Le vieil homme le regarda d'un air pensif, puis, à la grande satisfaction de Lil, son expression se dérida.

— Peut-être une autre fois.

— Papa, Lil m'a invité à l'accompagner à San Francisco pour y passer quelques jours.

— Quand ?

— Nous partirions lundi.

— C'est après-demain ! protesta Santino en élevant la voix. Tu sais bien que nous avons du travail ces temps-ci.

— Si je trouve quelqu'un pour me remplacer, je peux m'en aller ?

— Combien de temps resterais-tu absent ?

— De cinq jours à une semaine.

— Aussi longtemps ?

— Je n'ai pas pris de vacances durant ces cinq dernières années.

— C'est vrai, admit son père à contrecœur. D'accord, trouve quelqu'un pour te remplacer et c'est réglé. Où comptes-tu loger là-bas ?

— Il résidera chez moi, monsieur.

Santino fit la grimace.

— C'est vous, l'architecte ?

— Oui, monsieur.

— Et vous êtes… commença Santino d'une voix hésitante.

— Papa !

Inquiet, Grier fit un pas en avant.

— Vous allez faire avec Grier… du tourisme ?

Mal à l'aise, le vieil homme butait sur chacun de ses mots. Lil réalisa combien le père de Grier avait du mal à les considérer comme un couple, mais il s'efforçait de respecter les sentiments de son fils, ce qui le fit monter dans son estime. Santino était peut-être homophobe, mais il aimait Grier bien plus qu'il ne tenait à ses idées préconçues.

— Oui, monsieur, je lui ferai visiter la ville.

— Très bien, acquiesça Santino.

Il se tourna vers Grier pour lui rappeler une autre de ses responsabilités – comme si le jeune homme était capable de l'oublier :

— Tu sais que tu devras aussi trouver un baby-sitter pour Luca pendant ton absence.

— Je suis sûr qu'ils se débrouilleront sans moi.

— Peut-être… mais il leur faudra bien trouver quelqu'un. Tu t'occupes de Luca trois jours par semaine depuis que cet enfant a deux ans. Tu vas lui manquer.

— Il me manquera aussi, mais je ne pars qu'une semaine.

— Grier, je te donne simplement mon avis. Pour un enfant, une semaine c'est très long.

— Je m'en occupe, d'accord ?

— Très bien. Je te revois tout à l'heure ?

— Non, probablement pas, répondit Grier.

Il affronta son père droit dans les yeux, s'attendant à un nouveau sermon.

— Dans ce cas, à demain.

— Ah, d'accord.

Grier poussa un soupir, puis il fit un pas en avant et serra son père dans ses bras, ce qui surprit beaucoup le vieil homme.

— Merci papa, souffla-t-il.

— Allez, file, maugréa Santino. Et passe une bonne soirée.

— ÇA S'EST bien mieux passé que je ne m'y attendais, déclara Lil, alors que le 4x4 s'écartait du trottoir.

— Ça, c'est sûr. Je n'arrive pas à croire qu'il n'y ait pas eu de scandale.

— Il a fait de gros efforts.

— Je sais.

Grier s'étant attendu au pire, le soulagement lui faisait presque tourner la tête. Il se tourna vers l'architecte et se mit à crier :

— Je pars à San Francisco !

L'excitation de Grier étant contagieuse, Lil éclata d'un rire joyeux.

— Il faut qu'on t'achète un billet d'avion.

— Je m'en occuperai demain.

Lil le prit par le bras.

— C'est moi qui te l'offre.

— Bon sang, pas question.

— S'il te plaît, laisse-moi faire. Ça va coûter une fortune parce que nous le prenons au dernier moment.

— Je te dois toujours l'argent que tu as dépensé la nuit dernière.

— Je ne connais pas encore le montant de cette facture.

— Lil, j'ai de l'argent. Je ne suis pas un mendiant.

— Je n'ai jamais dit que tu l'étais, mais ce voyage, c'est mon idée, j'aimerais au moins te payer ton billet.

— Es-tu aussi généreux envers tous ceux que tu rencontres ?

— Non, seulement ceux auxquels je tiens.

Grier quitta une seconde la route pour fixer les brillants yeux bleus au regard adorateur. Il tendit le bras pour saisir la main de l'architecte.

— Merci.

— De rien.

Chez Shaw, le dîner fut détendu maintenant que les deux hommes savaient pouvoir profiter de leur compagnie mutuelle encore huit ou neuf jours. Lil se saisit d'une huître et la dégusta avec des mimiques érotiques. Léchant le jus salé de la coquille, il vanta l'effet légendaire des huîtres sur la libido.

— Non pas que tu aies besoin d'aide dans ce domaine, plaisanta l'architecte.

— Toi non plus, rétorqua Grier.

Il y avait devant eux une douzaine d'huîtres Wellfleet envoyées de Cape Cod le matin même. En les voyant au menu, Lil avait eu un sourire d'extase. En vrai gourmet, il avait convaincu Grier qu'elles valaient bien leur prix. Le jeune homme s'était contenté de lever les yeux au ciel avant de céder.

Ils arrosèrent leur dîner d'une bouteille de Pinot Grigio Santa Margherita, un vin au prix raisonnable que Lil connaissait bien. Grier avait davantage l'habitude de siffler de la bière que de déguster du vin, mais il fit une fois encore son apprentissage sans se faire prier. Il voyait déjà un avenir où Lil se donnerait pour mission de lui enseigner tout ce que la vie avait de meilleur, tout ce que lui-même ne connaissait pas encore.

En plat principal, les deux hommes avaient opté pour du haddock en croûte au parmesan, servi avec des câpres, des épinards braisés et du beurre citronné. C'était délicieux. Lil, qui gémissait de plaisir à chaque bouchée, se montra plein d'éloges aussi bien envers le chef cuisinier que de l'ensemble du restaurant.

— Je n'aurais jamais cru trouver du poisson aussi bien préparé dans le Mid-Ouest.

— Nous sommes à Chicago, pas dans les Appalaches, plaisanta Grier. Nous avons accès à presque tout ce que San Francisco propose, et plus encore.

— Je sais, s'excusa Lil. J'oublie toujours qu'il s'agit d'une ville immense. Pourtant, je t'assure que tu trouveras à San Francisco ce que tu ne verras jamais à Chicago.

— Quoi, par exemple ?

— Moi, répondit Lil avec un sourire entendu.

— Andouille.

En guise de dessert, la maison proposait sa spécialité : la tarte au citron. Ils décidèrent de prendre une portion pour deux.

— Je ne peux plus rien avaler, déclara Grier en posant sa cuillère. Si j'en mets davantage dans ma bouche, je vais vomir.

Lil leva les sourcils.

— J'espère que tu n'es pas sérieux.

Grier éclata de rire

— Tu es vraiment trop ! Allez, viens, on s'en va.

Ils partagèrent l'addition. Lil ne tenta même pas de discuter, sachant que, question argent, Grier préférait payer son écot. La soirée s'avérait exceptionnellement agréable. Ils retournèrent au cœur de Chicago, soulagés que la circulation soit redevenue fluide, l'heure de pointe étant passée depuis longtemps.

— Tu veux sortir ? demanda Grier. Demain soir, je ne pourrais pas venir, il faudra que j'aide à démonter le stand au festival. De plus, j'ai mes bagages à faire.

— Je ne tiens pas à sortir, répondit Lil. Pourquoi ne pas simplement nous asseoir dans le bain bouillonnant pour papoter ?

— Ça me paraît une bonne idée, accepta Grier.

— ALORS, GRIER, comment tu te sens ? demanda Jody.

Les quatre hommes étaient tous installés dans le bain bouillonnant. En pénétrant dans la cuisine, Lil et Grier y avaient trouvé Clark et Jody. Ils avaient décidés de monter ensemble sur le toit. Chacun tenait une bouteille de bière à la main et paraissait tout à fait satisfait.

— J'ai encore quelques douleurs à la main, répondit Grier.

— Tu as de la chance de ne t'être rien cassé.

— Dieu protège les imbéciles et les ivrognes. La nuit dernière, j'ai été les deux. Je suis franchement désolé des ennuis que je vous ai causés.

— Il n'y a pas de quoi... Je suis un urgentiste, marié à un homme ayant le goût douteux de flanquer des coups de poing dans le plâtre.

— Hé ! protesta Clark. Ça fait des années que je ne l'ai plus fait.

— C'est vrai, mais je voulais rassurer Grier.

— Parfois, tout va mal, grogna Clark. C'est la vie. Jo-Jo m'a appris à gérer ma colère de façon plus positive.

— Je comprends, fit Grier qui hocha la tête. Il va très bientôt falloir que je prenne des décisions difficiles. J'espère que ça m'aidera à dissiper cette frustration que je ressens en permanence.

— En tout cas, ça ne pourra pas te faire de mal, répliqua Clark. Le plus difficile, c'est d'admettre qu'un changement est nécessaire. Il est tellement plus facile de ne rien faire.

Grier parut surpris.

— D'après ce que j'ai compris, tu as eu pas mal de problèmes, autrefois. Mais je ne connais pas toute l'histoire.

— Lil te la racontera en détail, proposa Clark. Pour faire bref, j'essayais de plaire à tout le monde, et j'ai échoué. Complètement. J'ai fait du mal à

129

celui qui comptait le plus pour moi, j'ai même failli le perdre. Je n'aimerais pas te voir traverser le même enfer, si tu peux l'éviter.

— Merci. Les mecs, vous avez vraiment été sympas, surtout quand on considère que vous me connaissez à peine.

— Lil est comme un frère pour moi, expliqua Jody. Après Clark, c'est l'homme auquel je tiens le plus. Je veux le voir heureux. Si tu peux contribuer à son bonheur, je te considérerai toujours comme un ami.

— Et dans le cas contraire, ajouta Clark avec force, je te tordrai le cou.

Grier regarda ses deux vis-à-vis avant d'avouer :

— J'ai encore pas mal de problèmes à résoudre. Savoir que Lil est de mon côté m'a beaucoup aidé à prendre confiance en moi. Je sais que vous allez trouver ça dur à croire, parce que nous ne nous connaissons que depuis une semaine, mais je tiens beaucoup, vraiment beaucoup à votre ami. Je vous donne ma parole de ne jamais rien faire contre lui, de façon délibérée.

Lil passa le bras autour des épaules de Grier afin de l'attirer contre lui. Il l'embrassa sur la joue sous le regard attentif de Jody et Clark.

— Ça me suffit, déclara Jody. Parlons maintenant de vos plans pour la semaine prochaine. D'après ce que j'ai compris, vous vous envolez ensemble tous les deux pour San Francisco...

XX

GRIER ÉCOUTA Jillian avec patience lui énumérer toutes les raisons du monde censées l'empêcher de partir. Il ne s'était aventuré à lui faire part de ses projets qu'après avoir intégralement terminé de démonter le stand Vinita installé pour le festival. Enteng venait de retourner à Elk Grove Village, avec un autre succès à son actif.

— Tu me préviens au dernier moment, se plaignit-elle. Comment oses-tu me faire ça ?

— C'est une invitation inattendue, mais aussi une opportunité unique pour moi de découvrir une ville à laquelle je me suis toujours intéressé.

— Pourquoi ? Parce que le drapeau arc-en-ciel – l'emblème des gays – flotte si fièrement à San Francisco ?

— Tu veux que je te dise un truc ? J'en ai ras-le-bol de ta nouvelle attitude homophobe. Tu me rends malade. Je me demande ce qui te prend.

— J'ai toujours été comme ça.

— Non, Jillian. Toi et moi étions amis autrefois. Nous avons partagé des milliers de découvertes, je n'ai jamais ressenti chez toi un tel antagonisme. As-tu changé parce que tu as dorénavant dans ta vie un homme susceptible de t'offrir tout ce que tu as toujours désiré ? Est-ce la vraie raison pour laquelle tu t'es retournée contre moi ? J'ai fait pour toi et Luca tout ce qui était en mon pouvoir et tu me considères pourtant comme une raclure sous le prétexte que je suis attiré par les hommes ?

— Ce qui me met en colère, c'est que tu n'éprouves aucun remords à nous abandonner pour une tapette que tu viens juste de rencontrer.

— Et toi alors ? Tu ne tiens pas du tout compte de mes sentiments en introduisant un autre homme dans la vie de Luca sans même me consulter.

— Ce n'est pas n'importe qui, c'est ton frère !

131

— Là n'est pas le problème. La vérité, c'est qu'un autre prend ma place légitime. Je ne le permettrai pas.

— Et comment envisages-tu de t'y opposer ?

— Je ne sais pas, mais quand j'agirai, tu seras la première à le savoir.

— Tu tiens vraiment à porter notre différend devant les tribunaux ?

— Je le ferai, si c'est ma seule option. J'ai commis une erreur en te laissant raconter à tout le monde cette grotesque histoire de viol. J'ai été choqué par ta grossesse inattendue et l'idée de devenir père, bien sûr, m'a fichu la trouille.

— Exactement ! Tu crois vraiment que je vais être assez bête pour annoncer au monde entier que je me suis laissé baiser par une pédale ?

— Si je me souviens bien, c'est toi qui m'as baisé.

— Va au diable, Grier ! Tu ne réussiras pas à prouver que Luca est de toi. Ce sera ta parole contre la mienne parce que je n'accepterai jamais un test ADN.

— Tu y seras bien obligée si j'obtiens l'aval du tribunal.

— Fais-le, et je raconterai à tout le monde que tu te promènes partout dans des strings roses. Tu penses vraiment qu'ils t'accorderont la garde d'un petit garçon en apprenant ça ?

— Tu n'es qu'une sale garce. Tu sais parfaitement que ce n'est pas vrai. Ma vie intime n'a rien à voir avec mon amour pour Luca. Je suis un sacrément bon père, je donne bien plus à mon fils que tu ne le feras jamais.

— Je suis une bonne mère, cracha Jillian.

— Oui, quand tu es là – ce qui est rare. Luca passe l'essentiel de son temps sous la garde d'autrui.

— J'essaie de gagner ma vie.

— Moi aussi.

— Tu es déménageur, ricana Jillian méprisante. Pas de quoi s'en vanter.

— Tu me pousses tout droit dans le cabinet d'un avocat, Jillian.

— Une fois encore, ce sera ta parole contre la mienne. Moi, j'ai l'image d'une femme idéale, tu t'en souviens ? C'est moi qui rapportais à la maison des bons points et de beaux diplômes, ce qui rendait ma famille très fière. Toi, Grier, tu n'es qu'un raté.

— Et c'est ça ton vrai problème, pas vrai ? Ça l'a toujours été. Tu n'as pas voulu avouer à tes parents t'être royalement plantée. Tu n'aurais pas supporté d'affronter la communauté philippine qui a toujours considéré les Garcia comme un modèle de ce que pouvait donner le rêve américain associé à un travail forcé. Tu es tellement attachée à ton image de petite fille modèle que tu as préféré t'afficher comme la victime d'un acte anonyme plutôt que devenir le pitoyable cliché d'une ado mère célibataire. Tu as eu peur que tout le monde se moque de toi en apprenant que tu avais délibérément couché avec un homme qui ne s'intéressait pas à toi. Alors, après m'avoir soûlé, après m'avoir quasiment forcé à te prendre, tu as cru que ça me ferait changer d'orientation sexuelle ? Le plan ayant foiré, Jillian Garcia a choisi le viol fictif plutôt que le ridicule, pas vrai ?

Il fut surpris par la claque qu'il reçut, la douleur cuisante allant bien au-delà de la surface. Grier recula d'un pas, maîtrisant son besoin forcené de rendre coup pour coup. Il retint son souffle et étouffa sa colère.

— Si tu étais un homme, tu serais déjà par terre.

— Si j'étais un homme, sanglota Jillian, nous serions mariés. Pourquoi a-t-il fallu que tu sois gay ?

Grier la contempla bouche bée. Il ne savait plus quoi dire.

— Va-t'en ! hurla Jillian. Va-t'en à San Francisco avec l'autre pédale et ne reviens jamais.

— Oh si, je reviendrai, grinça Grier. Tu peux y compter. Et si tu tentes un geste stupide durant mon absence, j'irai parler à mon frère pour lui raconter exactement quel genre de fille il s'apprête à épouser. Il ignore que Sainte Jillian s'est déjà tapé son petit frère, j'imagine ?

— Ne t'avise pas d'en parler à Ali ! feula Jillian, folle de rage.

Sous les yeux de Grier, elle perdit toute sa beauté angélique et se métamorphosa. Son véritable caractère émergea enfin, résultat direct de l'amertume et de la déception qu'elle ressentait. Les yeux en amande de Jillian devinrent reptiliens, tout étrécis de colère. Grier sentait presque la rage qui émanait de son corps mince. Il dut lui reconnaître quelque chose : elle s'efforça de retrouver son équilibre. Elle inspira profondément afin d'apaiser sa colère.

— Apparemment, nous sommes dans une impasse, dit-elle froidement.

— C'est aussi mon avis.

— Quand reviendras-tu ?

— Le week-end prochain.

— Tu as prévu d'en parler à Luca ?

— Oui, je vais l'emmener chez McDonald's.

— Tu ne m'as pas demandé la permission.

Grier ricana.

— Depuis quand ai-je besoin de le faire ?

— La prochaine fois, je tiens à être informée avant que tu l'emmènes quelque part. Je ne veux pas que tu recommences une folie comme lui acheter un petit chat, c'est compris ?

— Pourquoi ? Parce que tu n'y as pas pensé la première ?

— Va te faire foutre !

— Toi aussi ! cracha Grier. À la semaine prochaine.

— LUCA, PERSONNE ne compte te voler tes frites, plaisanta Grier, qui regardait l'enfant les engouffrer deux par deux dans sa bouche. Mange plus doucement, bonhomme.

— Miam-miam, marmonna Luca.

— Depuis combien de temps n'as-tu pas mangé ?

L'enfant haussa les épaules.

— Me rappelle pas.

Grier fronça les sourcils, il se demanda si c'était anodin ou bien s'il devait s'inquiéter.

— Qui t'a gardé aujourd'hui ?

— D'abord Lola, ensuite Tito A.

— Je suis certain que Lola t'a donné un bon petit déjeuner, pas vrai ?

Luca hocha la tête.

— Oui, du chpam, du riz et un œuf.

— Ça ne m'étonne pas, marmonna Grier pour lui-même.

Il avait pris chez les Garcia d'innombrables petits déjeuners similaires. Il y avait toujours du riz, toujours du spam – de la viande précuite en boîte. Va savoir pourquoi.

— D'accord, et au déjeuner, qu'as-tu mangé ?

— Des Cheeriohs.

— Des quoi ?

— Tito A. regardait la télévision, il ch'est endormi. Alors j'ai pris des chéréales que j'ai mangées dans la boîte.

— Sans lait ?

— Nnn-nnn, fit Luca.

Dégoûté, Grier secoua la tête en grognant :

— Je n'arrive pas à y croire… Et depuis lors, tu n'as rien mangé ?

— Non.

— Pas étonnant que tu sois mort de faim. Mange tout ce que tu veux, bonhomme. Tu as envie d'un milkshake aussi ?

— Oui. Au chocolat.

Grier se chargea d'aller le commander, puis il regarda ensuite l'enfant le vider rapidement et faire des bruits horribles en arrivant au fond du gobelet.

— Bonhomme, je vais m'en aller quelques jours.

Luca écarquilla les yeux immenses.

— Où ?

— À San Francisco, avec Tito Lil.

— Je peux venir auchi ? pleurnicha Luca. Je veux venir.

— Non Luca, pas cette fois.

— Ch'il te plaît. Je te promets d'être très chage.

— Il faut que quelqu'un reste ici pour surveiller Bianca.

— Maman le fera.

— Non, Bianca est sous ta responsabilité, rappelle-toi notre accord.

Luca acquiesça, bien que ses grands yeux soient remplis de larmes.

— Tu vas me manquer.

— Tu vas me manquer aussi, mais je te rapporterai un cadeau.

— Quoi ?

— Quelque chose de très spécial qui vient de San Francisco.

— D'accord. Je vais dormir combien de fois avant que tu reviennes ?

— Cinq ou six fois.

Luca retint son souffle, puis il eut un sanglot.

— Ch'est drôlement beaucoup.

Grier attira l'enfant sur ses genoux.

— Viens ici. Écoute, c'est normal d'être triste, tu peux même pleurer un peu. Je sais que je vais te manquer, mais tu vas avoir des tas de choses à faire pendant mon absence.

Grier serra son fils contre lui en écoutant ses petits sanglots, bouleversé. Ce serait leur première séparation depuis qu'il était revenu de l'université, lui aussi en ressentait une forte émotion, mais il s'efforça de ne pas trop y penser. Dans le cas contraire, il allait annuler son voyage.

— Il te faudra nettoyer tous les jours la litière de Bianca. N'oublie pas de bien fermer le sac-poubelle et de le sortir, sinon ta chambre va sentir mauvais.

Luca inspira en hoquetant.

— D'accord. Et pour la nourriture ?

— Mets des croquettes tous les matins dans sa gamelle quand tu te lèveras. Il faut aussi que tu lui donnes tous les jours de l'eau. Les petits chats ont souvent soif. Tu dois veiller à ce qu'elle ait toujours suffisamment à

135

manger et à boire. Tu ne voudrais pas qu'elle ait faim, comme toi aujourd'hui, pas vrai ?

— Et après ?

— C'est tout. Sois bien sage et je reviendrai avant même que tu n'aies vu le temps passer.

Luca s'accrocha au cou de son père. Il resta dans la même position lorsque Grier l'emporta jusqu'à la voiture. Ensuite, il détacha doucement les petits doigts de sa nuque.

— Je vais te donner mon numéro de téléphone, Luca. Tu pourras m'appeler si tu as envie de me parler.

— Je ne chais pas comment faire.

Grier écrivit une liste des chiffres sur une page du bloc qu'il gardait dans son 4x4 pour les urgences. Il l'arracha et la tendit à Luca.

— Lis-moi ce que j'ai écrit.

— Un. Huit. Quatre. Chept. Deux. Trois. Quatre. Deux. Chinq.

— C'est parfait.

Grier tendit à Luca son téléphone portable.

— Maintenant, retrouve ces mêmes chiffres sur le clavier et fais comme si tu allais me téléphoner.

Luca étudia brièvement l'appareil, il se mit ensuite à presser les numéros du pouce. Grier le surveilla de près pour s'assurer que l'enfant avait compris le mécanisme et serait capable de le répéter.

— Je veux que tu gardes mon numéro de téléphone dans ta chambre. Tu l'utiliseras si tu as besoin de m'appeler.

— Je vais le garder ou ?

— Dans la boîte de tes jeux vidéo.

— Chi je téléphone, tu vas répondre ?

— Immédiatement.

— Ch'est promis ?

— Oui, c'est promis.

XXI

LE TRAVAIL qu'avait Grier chez Dilorio Déménagement l'emmenait en général dans les États limitrophes qui bordaient l'Illinois au Nord, à l'Est et au Sud. Il n'était jamais allé jusqu'à la côte Ouest. En fait, il n'avait jamais pris l'avion auparavant. C'était pour lui une première. Lil trouva que l'occasion méritait la petite fortune qu'il dépensa pour un billet de dernière minute en classe affaire, afin que Grier obtienne un siège à ses côtés. Jamais, pour économiser quelques dollars, il n'aurait renoncé au privilège de voir le regard émerveillé et l'expression de Grier. Dans son excitation, le jeune homme lui prit la main lorsque l'avion se mit à rugir, avant d'avancer lourdement vers la piste d'envol. Peu après, une fois les moteurs lancés à plein volume, le bruit assourdissant fut une véritable musique pour un homme habitué à chevaucher une fusée. Grier savait apprécier la puissance sans limite d'un engin mécanique capable de l'emporter de l'autre côté du pays. Il savoura l'expérience, heureux de la sensation de vitesse de l'avion au moment du décollage. Lil ne pouvait quitter son jeune compagnon des yeux. Il fut tenté de l'embrasser, mais se ravisa pour rester dans les limites de la bienséance.

— C'était sacrément intense ! s'exclama Grier lorsque l'appareil eut atteint sa vitesse de croisière.

Lil eut un sourire, heureux de tant d'enthousiasme.

— Tu veux un verre ?

— Et toi, qu'est-ce que tu prends ?

— Un Bloody Mary.

— Ça me paraît un bon choix.

Leurs cocktails furent servis rapidement. Lil porta un toast en heurtant son gobelet de plastique contre celui de Grier.

— À tes nouvelles aventures.

— Merci, répondit Grier, avec un sourire enivrant.

— Qui te remplace au boulot ? s'enquit Lil.

— Jake s'est porté volontaire.

— Tu ne m'as pas beaucoup parlé de lui, remarqua l'architecte.

— Quand nous étions plus jeunes, lui et moi étions très proches. Nous avons commencé à nous séparer durant la dernière année de lycée.

— Pourquoi ?

— Je lui ai avoué mes préférences, ce qui a complètement changé l'ambiance entre nous.

— Comment ça ?

— Tu sais comment réagissent certaines personnes. À partir du moment où il a appris la vérité, que j'étais gay, Jake a eu peur que je lui saute dessus sans crier gare.

— La moitié de la population pense encore que nous sommes de dangereux prédateurs qui ne pensent qu'au sexe.

— C'est vrai pour quelques-uns d'entre nous, plaisanta Grier.

Il lécha le rebord de son verre en plastique d'un air aguicheur.

— Ça suffit, sinon je vais te faire rentrer dans le Mile-High Club. C'est-à-dire celui des gens ayant eu une aventure sexuelle en vol, et donc à quelque mille six cents mètres d'altitude, d'où le nom du 'club'.

— J'en ai déjà entendu parler, indiqua Grier.

— Alors, ne me tente pas. Parle-moi plutôt de Jake.

Grier haussa les épaules.

— Il est à l'exact opposé de sa sœur jumelle. C'est un garçon facile à vivre, calme et sans complication. Ses parents ont très tôt réalisé qu'il n'aurait jamais la même ambition que Jillian, aussi ils ne l'ont pas poussé.

— D'après ce que tu m'as dit, il est mécanicien ?

Grier hocha la tête tout en sirotant son cocktail.

— Oui, il travaille pour le concessionnaire Toyota à Schaumburg.

— Sait-il que tu es le père de Luca ?

— Non, je te l'ai déjà dit : personne n'est au courant.

— Pourtant, Jake a bien dû remarquer que Jillian faisait une fixation sur toi.

— Bien entendu, mais comme tout le monde, il trouvait ça parfait. Du moins, jusqu'à ce que je lui annonce être gay. Il a ensuite demandé à sa sœur d'arrêter de me harceler.

— Elle ne l'a pas écouté.

— Jillian a sincèrement cru que ma seule raison de le dire était que je n'avais jamais couché avec une femme.

Grier eut un petit rire sans joie.

— Elle s'est imaginé qu'elle allait me remettre sur le droit chemin.

— Elle était vierge ? insista Lil.

— C'est ce qu'elle m'a dit. Franchement, je n'en suis pas certain.

— Tu crois qu'elle a gardé l'enfant en espérant que tu allais changer d'avis ?

— Peut-être. C'est difficile à dire, Lil. Quand je lui ai annoncé après-coup que j'étais toujours gay, je sais que ses rêves se sont écroulés. D'un seul coup, tous les plans qu'elle avait bâtis d'un futur merveilleux partaient en fumée.

— Tu as pourtant offert de l'épouser.

— Parce que j'y étais obligé.

— Je suis surpris qu'elle n'ait pas sauté sur l'occasion.

— Je pense qu'elle a enfin repris ses esprits. Elle savait que ce serait une mascarade, aussi elle a appliqué son plan B.

— Je n'arrive pas à comprendre qu'on puisse inventer un viol. Cette solution me paraît extrême.

— Tu as déjà vu le film Slumdog Millionnaire ?

Lil hocha la tête et demanda :

— Oui, pourquoi ?

— D'après les histoires que j'ai entendues, Enteng et Nita étaient très pauvres – au point de s'inquiéter tous les jours sur ce qu'ils allaient manger au repas suivant. Ils ont raconté à Jake et Jillian qu'aux Philippines, d'où ils sont originaires, il y avait des mendiants comme ceux du film.

— Tu plaisantes ?

— Non, c'est vrai. Nita a réussi à devenir infirmière parce que sa mère travaillait comme servante dans une riche famille qui lui a payé ses études. Enteng n'a jamais reçu aucune éducation, il a appris à cuisiner en travaillant dans les cuisines d'une maison bourgeoise, aux Philippines. C'est le Tiers-Monde tout ça, c'est difficile pour nous de l'imaginer, mais pour les Garcia, émigrer en Amérique, c'était comme pour l'orphelin de Slumdog de gagner son million à l'émission.

— J'essaie de voir où tu veux en venir avec cette histoire.

— Peut-être que mieux comprendre ce qu'a traversé la famille de Jillian te donnera un aperçu sur sa façon de raisonner.

— J'en doute, mais continue. C'est une histoire fascinante.

— Apparemment, quand Enteng et Nita sont arrivés à Chicago, ils n'avaient rien d'autre que les vêtements qu'ils portaient sur le dos. Ils ont travaillé comme des malades pour réussir à joindre les deux bouts. Je n'ai jamais vu des gens aussi acharnés que ces deux-là. Ma mère les a aidés aussi souvent que possible à garder des jumeaux parce que les Garcia ayant chacun deux boulots, ils étaient rarement chez eux. Chacun de leur succès, chacune de leurs acquisitions, a représenté pour eux une marche sur l'échelle de la réussite qui les écartait de leur passé de misère. Quand ils sont devenus propriétaires de leur maison et de leur boutique, quand leurs enfants ont grandi dans un luxe relatif dont eux n'avaient pu que rêver, ils ont atteint le point culminant de plusieurs années d'efforts. Ma famille est devenue leur modèle, ils ont tenté d'imiter mes parents sur presque tous les points. Pour Nita, ma mère était la parfaite Américaine.

— Et toi, comment tu te places là-dedans ?

— Je t'ai expliqué un jour que les Garcia nous aimaient, Ali et moi, presque autant que leurs propres enfants. Ils désiraient donc voir Jillian épouser l'un d'entre nous et puisqu'elle a très tôt porté son choix sur moi, toute la famille l'y a encouragée. Nita ne cessait d'évoquer un futur où Jillian deviendrait ma femme. Bien sûr, elle a insisté pour que sa fille reçoive de l'instruction, parce que pour elle réussir en classe était synonyme d'avoir une vie plus facile, mais elle considérait tout aussi important de trouver un bon mari. Chaque fois que Jillian sortait avec un autre garçon, il était étudié et critiqué. En fait, son principal défaut, c'est qu'il n'était pas moi.

— Et pourquoi tout le monde tenait tant à toi comme prétendant ? Ce n'est pas que je ne te trouve pas parfait, mais pourquoi n'ont-ils pas changé d'avis quand tu leur as annoncé être gay ?

— Parce que personne ne m'a pris au sérieux. Comme je faisais du football et du body-building, ils ont cru à une plaisanterie de ma part.

— Qui pourrait plaisanter sur un tel sujet ? Franchement, je n'arrive pas à croire à la naïveté de ces gens. Pourquoi ne les as-tu pas incités à y voir clair ?

— Je ne voulais pas bouleverser mon père plus que de raison. Il a failli avoir une crise cardiaque en apprenant que j'avais été surpris au lycée avec un de mes camarades dans une situation compromettante.

— Décrypte-moi ça ?

— Une pipe dans les vestiaires de l'école.

Lil explosa de rire.

— Ce n'est pas vrai ?

— Hé, c'était dans les douches, Johnny est tombé à genoux devant moi. Tu voulais vraiment que je le repousse alors que j'avais le sexe qui lui pointait déjà au visage ?

— Bien sûr que non, répondit Lil avec un grand sourire. J'aurais fait la même chose.

— Eh bien, ça m'a mis dans une sacrée panade. À la suite de cet incident, j'ai pensé qu'il valait mieux garder profil bas et faire semblant de suivre les projets que tous les autres avaient pour moi. Quand Jillian et moi sommes devenus inséparables, aussi bien mon père que ses parents ont retrouvé tous leurs espoirs.

— Et ta mère ?

— Je pense qu'elle avait deviné la vérité, elle savait que je faisais semblant. Elle n'a rien dit pour ne pas faire de la peine à mon père.

— Et tout ça t'a explosé au nez quand Jillian s'est retrouvée enceinte.

— Oui.

— Mais quand même, un viol ?

— Pour lui rendre justice, je pense qu'elle s'est retrouvée entre le marteau et l'enclume. Juste après le bal de fin d'année, je lui ai annoncé franco que je ne l'aimais pas, du moins pas comme un homme devrait aimer une femme. La situation étant vite devenue pénible, elle a dû perdre la tête en découvrant sa grossesse.

— Mais tu as proposé de l'épouser.

— J'étais en colère contre elle d'avoir été aussi bête et de s'être laissé engrosser. Je ne peux pas dire que ma proposition ait été vraiment romantique. Je crois l'avoir faite en hurlant.

— Au moins, elle ne t'a pas pris au mot.

— J'aurais préféré qu'elle le fasse. Même si nous avions divorcé neuf mois plus tard, j'aurais été le père officiel de Luca. Maintenant, je ne suis rien du tout.

— Mais ça peut changer.

— Pas sans une bataille retentissante.

— Et tu ne crois pas que ton fils mérite que tu te battes pour lui ?

— Je ne veux pas que ça l'atteigne, Lil. J'aimerais que Jillian cède sans impliquer un tribunal.

— Je ne pense pas que ce soit possible, du moins pas d'après tout ce que j'ai entendu jusqu'ici.

— Peut-être pas, mais j'aimerais quand même essayer.

— Et si nous mettions ta décision en suspens durant cette semaine ? proposa l'architecte.

— Oui, acquiesça Grier. Je veux profiter de mes vacances.

— Je meurs d'envie de te faire découvrir ma ville.

— Je meurs d'envie de l'explorer. J'ai envie de voir tant de choses.

— Par exemple ?

— Les fameux lacets de Lombard Street et ses maisons victoriennes qui apparaissent sur toutes les cartes postales de San Francisco, le pont du Golden Gate, la Napa Valley, l'océan… déclama Grier, tout excité. Je veux voir l'océan Pacifique et les séquoias géants.

Lil ne retint pas son sourire.

— Nous ferons tout ça, et plus encore.

— Comme quoi ?

— Je veux te faire découvrir le Castro.

— Ah, oui, bien sûr.

— Et aussi l'Institut des Arts de Californie.

Grier fronça les sourcils.

— Lil, je ne peux pas.

— Je ne vois pas le mal qu'il y a à prendre quelques renseignements, tu ne crois pas ?

— Oui, j'imagine.

Lil devina que Grier pensait à nouveau à Luca. Il était devenu très bon pour déchiffrer l'expression du visage du jeune homme : ses yeux noirs prenaient un certain reflet chaque fois que Grier pensait à son fils. Lil n'arrivait pas imaginer la responsabilité d'élever un enfant. Pourtant, il en avait eu un aperçu durant ces quelques jours passés en compagnie de Luca. C'était une tâche énorme, et son admiration envers la dévotion que Grier manifestait à l'enfant n'avait cessé d'augmenter à chaque nouvel indice découvert. Le choix de Grier – placer en priorité les intérêts de Luca avant les siens – comptait bien davantage à ses yeux qu'un nom inscrit sur un certificat de naissance. Cela indiquait de quel genre d'homme Lil était tombé amoureux. Il espérait que cette semaine passée ensemble à San Francisco resserrerait leur connexion. Il avait la ferme intention d'offrir à Grier diverses options nouvelles que le jeune homme n'envisageait pas avant leur rencontre. Ayant déjà commencé ses recherches, Lil comptait bien entraîner Grier dans le cabinet d'un avocat.

À L'AÉROPORT, ils prirent un taxi qui les emmena en ville en suivant le Bayshore Freeway. Ils en sortirent sur la Seizième Rue, pour tourner à droite sur Van Ness et remonter Californian Street, la rue dans laquelle se trouvait l'immeuble de Lil. Deux ans plus tôt, il y avait acheté un appartement, quittant le Castro – le quartier gay – pour cette partie de la ville, parce qu'il désirait plus de surface, mais aussi vivre plus près de son cabinet d'architecte, situé dans le quartier des affaires. Il avait également souhaité posséder un garage. Ayant de fréquents déplacements sur ses chantiers à East Bay, il ne pouvait plus désormais se passer d'un véhicule. Il avait d'abord sélectionné les gratte-ciels disponibles autour de l'Embarcadero, très tenté par la vue magnifique qu'ils offraient à leurs résidents. Mais très vite, Lil s'était ravisé, d'abord retenu par sa phobie des hauteurs, inquiet aussi à l'idée d'un incendie ou d'un tremblement de terre. Il n'avait donc pas suivi sa première envie de vivre en plein ciel. Au contraire, il avait acquis un appartement dans un immeuble ancien, récemment rénové, une copropriété haut de gamme. Il avait acquis trois pièces au dernier étage, ce qui lui donnait une belle vue sur le parc Lafayette et les environs.

Grier examina la façade de l'immeuble à douze niveaux, qui datait d'au moins un demi-siècle.

— Je te pensais à fond pour le moderne, s'étonna-t-il.

— Attends d'avoir vu l'intérieur.

XXII

EN VÉRITÉ, plusieurs heures passèrent avant que Grier n'ait l'occasion d'inspecter en détail la rare décoration de l'appartement. Avant ça, il ne remarqua que les spots – stratégiquement placés – du plafond de la chambre et l'écran plasma de 60 pouces installé sur le mur. D'une poigne ferme, son bel amant blond l'avait conduit tout droit de la porte d'entrée jusqu'à son lit, sans que jamais sa bouche cesse d'être plaquée sur ses lèvres.

— J'ai eu envie de t'embrasser depuis notre départ de Chicago.

— Pourquoi ne l'as-tu pas fait ? haleta Grier.

Il avait eu le souffle coupé par l'assaut de l'architecte.

— Je n'ai pas voulu que nous nous fassions expulser de l'avion.

— Quel dommage ! se moqua Grier.

Il passa les deux mains sous le tee-shirt de Lil et l'enleva d'un mouvement preste. Puis il se déchaîna sur le mamelon qu'il se mit à sucer, enveloppant de chaleur humide la chair brune et durcie.

Lil étouffa un cri.

— Oui…

— Tu aimes ? chuchota Grier.

Il passa à l'autre sein, l'aspirant avec une telle force que Lil en cria, tout en soulevant ses hanches du matelas.

— Aaah…

Grier le déshabilla et jeta son jean, puis son boxer, à travers la pièce. Lil se retrouva étendu, vulnérable. Le jeune homme s'accroupit entre ses jambes ouvertes, fixant les prunelles bleues qui brillaient d'un désir incandescent.

— Je te veux, mon cœur.

— Bientôt, répondit Grier en enlevant son propre tee-shirt.

Lil tendit les mains. Sans cesser de murmurer des mots d'amour, il dessina du bout des doigts les tatouages bleus et rouges qui marquaient le bras droit de Grier, puis glissa sur la poitrine de son amant, s'attardant le temps de pincer délicatement chaque mamelon. Il descendit très vite vers son véritable objectif, détachant la ceinture du pantalon, puis chaque bouton, avec une lenteur qui les torturait tous les deux. En écartant les pans du jean, il retint sa respiration, enchanté de découvrir un string en dentelle noire.

— J'espérais...

Grier se pencha pour l'embrasser.

— J'ai failli ne pas le mettre, déclara-t-il. J'avais peur d'être fouillé au corps à l'aéroport.

— Tu aurais provoqué une émeute, plaisanta Lil.

Il avait du mal à cacher l'excitation qui faisait trembler sa voix.

— Tu sais, tout le monde n'est pas fan de cuir et de dentelle.

— Ce sont des idiots.

— Lil...

— Laisse-moi faire.

Changeant de position, Lil se retourna afin que Grier se retrouve allongé sur le dos. Il agrippa à pleines mains les ourlets des deux jambes et tira dessus, libérant les longs membres de leur prison de toile avant de laisser retomber le vêtement de côté. Grier passa les deux mains sous sa tête, en guise d'oreiller, pour mieux dévisager Lil en pleine action. L'architecte paraissait décidé à savourer chaque centimètre carré du corps offert. Il commença par les aisselles et enfouit son visage dans la toison douce ; il en huma l'odeur musquée, en gémissant de plaisir. Il tira ensuite sur les longs poils avec ses dents, ne les relâchant qu'en entendant le cri de Grier. Puis il changea de position, déposant le long de la poitrine du jeune homme un chemin de baisers mouillés. Il suivit la constellation étoilée le long des muscles durs du ventre et arriva à l'élastique du string qu'il se mit à grignoter comme une souris ayant trouvé un morceau de fromage.

N'y tenant plus, Grier le supplia :

— Je t'en prie...

S'écartant de la ceinture, Lil suça le sexe de Grier à travers la dentelle noire. Du bout de la langue, il joua avec la longueur rigide du membre soyeux, trempant l'organe durci de sa salive. Il frottait aussi son nez sur la bosse rigide, une double sensation érotique qui rendit Grier à moitié fou. Le jeune homme multiplia ses supplications, la voix rauque de désir. Il tirait sur les cheveux de l'architecte et se frottait contre son visage.

— Je t'en prie...

L'attente exquise, interminable, divine, créait en lui une telle impatience qu'un soulagement immédiat s'imposait de plus en plus.

— Lil, je t'en supplie ! cria Grier.

Il poussa un très long soupir lorsque l'architecte écarta enfin son string pour l'engloutir dans sa bouche. Il jouit instantanément, le corps convulsé sous la force des jets puissants qui émanaient de lui en heurtant le fond de la gorge de son amant.

— Et merde ! hurla-t-il.

Il aurait voulu s'excuser de ne pas avoir prévenu Lil, mais, repoussant sa protestation d'un geste de la main, l'architecte continua à avaler la moindre goutte avec avidité.

— Oh bon Dieu ! gémit Grier. Merci !

Il attira Lil contre sa poitrine et le serra avec la force d'un étau.

— Non, je pense que c'est à moi de te remercier. Chaque fois que je te vois dans de la dentelle, je ne peux garder ni mes mains ni ma bouche loin de toi.

— C'est bon à savoir. L'autre jour, quand Jillian m'a fait une remarque à ce sujet, j'ai eu l'impression d'être un pervers.

— Que cette garce aille se faire voir ! Que t'a-t-elle dit, mon cœur ?

— Elle a menacé de divulguer mon fétichisme pour la dentelle si je réclamais la garde de Luca.

— Quand était-ce ?

— Le jour où je me suis battu dans ce bar.

— Ah, voilà pourquoi tu étais dans un tel état.

Grier hocha la tête.

— Lil, j'ai vraiment la trouille. Et s'ils me prennent pour un taré ?

— D'abord, ce que tu fais dans l'intimité de ta chambre à coucher n'a rien à voir avec ta capacité de parent. Tu sais, dans le cas contraire, la moitié de la population n'aurait jamais le droit d'élever des enfants.

— Tu en es certain à cent pour cent ? Jillian paraissait très sûre d'elle.

— Grier, arrête. Tu deviens irrationnel. Tu penses vraiment qu'elle oserait évoquer ce travers alors que tu peux si facilement le lui renvoyer au visage ? Ne m'as-tu pas dit qu'elle aimait porter des sous-vêtements d'homme ?

— Oui.

— Beaucoup de femmes le font. Ce qui n'a rien d'une perversion ou d'une tare. Tu devrais cesser de t'inquiéter des labels dont tu risques d'être affublé. Jillian n'a fait que lancer des menaces en l'air avec l'espoir de te faire abandonner ton idée de réclamer Luca. C'est pourquoi il me paraît très important que tu reçoives l'avis d'un professionnel. Au moins, tu affronteras Jillian dans l'arène légale avec les bonnes armes.

— Tu es certain que tout ceci ne va pas tourner au duel ?

— À ta place, je me battrai bec et ongles pour ce garçon.

— C'est vrai ?

— Absolument. Et Jillian ne va pas céder aussi vite. Alors oui, il y aura bataille, mais tu peux gagner si tu as un bon avocat.

— Les tribunaux donnent toujours la garde d'un enfant à sa mère.

— C'était vrai autrefois, beaucoup moins de nos jours. Un père a des droits équivalents et il lui arrive très souvent de gagner au tribunal.

— Comment le sais-tu ?

Grier était ému de voir Lil autant s'impliquer dans son cas.

— Je l'ai lu.

— Je suis donc important pour toi ? chuchota Grier.

Lil l'embrassa doucement.

— Toi et Luca, vous êtes tous les deux importants, mon amour.

Roulant sur lui-même, en tenant Grier, Lil se retrouva étendu sur lui. Il ne fut pas surpris de voir le jeune homme fermer les yeux afin d'échapper à son regard intense et scrutateur. Mais juste avant que les paupières brunes aux longs cils ne se baissent, Lil aperçut une étincelle dans les yeux noirs. Il savait que Grier cherchait à lui cacher des sentiments trop proches de la surface. Il fut tenté de tout avouer, d'expliquer à Grier combien il tenait à lui... il faillit céder, mais se ravisa. Dans les circonstances actuelles, ça ne ferait qu'ajouter au stress que subissait le jeune homme. Grier avait déjà assez à gérer. Dans les jours à venir, il y aurait d'autres opportunités, Lil devinerait le moment adéquat. Pour l'instant, il préféra embrasser son amant, soucieux de ranimer la magie qui les avait unis avant l'interruption de la dure réalité.

Il ne fallut pas longtemps pour que le corps de Lil réagisse à ses baisers torrides et son érection se ranima avec force. Il glissa les mains le long du torse de Grier, arriva à ses hanches et enleva le string de dentelle, puis il récupérera les préservatifs et le lubrifiant qu'il conservait dans un tiroir, près de son lit spécifiquement dessiné pour lui. Une fois équipé, il prépara son amant de ses doigts oints, enchanté de découvrir que Grier n'était pas enfermé dans un seul rôle. Vu les circonstances de sa sexualité, le jeune homme acceptait aussi bien d'être passif qu'actif. Il s'intéressait davantage au plaisir de l'architecte qu'à des jeux de pouvoir et de domination, ça se voyait dans chaque mouvement de ses mains et de sa bouche. Il faisait l'amour sans égoïsme, soucieux d'apporter une satisfaction totale à son partenaire. En le réalisant, Lil s'attacha encore davantage à lui.

Quand les deux hommes furent enfin repus, ils s'endormirent dans les bras l'un de l'autre.

Lorsque Lil ouvrit les yeux, il se retrouva seul dans son lit immense. La porte de sa chambre étant ouverte, il appela Grier et le vit peu après revenir vers lui d'un pas nonchalant.

— Tu as sonné ?

Lil éclata de rire en évoquant Lurch, le majordome de la Famille Adams. Mais l'homme debout à l'entrebâillement de sa porte, ne portant que de superbes tatouages, ne ressemblait en rien à une créature de Frankenstein de deux mètres de haut. Lil réajusta ses oreillers contre sa tête de lit, puis se vautra dessus tout en dévorant son hôte des yeux.

— Que faisais-tu, mon cœur ?

— J'ai eu soif et, pendant que j'étais dans la cuisine, j'ai décidé d'explorer. Ton appartement est incroyable.

— Merci.

— C'est toi qui l'as décoré ?

— Non, j'ai aussi utilisé les conseils de mes architectes d'intérieur.

— Tu emploies des architectes d'intérieur ? s'étonna Grier.

— Bien entendu. Vu que je dessine des maisons, j'aime offrir à mes clients tout ce qu'il leur faut, sans qu'ils aient à s'adresser à un autre cabinet.

— Oui, tout sur place, comme au supermarché, ricana Grier, amusé.

Lil hocha la tête.

— Combien de personnes travaillent pour toi ? insista le jeune homme.

— J'ai plusieurs dessinateurs, deux assistants, quelques architectes stagiaires, des concepteurs. En tout, quinze personnes.

Grier siffla.

— Waouh !

— Nous irons demain. Je veux que tu rencontres tout le monde et que tu voies comment fonctionne mon cabinet. Je suis certain que tu adoreras mes architectes d'intérieur.

— Ils sont tous gays ?

— Là, tu parles comme ton père.

Grier ouvrit la bouche pour protester, mais il se ravisa. Peu après, il avoua :

— Tu as raison. C'était une question idiote.

— Je n'emploie pas les gens en fonction de leur orientation sexuelle, mon cœur, mais effectivement, je dois avouer que la majorité de mon personnel est gay.

— C'est une coïncidence ?

— Je les engage pour leur talent et rien d'autre, mais nous sommes à San Francisco.

— Est-ce que c'est plus simple pour toi de travailler avec des gens qui partagent ton orientation ?

— Nous partageons surtout le même amour de la beauté. Le reste ne compte pas. De plus, mes employés ne sont pas mes amis. Je ne sors pas avec eux. Ce serait très néfaste pour les affaires.

— D'accord.

— Mon bras droit est hétéro. Il est marié, avec deux enfants.

— D'accord, inutile d'enfoncer le clou.

— Ce que je veux te démontrer, c'est qu'en architecture, personne ne s'intéresse à celui que tu mets dans ton lit. Ce qui compte, c'est ce qu'il y a sur ta table à dessin.

— Je ne pense pas que tout le monde soit d'accord avec toi.

— Alors, entoure-toi de personnes qui ont la même perspective.

— Arrête ça.

Lil décida de changer de sujet, du tout au tout.

— Tu as faim ? demanda-t-il.

— Je pourrais me laisser convaincre, répondit Grier.

— Ça te dit, de la cuisine japonaise ?

— Bien sûr.

— Le quartier japonais n'est pas loin du tout. Je connais un superbe bar à sushis.

— J'aimerais d'abord prendre une douche, indiqua Grier.

— Nous pourrions le faire ensemble, qu'en dis-tu ? proposa l'architecte.

— Ta cabine est assez grande pour nous deux ?

Lil se leva et prit Grier par la main.

— Viens voir par toi-même.

XXIII

LA SALLE de bain, et en particulier la douche, avait été conçue comme tout le reste de l'appartement de Lil : c'était parfait et on y tenait largement à deux. Aucune crainte de se cogner les coudes contre le carrelage, la cabine aux parois vitrées était immense. Très vite, l'atmosphère embuée par la chaleur de l'eau qui cascadait des pommeaux de nickel étincelant embauma de l'arôme du gel douche Neutrogena. Lil montra à Grier comment régler la puissance des différents jets, pour obtenir une ondée légère ou une forte pression capable de fournir un massage corporel.

Les deux hommes prirent leur temps, chacun explorant à sa guise le corps de l'autre, tandis qu'ils se savonnaient l'un l'autre avec des mains caressantes. Très vite, ce qui ne les surprit pas, la douche se transforma en une nouvelle partie de jambes en l'air, qui se termina sur un matelas d'épaisses serviettes de toilette en coton égyptien que Lil répandit sur le sol de marbre, devant la cabine, loin de la cascade.

Lorsque Grier reprit son souffle, après un autre orgasme bouleversant, il remarqua :

— Tu as des luminaires vraiment très étranges.

— C'est le commentaire le plus étonnant que j'aie jamais reçu sur l'oreiller, plaisanta Lil.

— J'avais l'intention de t'en parler tout à l'heure, mais tu m'as distrait.

Puis Grier se tourna vers son amant pour ajouter :

— Tu es un homme vraiment passionné.

— Je ne le suis qu'en ta présence.

— Je peux entrouvrir la fenêtre ?

— Non, nous allons attraper la crève. Le brouillard monte déjà.

— La crève ? Il ne fait pas froid. Tu ne peux pas parler de froid avant de connaître un hiver à Chicago.

— Tu as raison. Et je t'assure que cette découverte n'est pas au sommet de ma liste des objectifs à réaliser avant de mourir – comme dans le film avec Jack Nicholson et Morgan Freeman.

— *Sans Plus Attendre*. J'ai adoré, ce film m'a fait pleurer, avoua Grier.

— Moi aussi ! s'écria l'architecte. Encore un point commun entre nous.

— Parle-moi de tes luminaires.

— Ils sont à LED et fonctionnent avec une télécommande. Dans chaque pièce, il y a un senseur qui les allume dès qu'il détecte un mouvement. C'est pratique, surtout quand j'ai les bras encombrés de sacs d'épicerie ou, dans ce cas précis, un homme magnifique dans les bras. L'autre avantage, c'est que je n'ai jamais à changer les ampoules.

Grier se releva, puis il aida Lil à faire pareil.

— Fais-moi visiter. Je veux tout connaître de ton appartement.

L'architecte s'entoura les hanches d'une serviette avant de rejoindre Grier dans la chambre. Le jeune homme ne s'étant pas donné la peine de se couvrir, Lil admira son postérieur ferme et musclé.

— Que veux-tu savoir ?

— D'abord, ton lit… je n'en ai jamais connu d'aussi confortable.

Lil eut un sourire.

— Manifestement, tu es un connaisseur. C'est un Hypnos.

— Jamais entendu parler.

— Il s'agit d'une société britannique très renommée qui fournit les meilleurs matelas du monde, mais bien sûr, on ne les trouve pas dans le supermarché du coin.

— Il coûte probablement plus cher que ma Harley.

Lil éclata de rire.

— C'est le cas.

— Ben merde alors… et le sommier ?

— Charles P. Rogers.

— Qui ?

— Il fabrique les meilleurs sommiers et conçoit chacun d'eux spécifiquement pour chaque client. La tête de lit est en cuir bien rembourré, ce qui me rend souvent service.

Avec un sourire, Lil évoqua toutes les fois où il s'était heurté la tête. Avec un montant en bois, il aurait probablement souffert d'un traumatisme cérébral, même léger.

Grier passa la main sur le cuir noir, admirant le travail de l'artisan.

— C'est superbe, murmura-t-il.

151

— Tu connaîtras tous ces noms quand tu deviendras architecte d'intérieur.

Grier ricana.

— Quand les poules auront des dents.

Lil le prit dans ses bras.

— Il te suffit de le vouloir assez fort.

— Je ne peux pas abandonner mes autres responsabilités.

— Tu pourrais davantage économiser pour l'avenir de Luca en ayant ton diplôme universitaire. Pourquoi ne pas passer le reste de ta vie à faire un boulot qui te plairait ?

— Mon père en ferait un infarctus.

— Ton père me paraît être raisonnable. Je suis certain qu'il serait sensible à la persuasion.

Désireux de continuer la visite, Grier poussa doucement Lil en direction du salon.

— Tout ton mobilier me parait importé.

Lil l'embrassa avant de répondre :

— Tu as l'œil. Le salon en cuir vient de Milan ; la table basse et les consoles sont des créations de Philippe Starck, je les ai achetées chez Cassina USA. Quant au tapis, c'est un persan.

— Et la table de la salle à manger ?

Il s'agissait d'une énorme plaque ronde en verre fumé reposant sur un quadrillage en fer forgé.

— Ça vient aussi de chez Cassina. Elle a été conçue par Mario Bellini.

— Qu'est-ce que tu as contre les artisans américains ?

— Je les adore, mais pour moi, le mobilier doit s'accorder à l'espace et au goût du client. À l'heure actuelle, je suis dans ma période italienne. L'année prochaine, je serai peut-être dans l'oriental, ou dans l'Early Americana. Je change en permanence. Je m'ennuie très vite si je dois sans arrêt contempler le même décor.

— C'est valable pour tes amants ?

— Dans le passé, c'était le cas.

— Et moi ? demanda Grier tout en se plaquant contre Lil. Vas-tu te lasser de moi au bout de quelques semaines, peut-être de quelques mois ?

Lil affronta le regard interrogateur de Grier d'un œil grave.

— Et toi ?

Avec un soupir, Grier s'écarta de l'architecte.

— C'est sans espoir, pas vrai ? Dans une semaine, je retournerai à Chicago et peut-être que nous ne nous reverrons jamais.

— Hé ! protesta Lil.

Prenant la main de Grier dans la sienne, il força le jeune homme, quelque peu rétif, à revenir dans ses bras. Grier était tout raide, manifestement prêt à se rebeller.

— Ce n'est pas obligé que tout s'arrête à la fin de la semaine, chuchota l'architecte.

— Comment vois-tu les choses autrement ?

— Nous avons le temps d'étudier nos options. Pourquoi ne pas repousser cette conversation à plus tard ? Attendons que tu aies davantage découvert ma ville et ce qu'elle a à offrir.

— Je ne quitterai jamais Luca.

— Qui a dit que tu aurais à le faire ?

Grier pencha la tête.

— Que sous-entends-tu au juste par là ?

— Pour le moment, nous allons sortir et manger.

Lil changea de sujet. Il ne voulait pas avoir une conversation houleuse dès leur première nuit à San Francisco. De plus, il avait besoin de davantage de temps pour mettre Grier dans l'ambiance, lui montrer les avantages de la vie sur la côte Ouest. Il avait la ferme intention de faire à la fin de la semaine une proposition ferme au jeune homme, mais pas question de tout gâcher en agissant prématurément.

— Habille-toi, mon cœur, dit-il à Grier. Sinon, nous devrons nous contenter d'une pizza au lit.

Le jeune homme eut un sourire.

— Ça me paraît un endroit plutôt tentant.

— Ne t'inquiète pas, nous y retournerons après dîner pour une session approfondie.

Une fois les deux hommes habillés, Lil récupéra ses clés, brancha l'alarme, puis il poussa Grier en direction de l'ascenseur qui les emmena jusqu'au garage souterrain. Grier sifflota son approbation en voyant le cabriolet Mercedes Benz E550 rouge vif dans un emplacement portant le nom de l'architecte.

— Ben merde alors !

— Tu aimes ? Je l'ai acheté il y a trois mois.

— C'est dément. Tu enlèves parfois la capote ?

— Tout le temps, mon cœur.

— Nous ne sommes pas tellement différents, tu sais. Tu aimes la vitesse autant que moi.

— Oui, mais je préfère être dans un cocon protecteur créé par un ingénieur allemand que foncer sans armure au hasard en espérant m'en sortir.

— Les gens se tuent aussi vite dans une voiture de sport qu'en moto.

— Je ne suis pas d'accord, mais je ne tiens pas à entrer dans un débat concernant les mérites de l'un ou de l'autre. Tu es libre de conduire ta Harley jusqu'au bout de la terre. Simplement, ne t'attends pas à ce que je resserre mes bras osseux autour de ta taille pour m'accrocher désespérément à toi.

— Je finirai peut-être par te faire céder en te câlinant avec amour.

— Essaie donc, Grier. Je suis sûr que j'en apprécierai chaque minute.

Lil conduisait bien. Il manœuvra parmi les autres véhicules, bus et piétons, et se dirigea vers le quartier japonais – Japantown – qui n'était pas très loin. Le restaurant Maki se trouvait dans Post Street. Une voiture libéra sa place juste au moment où les deux hommes arrivaient, Lil glissa immédiatement sa Mercedes le long du trottoir.

— C'est un vrai coup de chance ! déclara Grier. À Chicago, trouver de la place pour se garer devient un vrai cauchemar.

— Ici aussi, confirma Lil. Manifestement, le sort joue en notre faveur ce soir.

Le restaurant était minuscule, il n'avait que sept tables et toutes, sauf une, étaient déjà occupées. Une serveuse s'approcha immédiatement des deux hommes. Avec un sourire, elle s'inclina respectueusement devant Lil, un client régulier. Il avait en fait pris la peine de réserver, aussi elle les conduisit jusqu'à leurs places et leur servit peu après un plateau garni de différents sushis.

— Je n'étais pas certain que tu aimes les sushis, mais ils ont une carte extrêmement variée.

Tout en parlant, Lil récupéra ses baguettes et les utilisa avec adresse, pour se saisir d'un rouleau nigiri dans le plateau. Il le plongea dans la sauce soja épicée d'une touche de wasabi avant de l'enfourner.

— J'adore ça, répondit Grier.

Il utilisa également ses baguettes. Avec moins d'aisance, il réussit à récupérer un unagi sans le perdre en route. Suivant l'exemple de l'architecte, il le trempa dans la sauce avant d'y goûter. Il soupira de plaisir tandis que les saveurs puissantes du radis noir et de la moutarde explosaient sur ses papilles.

Ils commandèrent un wappa – du poisson servi avec des légumes à la vapeur sur un lit de riz dans une papillote de bambou. Ils mangèrent avec appétit leur premier véritable repas depuis leur départ de Chicago, plusieurs heures auparavant. Une fois repus, quand leurs assiettes furent débarrassées et leurs tasses remplies de thé vert aromatique, Lil demanda à Grier ce qu'il voulait voir – ou faire – en premier dans la Bay Area.

— J'aime bien tout planifier, expliqua-t-il.

— J'avais remarqué, annonça Grier qui sirotait son thé brûlant avec prudence. J'aimerais connaître les boîtes de nuit du Castro.

— Tu es certain de vouloir y aller dès ce soir ?

— Oui.

— Dans ce cas, nous irons le temps d'y prendre un verre.

— Et pour demain ? demanda Grier. Tu as des idées ?

— J'avais pensé te montrer mes bureaux, ensuite, je prévoyais de t'emmener chez Alla Prima, sur North Beach.

— Qu'est-ce que c'est ?

— Une boutique de lingerie, avec le plus important stock de La Perla de tout San Francisco.

— C'est vrai ?

Grier s'agita dans son siège.

— Aurais-tu quelque chose de particulier en vue ?

— Je le saurai quand je le trouverai.

— Je n'ai jamais été dans une boutique de lingerie.

— C'est bien ce que je pensais, remarqua Lil. J'ai accompagné une fois ma mère durant des soldes, je me souviens de ce magasin à cause de leur incroyable choix et de la beauté de leurs modèles. Tu sais, même ma mère qui est très difficile a été impressionnée.

— Elle vit près d'ici ?

— À Hillsborough. C'est à trois quarts d'heure de San Francisco.

— J'aimerais la rencontrer.

— Je suis certain que tu en auras l'occasion.

Lil adressa un signe de tête à la serveuse qui n'était pas très loin. Elle lui présenta presque instantanément l'addition. Lorsque Grier esquissa un geste vers son portefeuille, l'architecte le repoussa de la main.

— J'espère que nous n'allons pas nous disputer toute la semaine concernant l'argent, protesta Grier, les sourcils froncés.

— Tu es mon invité.

— J'aimerais quand même partager nos frais de restaurant.

— Et si je refuse, tu comptes me faire la tête ?

— Oui, s'écria Grier avec conviction.

— Très bien, mon cœur. Je n'ai pas la moindre intention de discuter d'argent avec toi. C'est bien trop vulgaire.

— Tant mieux.

Avec un sourire, Grier déposa un billet de cent dollars sur la table. Il ouvrit le porte-documents de cuir et jeta un coup d'œil sur l'addition, puis il sortit son portefeuille et en tira quarante dollars qu'il tendit à Grier pour faire l'appoint.

— Tu es certain que j'ai assez donné ? s'inquiéta le jeune homme.

— Ne chipote pas.

— D'accord, mais ne triche pas.

Très conscient de la détermination de Grier à payer sa part, Lil le rassura d'un sourire.

— Tu m'as donné bien assez, mon cœur.

— D'accord.

— On y va ?

XXIV

GRIER ESSAYAIT de ne pas se comporter en touriste. Il ne put cependant retenir un grand sourire en voyant l'énorme drapeau arc-en-ciel qui flottait fièrement sur la Harvey Milk Plaza, au carrefour de Market Street et de Castro Street. À Chicago, il fréquentait assidûment le Halsted depuis qu'il avait vingt ans, mais quand même, se tenir devant la Mecque de tous les gays américains, c'était impressionnant.

Lil se gara, sortit et verrouilla son véhicule. Il avait décidé de marcher pour pouvoir désigner à Grier les points les plus marquants sans avoir à se soucier de la circulation. Les deux hommes commencèrent par regarder les différentes plaques commémoratives et photos dédicacées concernant Harvey Milk. Lil expliqua rapidement à Grier l'histoire de ce célèbre politicien militant pour les droits civiques des homosexuels, ayant été assassiné, ainsi qu'un confrère, par un homophobe.

Il fut surpris de voir que le jeune homme n'en avait quasiment pas entendu parler. Grier ne connaissait même pas le film Harvey Milk, avec Sean Penn.

— Nous louerons le DVD, promit-il.

Il posa son bras sur les épaules de Grier tandis que les deux hommes continuaient leur promenade de découverte, s'arrêtant occasionnellement pour saluer un ami que Lil présentait à son compagnon. L'architecte répondit à toutes les questions du jeune homme, entrecoupant son discours de baisers légers et d'étreintes furtives, avant de pénétrer dans le bar 440 Castro pour y prendre un verre. Le lundi, c'était la 'nuit sous-vêtements'. Nombreux étaient ceux qui cherchaient l'aventure en participant à l'exhibition traditionnelle. Grier apprécia le spectacle tandis que vétérans, jeunots ou même un éventuel minet, montaient sur scène en sous-vêtements affriolants.

— Tu provoquerais une émeute s'ils n'avaient qu'un simple aperçu de toi et de ta lingerie, chuchota Lil à l'oreille de Grier.

— Pas question. C'est strictement privé.

— Je sais, mon cœur. De toute façon, je n'aimerais pas te partager, répondit l'architecte à mi-voix.

Il embrassa Grier sur les lèvres, heureux de les sentir s'ouvrir immédiatement et lui rendre son baiser avec la même chaleur. Grier ne semblait pas gêné par des démonstrations publiques d'affection. Lil était confiant et sûr de lui. Quant à Grier, même s'il était bien plus jeune, il possédait une maturité qui dépassait son nombre d'années, sans doute due à sa responsabilité d'élever Luca depuis des années.

— Bière ou vodka ? demanda Lil.

— Je vais prendre une pression.

Une fois que Lil eut passé la commande au barman, les deux hommes s'appuyèrent au comptoir tout en continuant à regarder l'exhibition des hommes qui paradaient en sous-vêtements.

— Bon sang, je me souviens quand j'avais encore envie de participer à ce genre de choses.

— Ha ha ! Tu étais sauvage et exhibitionniste ? plaisanta Grier. Aujourd'hui, tu parais tellement te maîtriser. Enfin, la plupart du temps…

— La plupart du temps ? répéta Lil.

— Oui, sauf quand tu perds la tête devant ma lingerie.

— Oh lala, pourquoi a-t-il fallu que tu m'y refasses penser ?

Lil attira Grier dans ses bras.

— Je meurs d'envie de te ramener à la maison.

— Je ne sais pas si tu en es conscient, mais c'est vraiment super d'être avec quelqu'un qui a le même fétichisme.

— Je ne sais pas si tu en es conscient, mais il y a longtemps que je t'attends.

— Raconte-moi, demanda Grier.

— J'embrasse des crapauds depuis que j'ai seize ans.

— Ça fait donc vingt-et-un ans ? C'est très long.

— C'est quasiment ton âge.

— Pas vraiment. Ne joue pas avec moi au vieux satyre.

— Beurk… ce n'est pas du tout mon truc.

— Le mien non plus.

— Lillian, mon chou !

Ils avaient été interrompus par un blond élégant, du même âge que l'architecte, qui sépara le couple et embrassa Lil avec affectation, en lui effleurant la joue d'un souffle. Il se retourna ensuite vers Grier et demanda :

— Qui est cette petite merveille ?

— Bas les pattes, Alex, répondit Lil d'un ton moqueur.

Manifestement, il était à l'aise avec un vieil ami.

— Voici Grier.

— Un nom magnifique qui lui correspond bien.

— Merci, s'esclaffa le jeune homme.

— Qu'est-ce qui t'amène par ici ? demanda Alex à Lil. Il y a un bail que je ne t'ai pas revu.

— Grier vient de Chicago. Je lui faisais simplement découvrir le quartier.

— Chéri, c'est merveilleux ! J'adore les garçons du Mid-Ouest. Ils sont tellement authentiques.

— Ça veut dire quoi au juste ? s'enquit Grier.

— Ils sont bien plus profonds que nous, mon chou, et plus costauds. Par ici, on n'en trouve plus des comme ça. Lil, je te le jure, je m'ennuie à mourir.

Lil sourit.

— Je présume que tu es en ce moment entre deux amants.

— Comment as-tu deviné ? Dis-moi, Grier, tu n'aurais pas un ami ou un parent à me présenter ?

— Euh… non.

— Tu es là pour de bon ou bien il ne s'agit que d'une brève visite ?

— Je visite, répliqua Grier.

— Quel dommage ! répondit Alex. Tu devrais le convaincre du contraire, Lillian. Il me paraît être le bon numéro.

— Je sais, dit Lil à mi-voix

Il dévorait Grier du regard. Ce qu'Alex remarqua.

— Mmm… Votre histoire me paraît plus sérieuse que je l'avais cru. Fais attentions, mon chou. Tu risques de voir ton petit cœur se briser.

— Oh, ça suffit, Alex. Arrête de faire un tel cinéma.

— Tragédie, c'est mon second prénom, ricana le blond. Passe-moi un coup de fil, Lillian. J'adorerais manger un morceau avec vous deux.

— Tu travailles toujours à Maison Lutrice ?

— Oui, j'y suis tous les jours sauf le lundi.

— Dans ce cas, pourquoi pas ? J'adore ton bœuf bourguignon.

— Préviens-moi, je te garderai une table bien placée.

Lil embrassa Alex sur la joue.

— Merci, bébé.

— C'est quand tu veux, Lil.

Alex les quitta ensuite en coup de vent, et traversa la foule en cherchant du regard un compagnon pour la nuit.

— Il paraît sympa, même s'il en fait un peu trop.

— Oui, c'est un vrai comédien, Grier, mais c'est aussi un des meilleurs chefs cuisiniers de la ville.

— C'est vrai ? Dis-moi, tous tes amis ont-ils réussi ?

— J'ai toutes sortes d'amis, répondit Lil.

Il prit la main de Grier et la serra doucement.

— Ça te dit d'aller voir autre chose ?

— Bien sûr, quoi ?

— Il faut que tu mettes le pied chez Badlands, juste pour pouvoir dire y être allé.

— C'est quoi ?

Lil leva les yeux au ciel avec une grimace

— Une boîte de nuit.

— Pourquoi prends-tu l'air aussi consterné ?

— Il faut avoir envie d'y aller, et ça ne m'est pas arrivé depuis des années.

— Tu joues vraiment au vieux blasé.

— Tu crois ? Ce n'était pas mon intention. Mais j'ai mené cette vie durant si longtemps qu'il m'est difficile désormais de retrouver de l'enthousiasme devant un tel concept.

— De quel concept parles-tu au juste ?

— Eh bien, de la chasse permanente d'un nouveau partenaire, bien entendu. C'est une façon d'agir qui ne me correspond plus du tout aujourd'hui.

— Alors que veux-tu exactement, Lil ? demanda Grier.

Il fixa l'architecte de ses yeux noirs. Dans la lumière diffuse, il avait l'aspect d'un dieu romain. Sa barbe ayant repoussé durant la journée, elle lui ombrait les joues et lui donnait un air démoniaque. Lil le trouvait irrésistible. Le blouson de cuir noir, les clous d'oreille en onyx, les tatouages se discernant à peine sous le blouson lorsque les pans s'écartaient à chaque mouvement complétaient la délicieuse image. Lil comprit, sans l'ombre d'un doute, qu'il était amoureux, de façon insensée et inexplicable.

— Je te veux.

— Tu m'as déjà.

— Je te veux de façon permanente.

Grier fronça les sourcils, ce qui troubla la symétrie de son noble front.

— Je ne vois pas comment ce serait possible.

— Tu veux bien m'écouter avec l'esprit ouvert ?

— Ça dépendra de ce que tu me demanderas.

— Je comprends. Allons-y, nous verrons bien ce qui se passe à Badlands.

Lil jeta de l'argent sur le bar et empêcha Grier de sortir son portefeuille.

— C'est toi qui paies le prochain.

— D'accord.

BADLANDS ÉTAIT exactement comme Lil l'avait décrit : un terrain de chasse où de nombreux hommes avides étaient en quête de bon temps. Ils étaient de toutes les tailles, âges, races, sans la moindre discrimination. Grier en eut assez au bout de dix minutes.

— Allons-nous-en, chuchota-t-il à l'oreille de l'architecte.

— Volontiers ! souffla Lil qui remercia le ciel d'un tel répit.

Main dans la main, les deux hommes revinrent sans hâte jusqu'à l'endroit où la voiture était garée.

— Tu as vraiment vécu dans ce quartier ? s'enquit Grier.

— Pendant des années.

— Pourquoi as-tu déménagé ?

— Je voulais un appartement plus grand et plus près de mon cabinet. Par ici, je n'ai pas réussi à trouver ce qu'il me fallait. J'ai aussi pensé prendre un appartement-terrasse dans les Millenium Towers. Un ami à moi aurait pu m'aider à l'acquérir… si je n'avais pas une telle frousse des hauteurs, j'aurais accepté cette opportunité. Bon sang, Grier, je ne te raconte pas la vue qu'on a de là-haut !

— Pourquoi as-tu ainsi le vertige ?

— Qui connait l'origine de sa phobie ? Je ne me rappelle pas d'être tombé d'une fenêtre étant enfant. Et pourtant, ça me terrorise.

— J'aimerais bien voir cet appartement.

— C'est vrai ? S'il est déjà vendu, je suis certain de pouvoir t'en trouver un autre du même genre à visiter.

— Il faudra que j'amène un inhalateur pour toi ?

— Non, il te suffira de me tenir dans tes bras tout le temps. Et si par hasard nous subissons un tremblement de terre durant la visite, tu feras comme si tu ne connaissais pas le trouillard qui aura mouillé son pantalon.

— Tu es frapadingue.

Lil secoua la tête.

— Intellectuellement, je sais que tous les nouveaux immeubles ont été spécifiquement conçus par des ingénieurs et qu'ils ne vont pas s'écrouler pendant un tremblement de terre, sauf peut-être s'il culmine sur l'échelle de Richter. Je sais même comment on fait, j'en ai moi-même dessiné plusieurs, je connais leur pourcentage de réussite. Et pourtant, quand la terre commence à trembler, mon cœur s'arrête, j'ai le cerveau qui se vide par les oreilles.

— Quel est le pire tremblement de terre que tu aies vécu ?

— J'avais seize ans, en 1989, mes parents m'ont emmené à Candlestick Park pour assister au quart de finale des World Series entre Oakland et les San Francisco Giants. Les gradins ont commencé à vibrer, les gens se sont mis à hurler. J'étais absolument terrifié. Ça ne m'a pas aidé que ma mère éclate en sanglots.

— Il y a eu des blessés ?

— Non, pas à Candlestick, mais dans Bay Area, les dégâts ont été terribles. Le match ayant été annulé, nous avons regardé les informations une fois rentrés à la maison. Par chance, nous vivions alors sur la péninsule, nous n'avions pas de pont à traverser. Heureusement parce qu'ils étaient presque tous tombés. Le Bay Bridge a perdu un morceau de quinze mètres de long, qui s'est écroulé au niveau inférieur.

— Ça paraît affreux. Pas étonnant que tu aies peur.

— C'était il y a longtemps, mais je m'en souviens parfaitement. Et je ne veux pas courir le risque d'endurer ce genre de terreur paralysante en vivant dans les hauteurs, ce n'est pas du tout le genre d'excitation à laquelle j'aspire dans ma vie. J'ai déjà assez de problèmes à garder mon bureau au dix-septième étage. Je connais des façons plus agréables de faire monter ma pression sanguine.

— Oui, j'imagine. Et si nous retournions chez toi pour le vérifier, qu'en penses-tu ? proposa Grier avec un sourire séducteur.

Lil tourna la clé dans le contact et mit le moteur en route.

— Je suis à fond pour, mon cœur.

XXV

GRIER AVAIT sombré dans un profond sommeil après une intense session amoureuse qui l'avait laissé parfaitement repu et satisfait. Lil était rentré du Castro à toute allure et, une fois à l'appartement, il avait ajusté lumière et musique afin de créer une ambiance romantique correspondant à ce qu'il ressentait. Il avait fait l'amour à Grier avec passion, vénérant chaque centimètre de son corps avec l'expérience affinée acquise au cours des années. Grier avait atteint un état de bien-être total tandis que Lil le caressait, l'embrassait et goûtait à tout ce qu'il avait à offrir, mettant toute son attention à lui procurer un plaisir érotique qu'il n'avait encore jamais connu. Son dernier orgasme avait laissé les deux hommes frémissants, leur connexion émotionnelle bien plus profonde qu'ils n'auraient pu s'y attendre après si peu de jours passés ensemble. Grier faillit laisser s'échapper les mots qu'il avait sur le bout de la langue, mais il se ravisa pour ne pas paraître trop naïf et impulsif. Et pourtant, il avait du mal à ne pas exprimer ses sentiments. Lil l'avait serré tendrement contre lui avant de s'endormir, cédant enfin à la langueur qui lui détendit tout le corps.

Une sonnerie familière le réveilla d'un rêve érotique. Jamais il n'avait connu un tel état d'euphorie, vraisemblablement dû aux performances sexuelles de la nuit. Il vérifia l'heure et grogna en découvrant qu'il n'était que sept heures du matin. Par contre, en regardant qui lui téléphonait, il vit qu'il s'agissait de Luca. Le numéro de téléphone des Garcia apparaissait sur son écran. Il calcula rapidement qu'il était neuf heures à Elk Grove Village.

Il répondit à voix basse pour ne pas réveiller Lil.

— Hé, comment va, bonhomme ?

— Tito G. ?

— Qu'est-ce qu'il y a, Luca ?

— Quand tu rentres à la maison ?

— Je viens juste d'arriver ici. Tout va bien ?

— Non, avoua l'enfant dans un sanglot. Pas du tout.

— Qu'est-ce qui se passe ?

— Maman est furieuche contre Bianca.

— Quoi ?

— À cause de ches griffes.

— Elle a égratigné les meubles de ta mère ?

— Oui, ch'est cha.

— Elle ne doit pas aimer son grattoir, expliqua Grier. Ou alors, elle est trop petite pour savoir l'utiliser. Il va falloir trouver un moyen pour qu'elle ne touche pas aux meubles de ta mère.

Tout en parlant, Grier s'assit au bord du lit. Il se releva et se dirigea vers la salle de bain, où il urina avant de retourner dans la cuisine. Il avait bien besoin de caféine.

— Luca, j'ai une idée.

— Quoi ?

— Demande à Lola un aérosol vide. Tu le remplis d'eau. La prochaine fois que Bianca se met à griffer les meubles, tu la vaporises.

— Est-ce que tu crois que cha va marcher ?

La question était pleine d'espoir.

— Oui, je crois. Les chats n'aiment pas beaucoup l'eau. Ça peut l'empêcher de le faire pendant un moment. Quand je reviendrai, je trouverai une solution plus définitive.

— Comme quoi ?

— Il faudra que nous allions voir un vétérinaire.

— D'accord. Tito G. ?

— Quoi ?

— Tu me manques.

— Tu me manques aussi, bonhomme. Tu n'as plus que cinq nuits à passer avant que je revienne.

— Avec Tito Lil ?

— Non, je serai seul.

— Ah. Tu as déjà vu chon chat ?

— Pas encore, reconnut Grier.

Tiens, c'est vrai. Où était le chat ?

— Il che cache ?

— Non, mais il était chez un ami durant le séjour de Tito Lil à Chicago.

— Tu vas aller le chercher aujourd'hui ?

— Bien sûr, bonhomme. Et toi, que vas-tu faire aujourd'hui ?

— Nous allons en ville m'acheter un cochtume. Et maman veut aussi sa robe pour le mariage.

Alors qu'il remplissait d'eau le réservoir de la cafetière, Grier se figea net, sous le choc de la déclaration de son fils.

— Qu'est-ce que tu as dit ?

— Nous allons en ville.

— Tu as parlé d'un mariage.

— C'est maman et Tito A. ils vont bientôt che marier. Il va être mon nouveau papa.

— Sûrement pas ! hurla Grier sans pouvoir se retenir.

— Tu es fâché ? chuchota Luca au téléphone.

— Non, Luca. Désolé.

— Je ne veux pas de lui comme papa, continua l'enfant sur le même ton. C'est toi que je préfère.

Grier ferma les yeux très fort, en se mordant la lèvre pour réprimer la litanie de jurons qui lui montait dans la gorge.

— J'appellerai plus tard ta maman afin de découvrir ce qui se passe, d'accord ?

— Ne lui dis pas que je t'ai téléphoné.

— Pourquoi ?

— Parche que je vais me faire gronder.

Quoi ? Luca déformait de plus en plus ses mots, signe évident qu'il était aussi troublé que Grier par les événements.

— Où est ta mère pour le moment ?

— Je ne chais pas.

— Elle n'a pas dormi là la nuit dernière ?

— Non.

— Qui est avec toi à la maison ?

— Lolo.

— Tu as pris ton petit déjeuner ?

— Pas encore.

— Tu as faim ?

— Oui.

Grier fixa le plafond en se passant les mains dans les cheveux tellement il se sentait frustré.

— Va dire à ton grand-père de te préparer quelque chose à manger.

— D'accord. Maintenant, je dois raccrocher.

— Luca ?

— Quoi ?

— Je t'aime, bonhomme.

— Tu peux rentrer tout de chuite ?

— Bientôt, d'accord ?

Après avoir accroché, Grier continua à préparer le café, ce qui lui donnait quelque chose à faire, sinon il se serait mis à frapper le mur. Il n'arrivait pas à discerner comment réagir efficacement sans briser les confidences de Luca. Il finit par taper le numéro de son père.

La voix tonnante de Santino résonna à l'autre bout du fil

— Allô ?

— Hé, papa.

— Grier, c'est toi ?

— Oui.

— Comment va ?

— Très bien.

— Qu'est-ce que tu as, fils ?

— Je viens d'avoir un appel de Luca, il m'a parlé d'un mariage.

— J'imagine que ton frère et Jillian sont prêts à sauter le pas.

— Tu ne trouves pas ça précipité ?

— Si, mais qu'est-ce que j'en sais ? Je ne suis qu'un vieux schnock à qui on va demander de participer à la note.

— Attends un peu, c'est pour quand ?

— Dans quelques semaines.

Grier poussa un soupir soulagé.

— Ah. Dans ce cas, j'ai le temps.

— Pour quoi ?

— C'est rien. Papa, quand je rentrerai, il faudra que nous parlions.

— De quoi ?

— C'est trop important pour que je t'en parle au téléphone.

— Ah. C'est grave à ce point ?

— Oui, j'imagine, mais il y a deux façons de le voir, la bonne et la mauvaise.

— Bon sang, fils, tu ne pourrais pas être plus vague, hein ?

Grier étouffa un rire rauque.

— Je suis désolé. Je te parlerai dès que je rentrerai à la maison.

— Tu es certain que ça peut attendre ?

— Oui.

166

Non, pas vraiment, mais je ne veux pas y penser maintenant.

— D'accord. Fais bien attention à toi.

— Et toi aussi.

— Grier ?

— Ouais ?

— Tu salueras Lil de ma part.

— Ah… oui, bien sûr, je le ferai.

— Grier ?

— Oui, papa, dit-il avec un soupir.

— Tu es heureux ?

Surpris par la question, Grier mit un moment à y réponde.

— Oui, très.

— Tant mieux.

Grier sentit sa gorge se serrer tandis que l'émotion l'étouffait, il ne s'était pas attendu à cette réflexion. Il ne se souvenait pas avoir jamais senti son père lui manifester son soutien, mais il en était profondément ému.

— Bien, j'imagine qu'il me faut raccrocher maintenant, grommela Santino.

— D'accord, papa. À bientôt.

Grier se servit un plein mug de café, puis il en prépara un autre pour Lil qu'il ramena jusque dans la chambre et le déposa sur la table de chevet du côté de l'architecte.

Se penchant, il frotta du nez l'oreille de son amant.

— Debout, mon bel au bois dormant, chuchota-t-il.

— Hé, marmonna Lil. Je sens une odeur de café.

— Je t'en ai apporté un. Il est déjà prêt.

— Que le ciel bénisse ton petit cœur compatissant !

Lil se redressa et s'assit afin de prendre le mug que Grier lui tendait. Il y goûta avec prudence.

— Parfait, merci.

— De rien.

Lil lui adressa un sourire.

— Je dois avoir une tête à faire peur, remarqua-t-il.

— Ce n'est pas vrai.

— D'après ce qu'on dit, si tu supportes la vue de ton partenaire après une nuit torride, il y a un bon espoir pour que ça dure.

— J'aime ce que je vois.

— Moi aussi, dit Lil en souriant. Tu crois que tu pourrais aussi m'offrir un baiser parfumé au café ?

— Volontiers.

Grier effleura des lèvres la bouche de Lil, avant de le caresser de sa langue.

— Nous avons tous les deux un goût de café.

— Je t'ai entendu parler. Tu téléphonais ?

— Oui. D'abord à Luca, ensuite à mon père.

— Quelle heure est-il ?

— Ici, très tôt, mais en Illinois, il est déjà neuf heures et pour ma famille, c'est le milieu de la matinée.

— Seigneur Dieu ! Sont-ils vraiment tous du matin ?

— Oui, absolument. Au fait, Luca m'a posé des questions concernant Sébastian.

— Il faudra que j'aille le récupérer aujourd'hui.

— Qui l'a gardé pendant ton absence ?

— Mon assistante.

— Parfait.

— Tout va bien ? s'enquit Lil.

— J'ai eu une conversation étrange avec Luca.

— Tu veux en parler ?

Grier raconta tout tandis que Lil buvait son café, tout ouïe.

— Eh bien, voilà qui va accélérer les choses, tu ne crois pas ? dit ensuite l'architecte.

— Ça ne me pose aucun problème qu'ils se marient, si ça leur plaît. Mais je veux que mes droits parentaux soient reconnus et légalisés. Pas question de laisser Ali récupérer une famille toute prête et se déclarer père par défaut. Ce ne serait pas juste pour Luca.

— Pour toi non plus, insista Lil. Grier, il est temps d'agir.

— Je crois que tu as raison. J'aimerais en discuter avec un avocat et voir ce qu'il a à me dire.

— Je suis certain que nous pourrons inclure cette visite dans notre programme. Allez viens, prenons une douche bien chaude avant de commencer la journée.

Le sourire carnassier de Grier fut une réponse éloquente.

XXVI

LE CABINET d'architecte de Lil était situé dans la Transamerica Pyramid, au 600 Montgomery Street, au cœur du quartier des affaires de San Francisco. Juste après l'obtention de son diplôme, Lil avait commencé dans un deux pièces, puis sa clientèle s'était agrandie et son espace de travail avait suivi. Il avait soigneusement contrôlé son expansion, agrandissant la surface de ses locaux au fur et à mesure de ses besoins, jusqu'à ce qu'il occupe quasiment un tiers du dix-septième étage. Lil envisageait souvent de chercher un autre endroit. Il tremblait à chaque tremblement de terre, même minime, lorsque l'immeuble réagissait comme prévu – c'est-à-dire qu'il ondulait doucement pour s'adapter au glissement des plaques tectoniques. Malheureusement, il était conscient que déménager serait un véritable emmerdement, sans compter les cartes de visite et le papier à en-tête qu'il aurait à refaire. Aussi, il restait, en serrant les dents chaque fois qu'il devait monter dans l'ascenseur. Et il espérait avoir fait le bon choix.

Côté positif, son cabinet superbement décoré était une excellente publicité de toute l'étendue de ses talents. Grier fut ébloui lorsque Lil lui fit faire une visite complète. D'après la nonchalance et la décontraction de l'architecte, il n'aurait jamais deviné un tel succès professionnel. Lil n'était pas le moins du monde arrogant, et pour ça, Grier ne l'en appréciait que davantage.

— Voici la salle des dessinateurs, annonça Lil, en ouvrant une porte. Messieurs, je vous présente mon ami Grier, qui vient de Chicago.

Il y avait dix tables à dessin, un mur entier d'étagères remplies de dossiers, matériel, papiers et plans terminés et roulés, prêts à être envoyés sur les chantiers. En dessous se trouvaient deux énormes photocopieuses, plus un terminal d'ordinateur plaqué contre l'autre mur. Les huit hommes courbés sur leurs projets prirent à peine le temps de leur jeter un œil, pourtant, lorsqu'ils le firent, Grier les devina heureux de revoir Lil. Ils le saluèrent de façon décontractée. La pièce était lumineuse, grâce à la paroi vitrée qui allait du mur au plafond, ce qui créait une atmosphère chaleureuse et gaie.

Sans complexe, Lil saisit la main de Grier pour l'entraîner en direction d'une autre pièce, en face dans le couloir. Moins professionnelle, celle-ci ressemblait davantage à un salon avec des canapés profonds, des fauteuils confortables et des tables basses. Contre le mur, les étagères en bois étaient remplies de classeurs épais, dont certains gisaient ouverts sur la longue console adjacente.

— C'est quoi ? s'enquit Grier.

— C'est dans cette pièce que les clients choisissent la décoration qui leur convient. Nous avons des centaines de nuanciers de papiers peints, soieries et teintes de peinture. Sur l'étagère du bas, se trouvent nos choix de planchers. Si le client ne trouve rien qui lui plaît, je fais venir d'autres modèles. J'essaie tous les six mois de faire le tri dans ce foutoir, en tout cas de jeter ce qui n'est plus d'actualité, car je ne veux pas qu'on me réclame un tissu ou un papier peint qui n'est plus disponible.

— Oups, ça la foutrait mal.

— Exactement. Si tu veux vraiment faire de la décoration d'intérieur, tu passeras beaucoup de temps dans ce genre d'endroits.

— Je sais, j'en suis conscient, mais je préférerais créer et dessiner un intérieur plutôt que simplement le tapisser ou le peindre.

— Tu dois apprendre tous les aspects du métier, y compris celui-ci.

— Je comprends. Où sont toutes les autres personnes qui travaillent avec toi ?

— Probablement parties déjeuner. Ce qui signifie que nous devrions y aller aussi.

— Qu'as-tu prévu ?

— North Beach.

— Qu'est-ce que c'est ?

— Le quartier italien de la ville, ils ont d'excellents restaurants et pâtisseries. Ils ont aussi de superbes boutiques – de cuir ou de lingerie, continua Lil avec un sourire. Alla Prima est sur Grant Street, nous pourrons y aller à pied depuis le restaurant auquel je pense.

— Ha ha ! Je vois très bien où tu veux en venir.

— J'essaie d'apaiser à la fois notre appétit et notre fétichisme au même endroit.

— Deux sortes de faim qui se ressemblent au fond, plaisanta Grier.

170

— Allez, viens.

Lil posa le bras sur les épaules de Grier. Avant de revenir à la porte, il passa la tête dans la salle commune et annonça à une femme entre quarante et cinquante ans, qui mâchonnait un sandwich tout en lisant sur son Kindle, qu'il s'en allait et ne reviendrait pas de la journée.

— Je passerai ce soir chez vous récupérer Sébastian.

— Très bien, répondit-elle. Ça ne me dérangerait pas de le garder plus longtemps. Il est de compagnie très agréable.

— Il va me renier si je vous le laisse plus longtemps. Au fait, Grier, voici Brandy, mon intrépide assistante. Je ne pourrais rien faire sans elle.

Brandy lui adressa un sourire.

— Ne l'écoutez pas, il s'en sort très bien avec ou sans moi. Enchantée de vous rencontrer.

— De même, répondit aimablement Grier.

— Je vous préviendrai avant de passer chez vous, Brandy, indiqua Lil.

— Très bien, patron.

LE CAFFÉ BOANACCI était un petit restaurant entre Grant Street, où se trouvait la boutique de lingerie, et Bannam Place. La publicité affirmait qu'ils faisaient les pizzas les plus fines de la ville et elle ne mentait pas. Étant souvent venu, Lil savait que les ingrédients étaient de première fraîcheur et d'excellente qualité. Les pizzas à pâte fine différaient du tout au tout de celles qui faisaient la célébrité de Chicago, mais ceci n'empêcha pas Grier de se délecter à chaque bouchée. Il avait opté pour un calzone au mascarpone, mozzarella et prosciutto, arrosé de sauce San Marzano. En attendant la cuisson de leurs commandes, les deux hommes dégustèrent une salade verte mixte avec des noisettes et des pommes, légèrement assaisonnée d'huile d'olive et de citron. En bref, Grier ne se plaignit pas ; il reviendrait volontiers dans ce restaurant s'il se trouvait à nouveau dans le coin.

Ils allèrent ensuite à pied jusqu'à Alla Prima, en s'arrêtant en chemin devant chaque vitrine. Le temps s'avérait propice à la balade, un peu plus de vingt-cinq degrés, avec une brise légère et rafraîchissante. Grier avait laissé son blouson dans la voiture et avait superbe allure dans son tee-shirt serré et son jean délavé. Lil s'amusait de voir les regards appréciateurs des passants qu'ils croisaient, aussi bien hommes que femmes. Il appréciait que Grier n'ait d'yeux que pour lui, sans que ça ne lui pose un problème de marcher avec un bras nonchalamment passé autour de sa taille. En pénétrant dans la boutique de lingerie, les deux hommes se séparèrent afin de mieux scruter les présentoirs. Les vendeuses, par discrétion, restèrent à l'écart, en attendant d'être appelées si leurs conseils s'avéraient nécessaires.

Grier avait la sensation d'être Alice au Pays des Merveilles, la tête lui tournait devant tant de modèles magnifiques. Il effleura du doigt diverses dentelles et soies de toutes teintes. Il préféra s'attarder devant les strings pour hommes alors que Lil se concentrait sur les porte-jarretelles et bas de soie. Très vite, les articles s'accumulèrent sur le comptoir. Quand le tas devint une petite montagne, une vendeuse se présenta enfin. Elle leur demanda avec naturel s'ils voulaient essayer les articles avant de les emporter. Grier s'empourpra jusqu'à la racine des cheveux. Sans laisser à Lil l'opportunité d'accepter la proposition, il bafouilla fermement :

— Non !

Les deux hommes quittèrent le magasin avec deux sacs pleins de sous-vêtements La Perla, Aubade et Cosabella – les marques européennes les plus renommées en matière de lingerie. Grier mourait d'envie de retourner à l'appartement afin d'essayer ses achats, mais Lil avait un autre arrêt en tête. Après avoir déposé les sacs dans le coffre de la voiture, il entraîna le jeune homme dans la direction opposée jusqu'à la vitrine d'un magasin de cuir : East-West Leather.

— Ils ont des modèles magnifiques ici, remarqua Lil.

— Ça ne m'étonne pas, admit Grier. Tu ne cherches que la perfection.

— Tu as remarqué ?

— Difficile de ne pas le faire.

— Alors, mettons mon bon goût à l'œuvre afin de te trouver une jolie veste noire pour aller avec les merveilles que nous venons d'acquérir.

Grier hocha la tête avec enthousiasme avant d'entrer dans la boutique. Une demi-heure après, les deux hommes ressortirent avec une veste en daim noir en provenance d'Italie. Très souple et moulante, elle allait parfaitement à Grier. Lil avait des visions torrides de son amant ne portant que cette veste, un porte-jarretelles noir et des bas ivoires, ce qui le faisait douloureusement bander.

— J'avais prévu de t'emmener voir mon avocat, mais je crains que nous ne devions repousser ce rendez-vous, déclara-t-il, une fois monté dans la voiture.

Alors qu'il mettait le moteur en marche, Grier se pencha et l'embrassa avec passion.

— Lil, mets de côté tes idées érotiques, j'aimerais parler à ton avocat.

172

— Vraiment ?

— Nous avons toute la nuit pour jouer.

Lil inspira profondément, puis il s'engagea dans la rue.

— D'accord...

Ils retournèrent en direction de l'Embarcadero. Une fois qu'ils se présentèrent au cabinet de l'avocat, Grier fut surpris d'être reçu instantanément, presque comme s'il était attendu.

— Lil, qu'est-ce qui vous amène dans mon quartier ?

Un homme se leva de derrière son bureau et vint à leur rencontre, la main tendue, pour serrer celle de Lil. Il était superbe dans un costume gris sombre à fines rayures. Ses cheveux gris et très fournis lui tombaient dans le cou, ce qui lui donnait un aspect juvénile malgré son âge.

— John, voici mon ami Grier. C'est le père de ce jeune garçon dont je vous ai déjà parlé.

— Enchanté de vous connaître, Grier.

Après avoir serré d'une poigne ferme la main du jeune homme, l'avocat désigna deux fauteuils en face de son bureau.

— Asseyez-vous.

Pendant que les deux hommes s'installaient, John passa un coup de fil à sa secrétaire pour réclamer du café. Lorsqu'il raccrocha, il posa les coudes sur son bureau, joignit les doigts, et regarda intensément ses vis-à-vis.

— Messieurs, que puis-je faire pour vous ?

— J'aimerais savoir quelles sont mes chances d'obtenir un droit de garde partagée pour mon fils.

— Lil m'a donné quelques détails concernant votre situation, mais je vais vous poser d'autres questions. Gardez cependant en mémoire le fait que j'exerce en Californie, pas en Illinois. Chaque État gère le droit de garde parentale de façon différente, aussi il vous faudra prendre un avocat local en rentrant chez vous. Tout ce que je peux faire, c'est vous expliquer ce qui se passerait pour un résident californien, nous sommes bien d'accord ?

Grier hocha la tête.

— Je comprends.

— Lil m'a indiqué que votre nom n'apparaissait pas sur le certificat de naissance.

— C'est exact.

— Pourtant, bien que la mère refuse de vous reconnaître comme le père légitime, elle n'hésite pas à vous laisser la garde de l'enfant trois jours par semaine ?

— C'est exact. De plus, elle m'a nommé contact prioritaire en cas d'urgence à l'école.

— Je pensais que la mère vivait chez ses parents ? Pourquoi ne les a-t-elle pas plutôt mentionnés en cas d'urgence ?

— Peut-être les avait-elle mis aussi au début, mais les Garcia ont pris une année sabbatique, durant laquelle j'ai été le seul titulaire. Depuis, rien n'a changé. J'ai également une procuration concernant les soins de santé. En cas d'urgence, je peux décider pour Luca en toute légalité.

— Qu'a-t-elle indiqué sur cette procuration concernant vos liens vis-à-vis de l'enfant ?

— Voisin et ami.

— Depuis combien de temps avez-vous la garde de cet enfant ?

— Cinq ans.

— Vous n'avez pas réussi à la convaincre de faire pratiquer un test ADN ?

— Elle s'y est refusée chaque fois que j'en ai parlé.

— Vous pourriez vous adresser au tribunal afin d'exiger ce test, mais une fois la bataille juridique engagée, tout devient plus compliqué. Je conseille toujours à mes clients de résoudre leurs problèmes entre eux, ou éventuellement d'utiliser un médiateur légal, souvent un juge à la retraite.

— Et si je réalise un test ADN sans l'autorisation de Jillian ? demanda Grier.

— Ce serait considéré comme un abus de droit, le tribunal refuserait donc d'en reconnaître les résultats. Auriez-vous d'une façon ou d'une autre participé à l'entretien de l'enfant ?

— Il s'appelle Luca.

John hocha la tête, puis il interrompit son interrogatoire parce que son assistante venait d'entrer dans le cabinet, chargée d'un plateau d'argent bien garni : cafetière, tasses et soucoupe remplie de biscuits.

— Ah, la pause-café ! s'exclama John avec un plaisir enfantin.

Manifestement, il prenait ce genre d'intermède au sérieux. Le trio perdit donc quelques minutes à remplir les tasses et y ajouter l'exacte quantité de lait et de sucre.

— Je vous recommande les cookies, indiqua John fièrement. Ils sont faits maison. Allez-y, goûtez-les.

Grier s'empara d'un biscuit bruni, poussant un soupir de satisfaction lorsque les saveurs de la ganache lui parfumèrent les papilles.

— Ils sont délicieux.

— Ma femme m'en fait régulièrement.

— Merci de les partager.

— De rien, déclara l'avocat.

Il dégusta à son tour un cookie, puis sirota son café avant de continuer à questionner Grier :

— Dites-moi, Grier, auriez-vous au cours de ces dernières années versé de l'argent à la mère de Luca ?

— Non, mais j'ai récemment financé ses cours d'orthophonie.

— Pourquoi en a-t-il eu besoin ?

— Il a un défaut de prononciation.

— Auriez-vous gardé les reçus concernant ces factures ?

— Oui.

— D'autres participations financières ? insista l'avocat.

— J'ai ouvert pour Luca un compte d'épargne juste après sa naissance.

— Combien il y a-t-il dessus aujourd'hui ?

— En gros, 25 000 dollars, à quelques cents près.

— C'est un montant impressionnant.

— Mon fils aura besoin de davantage s'il veut entrer dans une bonne université.

— Si vous continuez à économiser à ce rythme, il sera capable d'aller à Harvard.

— Si c'est ce qu'il désire, je veux qu'il en ait les moyens.

— Puis-je vous demander pourquoi vous avez mis aussi longtemps à réclamer vos droits parentaux vis-à-vis de lui ?

— Jillian envisage de se remarier et le fiancé parle d'adopter Luca. Je veux me battre et le réclamer comme mon fils.

— Vous pouvez envisager un statut putatif en créant un dossier auprès du service social départemental et du centre fédéral du recensement.

— Putatif, qu'est-ce que ça veut dire ?

— Un père putatif désigne un homme qui ne peut prouver être le géniteur ou qui prétend l'être sans avoir été marié à la mère biologique le jour de la naissance. Un père putatif n'a pas besoin d'avoir ses droits légalement établis par un tribunal vis-à-vis de l'enfant.

Grier se pencha immédiatement en avant.

— Quel serait mon intérêt à remplir ce genre de dossier ?

— Les services fédéraux vous contacteraient en priorité si l'enfant devait être un jour adopté ou si ses parents se trouvaient démis de leurs droits. Cependant, dans votre cas, il est nécessaire que vos droits soient établis. La

175

voie la plus simple serait d'engager un avocat pour demander au tribunal un test ADN. Une fois la filiation prouvée, vous pourrez monter un dossier en tant que père légitime et réclamer une garde alternée, si c'est ce que vous désirez.

— Oui, c'est ce que je veux. Je veux être reconnu officiellement, j'aimerais aussi une garde alternée.

— Avez-vous déjà été arrêté par la police ?

— Absolument pas ! s'exclama Grier avec force.

— Des infractions mineures ? Des excès de vitesse ?

Grier secoua la tête. L'avocat continua :

— Auriez-vous eu des incidents risquant de vous créer un problème au cas où une enquête serait menée à votre encontre ?

— Non ! s'exclama Grier manifestement outragé.

Puis il se souvint de la semaine précédente et se tourna vers Lil :

— Je dois mentionner ce qui s'est passé chez Rick ?

— Que s'est-il passé chez lui ? demanda John.

— C'est un bar, répondit Lil. Grier s'est battu avec un autre client, mais la police n'est pas intervenue. Tout a été réglé directement sur place.

— Pourquoi me posez-vous ce genre de question ? s'enquit Grier, manifestement perturbé.

— Un combat pour une garde d'enfant implique souvent des coups bas et vicieux, la mère peut réclamer une enquête si elle se sent acculée. Comme je vous l'ai déjà dit, la meilleure solution serait de trouver un arrangement à l'amiable, sans impliquer la loi.

— Et si elle refuse ?

— Dans ce cas, il vous faudra amener la querelle devant un juge, et toute votre vie sera passée au crible.

— Merde !

XXVII

— Du calme, conseilla John d'une voix apaisante, nous parlons là du pire des scénarios. Il est fort peu probable que quelqu'un découvre cet incident chez Rick, puisqu'il n'a pas été rapporté à la police.

Lil hocha la tête pour marquer son approbation.

— Il a raison, Grier. Même s'ils font faire une enquête sur toi, tous les dégâts ont été payés avec ma carte de crédit, ils imagineront donc que c'est moi le fautif, pas toi.

— J'imagine que s'ils tenaient vraiment à transformer cette histoire en affaire d'État, ils le pourraient, admit Grier.

— Bien entendu. Tout peut être déformé dans le but de saboter la réputation d'un individu.

Puis John insista :

— Vous feriez mieux d'essayer de trouver un moyen de prouver votre paternité plutôt que perdre votre énergie sur un incident qui risque de demeurer dans l'ombre.

— Si je réussis à convaincre ma famille et la sienne que je suis véritablement le père de Luca, pensez-vous que cette histoire entre nous pourrait se régler en privé ?

— Oui, le plus simple serait d'engager un avocat pour remplir les papiers nécessaires. La justice n'intervient qu'en cas de différend.

— Donc, c'est ce qu'il me faut faire.

— Nous en revenons à l'élément de preuve, Grier. Ce sera votre parole contre la sienne s'il n'y a pas de test ADN.

Grier fronça les sourcils avant d'acquiescer.

— Je sais. Mais tout le reste ne sera-t-il pas pris en compte ? Jillian n'a jamais confié Luca à personne sauf aux membres de sa famille et à moi en priorité. J'ai toujours été le premier appelé. Je n'ai pas besoin de prouver combien j'aime mon fils, tout le monde le sait.

— Dans ce cas, la question sera probablement qui serait le meilleur père potentiel, vous ou le fiancé.

— C'est un autre problème, répondit Grier à contrecœur. Il s'agit de mon frère.

— Oh. Je vois, la situation est délicate.

— Je trouve ça malsain.

— Sont-ils fiancés depuis longtemps ?

— Non, tout est trop soudain. J'essaie toujours de comprendre leur relation.

— L'amour ne tient pas compte du temps ou de la raison, intervint Lil.

Quand Grier se tourna vers lui, il dut admettre la vérité de cette déclaration. L'amour était imprévisible, souvent inexplicable. Grier réalisait bien combien, après quelques jours seulement, il tenait à Lil. Il était mal placé pour prétendre qu'Ali et Jillian n'avaient pas véritablement trouvé de connexion sincère après une affection platonique de plusieurs années.

— Tu as raison. Je dois considérer qu'Ali l'aime assez pour accepter la révélation de notre brève liaison et le fait que je lui ai fait un enfant.

— Les amoureux sont généralement enclins à tout accepter, rétorqua John avec un sourire. J'espère sincèrement que vous trouverez un arrangement.

Grier haussa les épaules.

— Je n'en suis pas aussi sûr. Ces derniers temps, elle ne s'est pas montrée sous son meilleur jour.

— Malheureusement, elle est la mère de l'enfant, elle en a pour l'instant le contrôle absolu. Vous devez la convaincre de trouver un arrangement à l'amiable ou bien vous résoudre à faire intervenir un tribunal. Dans ce cas, ce sera au juge de décider si votre dossier est valide, même sans la preuve absolue que vous êtes le père de Luca. Il choisira ce qu'il y a de mieux pour l'enfant. Vous êtes célibataire et gay… ces deux points ne devraient pas intervenir après tout ce que vous avez accompli pour Luca, mais il faut que vous soyez réaliste : le juge peut être influencé par ça, même inconsciemment.

— C'est de la connerie !

— Je suis d'accord, mais c'est aussi une réalité que les couples homosexuels affrontent tous les jours. Jillian envisage de se marier et d'offrir à son fils une famille au sens traditionnel, ce qui fait pencher la balance en sa faveur.

— Alors, je ne peux rien faire ?

— Je n'ai pas dit cela, Grier. Je cherche seulement à vous démontrer l'intérêt que vous avez à résoudre votre problème en privé.

Grier se leva brusquement, il se pencha à travers le bureau pour serrer la main de l'avocat.

— Je vous remercie du temps que vous m'avez accordé.

— Je vous souhaite bonne chance.

— Merci. Apparemment, je vais en avoir besoin.

En quittant le cabinet de l'avocat, Grier resta silencieux et morose, aussi Lil pensa que la soirée risquait de mal tourner s'il ne faisait pas quelque chose pour distraire son amant de l'analyse pessimiste que John avait donnée de son problème. Grier avait bien le temps d'envisager sa prochaine action, pour le moment, Lil souhaitait le voir se concentrer sur l'ambiance qu'ils avaient partagée une heure plus tôt : cuir et dentelle.

— Et si nous allions prendre un verre ? proposa-t-il.

— J'ai bien besoin d'un remontant, admit Grier.

— Viens ici, mon cœur, chuchota Lil.

Grier s'approcha de lui et ne protesta pas lorsque l'architecte le serra dans ses bras. Au contraire, il se laissa aller contre sa poitrine.

— Nous allons trouver un moyen de te sortir de là, d'accord ? ajouta Lil.

— Tu penses vraiment qu'il y a de l'espoir ?

— Personne ne peut nier la façon dont tu t'es occupé de Luca. Même les parents de Jillian reconnaissent combien tu t'es bien occupé de lui.

— Je l'aime tellement, Lil. L'idée qu'il puisse grandir en pensant que son père l'a abandonné me tue.

— Ça n'arrivera pas. Il faut que tu restes positif.

Grier soupira profondément, réconforté par la confiance de l'architecte.

— Qu'est-ce que tu portes comme eau de toilette ?

— The One Gentleman par Dolce & Gabbana.

— J'adore cette odeur.

— J'en suis ravi.

Lil releva le visage de Grier caché contre lui afin d'étudier ses yeux troublés.

— Essaie de ne pas trop t'inquiéter. Nous allons régler tout ça ensemble.

— Pourquoi tiens-tu tellement à plonger dans des eaux aussi glauques ?

Parce que je t'aime.

— Parce que deux êtres auxquels je tiens beaucoup s'y trouvent plongés jusqu'au cou.

Grier marmonna un merci avant de se pelotonner encore plus près, rassuré par la réponse de l'architecte

— Tu ne m'avais pas parlé d'un verre ?

— Écoute, je vais affronter mon vertige et t'emmener au sommet du Hyatt Regency.

— C'est une idée géniale.

— La vue est magnifique et ils font des daïquiris d'enfer.

— Je te suis.

LES YEUX de Grier s'illuminèrent en traversant l'atrium au seizième étage de l'hôtel Hyatt Regency. Lil pointa du doigt les différents détails d'architecture du lobby imposant, devenu l'emblème de tous les Hyatt à travers le pays. Un ascenseur aux parois vitrées les emmena jusqu'au Regency Club Lounge, un bar spécifiquement réservé aux clients de l'hôtel quatre étoiles et à leurs invités. Lil étant un membre régulier et un ami du directeur, il avait donc accès à tous les niveaux. La vue était superbe sur la baie de San Francisco.

Après avoir bu deux cocktails fortement alcoolisés, Grier commença à se détendre. Lil, qui devait conduire pour rentrer chez lui, se contenta d'un seul daïquiri. Les deux hommes discutèrent des différents points de vue intéressants qu'ils apercevaient depuis leur perchoir en plein ciel.

— J'aimerais visiter Alcatraz, déclara Grier.

— Dans ce cas, nous prendrons le ferry pour un tour complet, y compris le rocher. En partant de Vallejo, nous pourrons aussi monter dans un bus et visiter la Napa Valley. Ils offrent d'intéressantes dégustations dans les vignobles.

— J'irai partout tu m'emmèneras, avoua Grier avec candeur.

Lil pouvait donner à ses paroles la signification qu'il voulait. Grier savait déjà que ses sentiments pour le blond séduisant avaient pris racine et de l'ampleur. Il ne s'agissait pas uniquement de sexe, bien que cette partie-là de leur relation soit plus qu'intense. Hors normes même. Grâce à l'attitude optimiste de l'architecte, Grier avait retrouvé sa confiance en lui, ébranlée par l'attitude récente de Jillian. Il était déterminé à remettre sa vie sur rails, même s'il lui fallait pour ça briser un silence qui durait depuis sept ans. Bien sûr, ce ne serait pas facile, les deux familles en seraient bouleversées, probablement même déçues. Grier espérait cependant que leur amour partagé pour Luca finirait par apaiser la blessure de leur mensonge, à Jillian et lui. Grier était conscient d'avoir beaucoup à gagner, mais il pouvait également tout perdre si les Garcia décidaient la guerre.

— On y va ? demanda Lil, interrompant ses ruminations d'une gentille poussée.

— Bien sûr.

Grier chercha son portefeuille, soulagé de voir que l'architecte ne protestait pas. Au contraire, il lui adressa un sourire.

— Merci.

— De rien.

UNE FOIS dans la voiture, sa ceinture bouclée, Lil décida de prendre un autre chemin pour rentrer afin d'en faire découvrir davantage à Grier sur sa ville. Il quitta donc l'Embarcadero par Fisherman's Wharf, puis tourna à droite sur Bay Street et se dirigea vers Ghirardelli Square. La circulation ne s'arrêtant jamais, la voiture avançait lentement au milieu de la horde des touristes qui s'agglutinaient dans ce quartier touristique. Il était déjà presque dix-huit heures, mais la luminosité était encore vive en ce début du mois d'août. La température, chaleureuse et douce, incitait les piétons à s'attarder dans les rues.

— Tu veux que je me gare quelque part pour que nous puissions marcher un peu ? s'enquit Lil.

— Non, ça va aller.

Si Grier appréciait la promenade, il n'avait pas envie de se mêler à la foule. Il était bien mieux dans son siège en cuir moelleux. D'ailleurs, au fur et à mesure que l'heure H approchait, son excitation grandissait à l'idée d'ouvrir les sacs du magasin de lingerie.

— Je vais remonter Hyde Street pour pouvoir emprunter Lombard, déclara Lil.

— Lombard ?

— C'est la rue la plus célèbre de San Francisco, celle qui apparaît dans toutes les cartes postales et les films tournés ici.

— Ah oui ! s'exclama Grier. C'est près d'ici ?

— Juste à côté, admit Lil avec un sourire.

Une fois au sommet de la rue Hyde, il tourna donc dans Lombard. Dès les premiers virages en épingle à cheveux, Grier se redressa et poussa un sifflement d'admiration.

— J'adorerais faire ce parcours avec ma moto !

— Une chance que la vitesse soit limitée à dix kilomètres/heure sur ce tronçon.

— Tu n'es pas drôle, se moqua Grier. Pourquoi vont-ils toujours à toute allure dans les films en dévalant cette pente ?

— Pour émoustiller le spectateur.

Entre chaque courbe, de superbes plates-bandes exposaient des bouquets en pleine floraison, en particulier des hydrangea bleus et roses. Les briques rouges qui pavaient la section sinueuse ajoutaient de la couleur, transformant le quartier en une véritable carte postale.

— C'est absolument dément ! s'exclama Grier.

Lil menait sa Mercedes avec prudence.

— C'est une véritable plaie de conduire là-dedans, grommela l'architecte.

Il jeta un coup d'œil à son passager.

— Mais ça vaut le coup pour voir ton joli sourire.

Se penchant vers lui, le jeune homme déposa un baiser sur sa joue.

— Merci, chuchota-t-il.

— Maintenant, rentrons à la maison.

Lil sentait bien que son amant était désormais prêt à une nuit qu'il espérait inoubliable. Des visions de Grier dans sa nouvelle lingerie lui donnant une érection douloureuse, il gigota dans son siège. Il remarqua que le jeune homme faisait la même chose et réajustait son pantalon. Lil fut enchanté de voir que son excitation était partagée. Il n'avait toujours pas résolu l'énigme permettant à deux hommes aussi différents que Grier et lui d'être compatibles, mais il ne comptait pas refuser le cadeau qu'il avait eu la chance de recevoir d'un quelconque Cupidon maniant son arc. Au contraire. Il préférera s'imprégner de la joie que lui procuraient ces sentiments nouveaux plutôt que douter de leur existence.

Dès que Lil ouvrit la porte de son appartement, la lumière s'alluma, les capteurs ayant détecté le mouvement. L'architecte baissa la luminosité pour garder une atmosphère plus romantique, le moment étant déjà chargé d'électricité. Il brancha également son système stéréo ultrasophistiqué et la voix rauque de Michael Bublé résonna, érotique et chaude, sur la chanson *Everything*.

— Donne-moi une minute, dit Grier à mi-voix.

Il avait à la main un des sacs d'Alla Prima. Lil l'embrassa avec passion avant de le laisser s'éloigner.

— Dépêche-toi, mon cœur, le supplia-t-il.

Il se dirigea jusqu'au bar du salon et se servit un shot de vodka, afin de mieux se préparer à ce qui l'attendait. Grier rouvrit la porte de la chambre alors que commençait la chanson suivante de la playlist. Toujours Michael : *Can't Help Falling In Love*. Comment ne pas tomber amoureux ? Les mots s'incrustèrent dans les oreilles de l'architecte, conspirant presque contre lui, tandis qu'il regardait l'homme magnifique avancer vers lui dans sa veste de cuir. Grier ne portait en dessous qu'un boxer rouge vif, un porte-jarretelles noir et des bas ivoires. Il était d'une beauté dévastatrice

Lil fut dévoré d'un désir si intense qu'il en perdit le souffle. Grier lui adressa un sourire timide, inconscient de l'effet qu'il avait sur lui. Il continua cependant à approcher jusqu'à ce que les deux hommes se trouvent face à face. Il se pencha afin de recevoir un baiser qui catapulta Lil dans un tourbillon érotique n'ayant jusqu'ici trouvé place que dans les plus intimes fantasmes de son cerveau.

— Tu es un rêve, chuchota-t-il avec vénération.

À deux mains, il caressa de haut en bas les fermes biceps de son amant, puis il écarta les pans de daim souple et exposa la poitrine légèrement velue qui, sous ses doigts tremblants, lui parut être de la soie.

— Grier, ajouta-t-il sur le même ton. Tu es magnifique.

Le jeune homme s'offrit davantage à ces caresses.

— Lil, gémit-il. Embrasse-moi encore.

Ils se jetèrent l'un sur l'autre, leurs langues se mêlèrent, leurs goûts se mélangèrent dans une tendre connexion de passion et de tendresse qui émut Lil au cœur, le dépouillant de tous ses faux prétextes. Il savait bien que c'était trop rapide et qu'il risquait de terroriser Grier en lui mettant trop de pression, mais il ne réussit pas à retenir ses sentiments plus longtemps. Il s'écarta d'un pas et tint son amant à bout de bras. En plongeant les yeux dans les prunelles orageuses qui le contemplaient avec tant de confiance, il eut la certitude que son aveu lui serait retourné.

— Je t'aime, chuchota Lil d'une voix cassée.

Grier lui répondit par un baiser brutal, qui enflamma l'esprit troublé de l'architecte.

— Allons au lit, suggéra ensuite le jeune homme.

Il poussa Lil en direction de sa chambre.

XXVIII

LEUR UNIVERS se rétrécit jusqu'à devenir des chuchotements dans le noir, des tissus soyeux caressant des organes tumescents déjà humides de plaisir anticipé et toujours, des baisers infinis qui ne faisaient qu'accentuer les mots passionnés fusant sans contrainte.

— Je t'aime, répéta Lil, encore et encore.

Il accorda toute son attention au corps de son amant, qu'il vénéra, centimètre par centimètre. Le retournant, il débarrassa doucement Grier de ses sous-vêtements, exhibant les muscles bombés et la fine toison hérissée par l'électricité statique des bas de soie. Lil enfouit son visage entre les cuisses dures, humant la chair tendre ainsi découverte. Il caressa de la langue l'ouverture de son corps. Instantanément, le jeune homme ouvrit plus largement ses jambes, lui offrant un meilleur accès. En arrière-plan, la musique changea. Cette fois, la voix profonde de Josh Groban entonna une des chansons préférées de l'architecte : *Awake*. Reste lucide. Ce fut pour lui un rappel poignant de la réalité, puisque seul le temps dirait si les deux hommes garderaient éternellement cette intime connexion. Demain viendrait bien assez vite, ainsi que les décisions à prendre qui risquaient de les séparer à jamais.

Lil ouvrit le tiroir de sa table de nuit et y récupéra tout ce qu'il lui fallait pour prendre l'homme ayant réussi à bouleverser son univers en un temps aussi court. Quand il fut prêt, il s'approcha de Grier. Le jeune homme se cambra et poussa en arrière, tout en agrippant Lil par les hanches. Il s'empala ainsi de lui-même sur son sexe. L'architecte ne s'arrêta pas avant d'être enfoui dans les profondeurs accueillantes du corps de son amant. Il retint son souffle tandis que le plaisir électrisait chacune de ses terminaisons nerveuses. Il savoura la façon dont Grier resserrait ses muscles autour de lui tout en l'incitant à continuer. Lil changea l'angle de sa pénétration pour obtenir un effet maximum, puis il commença le ballet éternel des va-et-vient auxquels Grier participa avec enthousiasme. Leur union prit la régularité d'une montre suisse ; ils étaient bien plus que synchronisés, ils étaient les deux moitiés d'un tout. Très vite, leurs mouvements devinrent frénétiques et leurs cris de jouissance résonnèrent dans la pièce, étouffant la musique de fond.

— Je t'aime, dit Lil encore, une fois repu.

Il déposa des baisers brûlants dans le cou de Grier. Tous les deux étaient couverts de transpiration après leurs efforts et l'odeur du sexe flottait autour d'eux. D'après Lil, c'était l'arôme le plus aphrodisiaque au monde. Ça lui manquerait infiniment lorsque Grier retournerait à Chicago. Ce départ imminent doucha son bonheur éperdu et Grier sentit son changement d'humeur.

— On peut se retourner ? demanda le jeune homme.

— Bien sûr.

Lil se retira, jeta le préservatif usagé dans une corbeille à papier tandis que Grier roulait sur le lit. Il se retrouva lové contre la poitrine de l'architecte.

— C'était incroyable, dit-il.

— Oui, toi et moi, nous allons bien ensemble.

— J'aimerais tant que les circonstances soient différentes.

— Ce n'est pas le cas, mon cœur. Je le savais depuis le début.

Lil s'exprimait d'une façon pragmatique, soucieux de ne pas mettre de pression supplémentaire sur Grier. Il désirait que le jeune homme lui avoue son amour, mais les mots qu'il attendait désespérément ne vinrent pas.

— Tu sais, dit Grier, s'il n'y avait pas Luca, je m'installerais avec toi sans hésiter.

— Je sais, mon cœur.

— Comment vais-je survivre sans toi ?

— Pourquoi ne pas repousser cette affreuse conversation jusqu'à vendredi ? Je ne pense pas que je pourrais la vivre deux fois.

— D'accord.

Ils s'endormirent dans les bras l'un de l'autre, choisissant d'échapper à la réalité plutôt que de l'affronter en face. Ils firent encore deux fois l'amour avant l'aube. Chaque session fut passionnée et satisfaisante, pourtant Grier resta silencieux. Il ne prononça pas l'aveu qui aurait tant compté pour Lil et apaisé son esprit inquiet. L'architecte se sentait ridicule d'avoir ainsi déballé ses sentiments. Il aurait dû se retenir. Pourquoi avoir déclaré son amour alors que Grier, de toute évidence, ne pouvait s'engager ? Au tréfonds de lui-même, Lil avait deviné cet obstacle dès qu'il avait appris l'existence de Luca. Pour son père, l'enfant viendrait toujours en priorité, et c'était bien normal. Lil était prêt à accepter la deuxième place dans la vie de Grier... à condition que le jeune homme le rassure. Bien sûr, il était un amant généreux et attentif, toujours soucieux de donner autant de plaisir qu'il en recevait, mais il y avait une part de lui-même qu'il ne partageait pas. Et Lil aurait voulu faire tomber cette barrière. Peut-être, dans ce cas, Grier serait-il plus ouvert à l'éventualité d'une nouvelle existence dont l'architecte serait partie prenante.

GRIER SE réveilla en entendant la sonnerie d'un téléphone. Il tendit le bras et récupéra son portable posé sur la table de chevet.

— Allô ?

— Tito ?

— Hé, bonhomme. Qu'est-ce qui se passe ?

— Quand tu reviens à la maison ?

— Dans trois jours.

— Trois jours ?

— Luca, est-ce que ça va ?

— Non.

— Pourquoi ?

— Maman et Tito A. vont se marier. Il va être mon papa. Je ne veux pas de lui comme papa.

Luca bredouillait, ses mots presque inaudibles. Il poussa un gémissement plaintif, pitoyable.

— Est-ce que tu pourrais te marier avec maman, ch'il te plaît ?

Oh bon sang.

— Je n'aime pas ta maman de cette façon, Luca.

— Mais moi, tu m'aimes ?

— Oui, beaucoup. Où es-tu ?

— Dans le garage, avec Bianca.

— Pourquoi est-elle dans le garage ?

— Parce que Tito A. a dit que cha litière empechtait.

Salaud !

— Tu ne l'as pas nettoyée tous les jours ?

— Chi.

187

— Dans ce cas, je ne comprends pas pourquoi il y aurait une odeur.

Luca se mit à pleurer.

— Tito A. n'est pas comme toi, ou comme Tito Lil.

Non, absolument pas, admit Grier en son for intérieur. Ali avait toujours eu une sorte de phobie maniaque pour la propreté, l'ordre, et les ambiances aseptisées. Grier n'avait aucun mal à imaginer que son frère ne supporte pas un petit chat... ni même le désordre qui entourait naturellement un enfant. À quoi Jillian pensait-elle ? Ne voyait-elle pas à ce qui se passait sous ses yeux ? Ou bien était-elle si décidée à épouser un Dilorio qu'elle s'aveuglait malgré l'évidence ? Ali était l'archétype même du vieux garçon psychorigide, il n'avait rien d'un beau-père idéal – ni maintenant, ni jamais.

— Luca, arrête de pleurer. Je vais bientôt rentrer à la maison et je parlerai à ta mère concernant Bianca. Je vais arranger ça.

— Avant que ch'est mon papa ?

— Oui, bien avant.

— Avant chamedi.

— Quoi ?

— Ch'est chamedi qu'ils vont aller à l'église.

Qu'est-ce qu'ils avaient encore inventé comme connerie ?

— Écoute, bonhomme, je vais devoir raccrocher à présent, mais je veux que tu me rappelles demain matin, d'accord ?

— D'accord.

— Je t'aime, Luca.

— Moi auchi, renifla l'enfant. Beaucoup.

Grier referma son portable et le balança de l'autre côté du lit.

— Les enfoirés ! hurla-t-il.

— Qu'est-ce qui ne va pas ? demanda Lil. Un problème ?

— Mon salopard de frère déconne avec le petit chat.

— Comment ça ?

Grier répéta l'histoire de Luca et Lil lui prêta une oreille attentive.

— C'est un vrai con, conclut Grier. Le pauvre Luca ne sait pas comment se comporter avec un mec pareil.

— Pourquoi n'en parle-t-il pas à Jillian ?

— Aucune idée. Peut-être est-elle d'accord avec Ali ?

— Pauvre gosse.

Lil se rassit et attira Grier dans ses bras.

— En parlant de chat... commença-t-il.

— ... Tu as oublié le tien, déclara le jeune homme en finissant la phrase.

— Hmm-hmm.

— Avec un peu de chance, il comprendra.

— J'ai été distrait, expliqua Lil.

Les deux hommes s'embrassèrent puis, avant qu'ils s'écartent l'un de l'autre, Grier demanda :

— Tu crois que je pourrais te mettre dans mon sac de voyage et te ramener avec moi en Illinois ?

— Si c'était possible, tu le ferais ? s'enquit Lil.

— Oh oui, absolument.

— C'est vrai ?

— Apparemment, je ne t'ai pas suffisamment démontré ce que tu représentais pour moi.

— J'aurais aimé l'entendre.

— Je tiens à toi, Lil. Beaucoup. Infiniment.

— C'est bon à savoir, persifla Lil.

— Tu es en colère ? s'étonna Grier.

— Pas du tout.

Lil ne donna pas à son amant le temps de réagir à sa réponse brutale. Il fila dans la salle de bain et se soulagea. Il pénétra ensuite dans la cabine de douche où il régla les jets très chauds et très forts. Il était conscient d'avoir été sec, mais il n'avait pu s'en empêcher. C'était la première fois depuis des années qu'il avouait son amour, il était plus que prêt à s'engager dans une relation, mais ce n'était pas le cas de l'entêté qu'il avait mis dans son lit. Et même si Grier était dans la même disposition d'esprit, il l'ignorait encore. Ce qui était tout aussi tragique.

GRIER GARDA les yeux fixés sur la porte de la salle de bain, en essayant de comprendre ce qui venait de se passer. Malgré les explications qu'il avait tentées de donner, Lil avait paru blessé. Et Grier gardait la sensation que c'était de sa faute. Mais pourquoi ? Il n'en avait aucune idée. Pour le moment, il n'avait que son fils à l'esprit, rien d'autre.

Il récupéra son portable et composa le numéro de son père.

— Dilorio ! hurla Santino en répondant.

— Papa.

— Hé, que se passe-t-il ?

189

— Y aurait-il du nouveau concernant ce ridicule mariage ?

— Oui, la date est avancée.

— Ils sont devenus fous ou quoi ?

— Pourquoi ce mariage te rend-il aussi hargneux ?

Grier poussa un soupir si bruyant qu'il fut certain que son père en sentit le souffle, même jusqu'à Elk Grove.

— Papa, il faut qu'on parle.

— Tu me l'as déjà dit. Pourquoi ne pas parler maintenant ?

— Je ne peux pas te l'expliquer au téléphone.

— Dans ce cas, nous le ferons à ton retour.

— Il faut empêcher ce mariage.

— Pourquoi ferais-tu une chose pareille ? s'étonna Santino.

— C'est une erreur.

— Que me caches-tu ?

— Je sais quelque chose qui pourrait modifier ce qu'Ali éprouve pour Jillian.

— Grier, tu racontes n'importe quoi.

— Je sais. Je vais essayer de prendre un avion plus tôt que prévu. Peux-tu venir me chercher vendredi à l'aéroport ?

— Bien sûr, si tu veux.

— Connaîtrais-tu un juge à la retraite ?

— Oui, Bob Sterling. Il habite en bas de notre rue.

— J'ignorais qu'il avait été juge.

— Mais enfin, fils, que se passe-t-il, bon sang ?

— Je t'expliquerai tout vendredi.

— Tu as intérêt, parce que pour le moment, c'est toi qui me parais incohérent.

— Je suis désolé, papa.

— Appelle-moi quand tu auras atterri.

— Oui, bien sûr.

Après avoir raccroché, Grier téléphona à American Airlines. Une fois les informations nécessaires obtenues, il jeta son téléphone sur le matelas et se dirigea vers la salle de bain. Là, l'atmosphère était chaude et humide, comme dans un sauna.

— Tu essaies de te faire bouillir ? demanda-t-il en pénétrant dans la cabine.

Lil l'accueillit par un sourire, il paraissait avoir oublié sa mauvaise humeur.

190

— Hé. Tu veux que je te lave les cheveux ?
— Volontiers.
— Tout va bien ?
— Non. Je vais devoir changer la date de mon retour.

XXIX

— POURQUOI VEUX-TU modifier tes projets ?

— Tout déconne à la maison.

— Je vois.

La réponse de Lil fut comme un courant d'air glacé dans la chaleur qui les enveloppait.

— Écoute…

Grier prit l'architecte par le bras pour l'attirer plus près. Le shampooing lui dégoulina sur le visage mais il ne se soucia pas du risque d'en avoir dans les yeux, il était bien trop préoccupé par son besoin de s'expliquer.

— Il faut que je règle cette situation avant de pouvoir avancer.

— Tu prêches un convaincu, mon cœur.

— Qu'est-ce que ça veut dire, bon sang ?

— Je sais ce qui est important pour toi.

— C'est vrai ?

— Oui. Mais j'ai besoin de savoir si ce que nous avons ensemble compte autant pour toi que pour moi.

Grier le fit taire d'un baiser dont la férocité lui coupa le souffle. Lil sentit le désespoir caché derrière cette agressivité lorsque la langue de son amant força sa bouche, s'incrustant dans chaque crevasse, le possédant avec passion. Il savoura toutes les sensations à la fois, la joue râpeuse qui lui chatouillait la peau, le sexe érigé qui se frottait contre le sien, douloureux et engorgé. Sous la force de son désir, Lil en eut les genoux vacillants. Il ressentit pour cet homme énigmatique un élan si puissant qu'il abandonna définitivement ses idées négatives.

— Après Luca, tu es l'être le plus important de ma vie. C'est bien compris ?

Le regard incandescent qu'avait Grier en prononçant ces mots faillit transformer Lil en cendres.

— Oui, haleta l'architecte. Grier ?

— Quoi, Lil ?

— Rien.

Avec un soupir, Lil céda à ce qu'il éprouvait. Les mots n'avaient aucune importance, seules les actions comptaient. Et il sentait bien que Grier tenait sincèrement à lui. Le jeune homme lui annoncerait son amour de vive voix une fois le moment venu. Et cet aveu serait d'autant plus précieux que Lil ne l'avait pas sollicité par ses supplications.

Il ferma les yeux quand Grier referma les doigts sur leurs deux sexes et se mit à les caresser ensemble, dans un effort déterminé à lui procurer un orgasme rapide. Avec un cri, l'architecte s'accrocha aux épaules du jeune homme, foudroyé par la violence de la jouissance qui le fit vaciller. Les deux hommes s'appuyèrent contre la paroi vitrée en attendant que leurs pulsations cardiaques retrouvent un rythme normal.

— Ce machin-là est assez solide ? hoqueta Grier.

— Ne t'inquiète pas, répondis Lil. Si ça casse, je ferai un procès à l'entrepreneur.

— Le problème, c'est que nous aurons des tessons de verre plein le cul.

Lil éclata de rire.

— Allez, viens, amour. Il est temps de nous préparer pour aller prendre le ferry.

Lil ouvrit la porte de la cabine, récupéra deux serviettes sur le séchoir électrique et tendit à Grier l'une d'entre elles.

— Quand veux-tu rentrer à Chicago ? demanda-t-il ensuite.

— Il y a un vol qui part de San Francisco demain, peu avant minuit. J'arriverai donc à Chicago vers 5 h 30 le vendredi matin.

— En clair, nous n'avons plus qu'aujourd'hui et demain.

— Alors, autant en profiter au maximum, tu ne crois pas ?

Quand Grier sourit, Lil sentit son pouls accélérer. Ce jeune homme au visage doux et aimant, était celui dont il était tombé amoureux. L'alpha agressif qui venait de le baiser avait disparu. Et pourtant, ces deux aspects formaient la personnalité de celui qu'il aimait. De par sa nature blasée, Lil appréciait la rareté de Grier, sa dualité faisant de lui un être différent de tous ceux qu'il avait connus dans le passé. Ne sachant jamais à quoi s'attendre, Lil était en permanence attentif, mais ce qu'il obtenait en contrepartie n'en était que plus délicieux.

— Avant que nous ne partions, décida Lil, il me faut téléphoner à Brandy pour lui dire à quelle heure je passerai chercher Sébastian.

— J'ai très envie de le rencontrer.

— C'est un chat snob.

— Luca va me réclamer un compte rendu détaillé de cette bestiole. D'ailleurs, en parlant de Luca, il faut que je lui achète quelque chose.

— Nous trouverons certainement le cadeau idéal à Sausalito ou à Fisherman's Wharf.

— Ça me paraît une excellente idée.

— Grier ?

— Oui.

— Mets un débardeur sous ta veste.

— Pourquoi ? s'enquit Grier d'une voix de séducteur.

— Je connais déjà tout ce que tu vas découvrir durant la balade. Je préfère savourer le spectacle de tes tatouages pendant que tu admireras le paysage.

Grier parut satisfait.

— Tu aimes bien mes tatouages, pas vrai ?

— J'aime tout chez toi.

— C'est la même chose pour moi.

PAR CHANCE, la journée était splendide. La mer, calme, le soleil brillant et les boissons servies à bord du ferry d'excellente qualité. Les deux hommes décidèrent de ne pas visiter Alcatraz dont le tour complet prenait plusieurs heures. Le temps leur était désormais compté puisque Grier rentrait chez lui plus tôt que prévu. Ils trouvèrent bien plus agréable de rester assis sur le pont, avec le vent qui leur soufflait au visage. Le soleil leur chauffant les épaules, ils enlevèrent leurs tee-shirts afin d'en profiter davantage. Lil ne manqua pas de remarquer un groupe de gays, à l'autre bout du pont, et l'avide attention avec laquelle les hommes suivaient le moindre mouvement de Grier. Se rapprochant de son amant, il passa le bras autour des épaules brunies, sans retenir un bruyant éclat de rire lorsque l'un des deux hommes du groupe lui adressa un signe enthousiaste, pouce levé, suivi par une pantomime sexuelle suggestive sur le col de sa bouteille de Corona.

— Pourquoi ris-tu ? demanda Grier.

— L'homo d'en face est vert de jalousie en te voyant à mes côtés.

Grier jeta un coup d'œil latéral avant de sourire.

194

— Tu veux qu'on le rende encore plus jaloux par des ébats publics ?

— Non… on est presque arrivé.

Le quartier de Fisherman's Wharf – le 'quai du pêcheur' – était bondé, comme d'habitude. Les touristes s'agglutinaient avec le désir fébrile de dépenser leur argent. Lil et Grier s'arrêtèrent d'abord à l'un des stands qui, le long du trottoir, proposaient de quoi se restaurer. Ils optèrent pour une clam chowder – ou chaudrée de palourdes, la soupe traditionnelle nord-américaine – avant de partager un crabe dormeur de Dungeness, une spécialité de la côte Ouest. Le vendeur eut la bonne grâce de briser pour eux la dure carapace. Les deux hommes dévorèrent avec appétit leur repas, accompagné d'un excellent pain au levain compris dans le menu.

— C'était délicieux, remarqua Grier. Je n'avais pas réalisé à quel point j'avais faim.

— Moi pareil.

Lil hocha la tête avant de tendre à Grier quelques lingettes parfumées au citron que le marchand leur avait remis pour enlever de leurs doigts l'odeur tenace du crustacé.

— Maintenant, reprit Lil, allons acheter un cadeau pour Luca.

— Bonne idée. J'aimerais lui trouver un modèle réduit de Cable Cars – ces tramways à traction par câbles qui sont la particularité de San Francisco.

— Il aime les petites voitures ?

— Tu connais un petit garçon qui ne les aime pas ?

— Luca est le seul petit garçon que je connaisse, donc il aime les petites voitures.

— Oui.

— D'accord, allons-y.

Lorsque les deux hommes remontèrent dans la Mercedes pour rentrer chez l'architecte, ils avaient acheté un tramway miniature, ainsi qu'un sweat-shirt bleu orné d'un motif brodé représentant le Golden Gate Bridge et une petite boîte de sucettes See's Lollypops à différents parfums.

Lil conduisait avec l'aisance d'un autochtone, prenant les petites rues afin d'éviter les embouteillages. Il se gara bientôt devant un immeuble résidentiel, sur Pine Street, où habitait Brandy.

— Tu l'as prévenue de ton arrivée ? s'enquit Grier.

— Oui, je lui ai envoyé un SMS du bateau.

— Je t'attends ici.

Peu après, Lil revint en portant une cage où se trouvait un chat très mécontent, qui miaulait de rage. Il cracha en se hérissant lorsque Grier tenta de passer le doigt à travers les mailles du grillage afin de lui caresser le nez. Le jeune homme retira vivement la main avant que Sébastian ne plante ses crocs dedans.

— Il me paraît de mauvais poil.

— Il fait un caprice.

— Ça, j'avais compris.

Une fois de retour dans son appartement, Lil fit sortir Sébastian de sa cage. L'animal fila tout droit dans son coin habituel de la cuisine, où il s'abreuva à une petite fontaine destinée à lui fournir de l'eau fraîche et filtrée. Le chat grignota ensuite un peu de la pâtée au thon que Lil avait préparée pour lui le matin même, avant de sortir pour ce tour en bateau. Grier remarqua la façon dont la longue queue blanche du félin ondulait, de droite à gauche, tandis qu'il dégustait son plat.

— Maintenant, il sait avoir retrouvé son territoire, remarqua l'architecte. Il va probablement te grimper sur les genoux. Surtout après avoir été nourri et abreuvé.

— Luca adorerait ce chat.

— Il est superbe. Ça te dit de ressortir pour aller dîner chez Alex ?

— Pourquoi pas ? Je suis ouvert à toutes les suggestions.

— Dans ce cas, je vais le prévenir. Ensuite, nous prendrons une douche.

— Je veux baiser, me raser et me doucher, indiqua Grier. Et dans cet ordre, s'il te plaît.

Lil n'avait pas exagéré en vantant l'excellente cuisine de son ami. Les deux hommes dégustaient un roboratif bœuf bourguignon dans une épaisse sauce au vin rouge, servi avec des patates nouvelles, des carottes, et du pain français croustillant qui sortait du four. Ils en apprécièrent la moindre bouchée au point de ne pas échanger une parole avant d'avoir saucé leurs assiettes.

Puis Lil se renfonça dans son siège rembourré et laissa un serveur remplir leurs tasses de café avant le layer cake – moelleux multicouches au chocolat – que les deux hommes comptaient partager pour le dessert

— Quel est ton plan d'attaque ? demanda-t-il à Grier.

— D'abord, je vais expliquer toute la situation à mon père. Il me paraît normal qu'il en soit le premier informé.

— Et ensuite ?

— Ensuite, j'irai affronter les Garcia et poser mes cartes sur la table.

— As-tu réfléchi à l'impact que ta révélation aura sur Ali ? Peut-être ne voudra-t-il plus épouser Jillian en sachant qu'elle a couché avec toi.

— Je ne peux m'arrêter à ce qu'éprouveront les uns ou les autres, sinon je ne ferai rien du tout. Je veux avant tout penser à Luca. Je le veux heureux, et je suis persuadé de pouvoir m'en occuper mieux que quiconque.

— Ils savent tous combien tu tiens à lui.

— Jillian le sait, ses parents aussi, mais là nous parlons d'une garde partagée. Je vais devoir les convaincre tous que je suis plus que capable de gagner notre vie à tous les deux. Pour Luca, il va me falloir changer complètement de mode de vie.

— Par exemple ?

— Déjà, il me faut un endroit à moi. Je ne peux pas continuer à vivre chez mon père, j'aimerais trouver un appartement à Elk Grove. Ainsi, il vivrait près de mon père et de ses autres grands-parents. Nous pourrions continuer à partager Luca sans le changer d'école, sans modifier ses habitudes.

— Tu ne crois pas que Jillian et Ali vont vouloir s'installer en ville ?

— Je ne vois pas pourquoi. Jillian travaille à Elk Grove. Il est bien plus facile pour Ali de se déplacer qu'à elle.

— Tu sembles avoir tout prévu, à l'exception d'un point.

Grier se mordit la lèvre en gardant le regard fixé quelque part au-dessus de la tête de l'architecte. Il ne voulait pas affronter la douleur de ses yeux bleus.

— Je dois faire ce qu'il y a de mieux pour mon fils, répondit-il doucement. Tu ne le comprends pas ?

— Si, bien sûr, répondit Lil. Je sais que c'est ta priorité.

Grier secoua la tête.

— Ce que nous avons est très spécial, je n'ai jamais connu une telle connexion auparavant, mais ma vie est en Illinois, Lil. Jamais un juge ne m'accordera un droit de garde si j'annonce mon déménagement à San Francisco.

— Tu n'en sais rien, tu ne peux pas en être certain. Quand les couples se séparent, certains parents changent d'État, ils réussissent quand même à partager leurs enfants.

— Oui, mais là, tu parles d'une relation traditionnelle entre un homme et une femme. Je ne sais pas si un couple gay pèsera bien lourd devant un tribunal. Je ne vis pas en Iowa ni dans le Massachusetts.

— Moi non plus, Grier. Mais à quoi bon en parler si tu ne tiens pas à me garder dans ta vie ?

— Si, bien sûr, je te veux dans ma vie, mais je dois d'abord m'assurer que ça ne risque pas de me faire perdre mon fils.

— Tu as vraiment envisagé de vivre avec moi ? demanda Lil.

— À Chicago ?

— Je ne crois pas que ce soit possible. J'ai un cabinet à San Francisco qui marche très bien.

— Tu me forces à choisir, Lil.

— Non, ce n'est pas ce que je cherche. J'aimerais juste savoir ce que tu penses.

— Je pense à Luca. Je veux qu'il partage mon foyer, un endroit où personne ne hurlera si Bianca fait ses griffes sur le canapé. Je veux l'entendre m'appeler papa et pas Tito. Je ne veux plus jamais m'inquiéter à l'idée que mon fils soit tout seul ou qu'il a faim, parce que Ali et Jillian sont si désireux de faire fortune en récupérant le moindre dollar qu'ils en oublient sa présence.

Lil le regarda sans dire un mot.

— Je ne peux évoquer notre avenir commun avant que ma situation actuelle soit réglée, insista Grier. Je suis désolé. Je sais que tu aimerais entendre d'autres paroles, mais il m'est impossible pour le moment de te faire une offre ou de m'engager.

Lil récupéra la serviette posée sur ses genoux et la plia en un petit carré très net.

— Dans ce cas, n'en parlons plus. Autant ne pas gâcher le peu de temps qu'il nous reste à passer ensemble.

Grier tendit la main vers le carnet de cuir avec l'addition. Il repoussa la main tremblante de l'architecte, conscient d'avoir bouleversé l'autre homme pourtant si composé d'ordinaire.

— Je reviens vite, annonça Lil en se levant pour aller aux toilettes.

Grier le regarda partir en souhaitant pouvoir dire les mots capables d'effacer la douleur qu'il venait d'infliger. Malheureusement, les deux hommes avaient toujours su que la rupture serait inévitable. Depuis le début.

Mais Grier n'avait jamais deviné qu'il en souffrirait autant.

XXX

APRÈS SON effondrement discret dans les toilettes, Lil resta silencieux durant le trajet du retour. Il s'était pourtant juré d'éviter ce moment de faiblesse, surtout devant Grier. Il s'en serait voulu de remettre en question les décisions prises maintenant que le jeune homme s'était enfin décidé à passer à l'acte. Au fond de son cœur, Lil savait que leur seule chance d'avoir un avenir, était qu'il laisse son amant le quitter sans lui mettre la pression. Il refusait d'user d'un chantage émotionnel pour garder Grier à ses côtés. C'était minable, immature, et surtout inefficace. Il devait juste garder l'espoir que ce qu'ils avaient partagé serait assez fort pour résister à la séparation. Et si le sort continuait à leur être favorable, comme c'était le cas depuis le début, un jour ou l'autre, ils se retrouveraient. Lil avait été surpris par la proposition de Grier concernant son installation à Chicago, mais les graines avaient été semées... et cela lui ouvrait une perspective nouvelle qu'il n'avait jamais envisagée.

Ils s'aimèrent cette nuit-là avec un désespoir alimenté par le départ de Grier dans les prochaines vingt-quatre heures. Lil ayant réussi à obtenir le transfert de son billet, le jeune homme serait donc le lendemain soir, aux alentours de minuit, dans un vol pour Chicago où son avion atterrirait à l'aube, vendredi matin, avant le petit déjeuner. Ce qui lui laisserait le temps et l'opportunité de tout avouer à son père avant d'affronter Jillian et ses parents. Le soutien de Santino était essentiel. Grier pensait utiliser son père comme médiateur entre lui et les parents Garcia. Après tout, avait déclaré le jeune homme, ces trois-là étaient amis depuis vingt ans. Ça devait compter dans la balance.

Lil dut s'avouer que le raisonnement du jeune homme était logique, même s'il regrettait amèrement de voir son séjour raccourci. Il avait espéré faire découvrir à Grier davantage de sa ville. Tant pis. Pour le moment, il ne pensait qu'à une chose : garder son amant à portée de main. Il savoura donc chaque baiser, gravant l'expérience dans sa mémoire comme s'il s'agissait de leur dernière fois. Il s'offrit complètement à Grier qu'il laissa, cette nuit, être l'agresseur. Il se soumit à ses exigences et désirs, exultant de la tendresse qu'il recevait à chaque caresse soigneusement orchestrée. Il était conscient que c'était, pour Grier, le seul moyen de lui démontrer son amour. Des mots auraient rendu la séparation plus facile, en lui remontant le moral, mais Grier resta silencieux, retenant ses aveux avec entêtement. À chaque mot d'amour de Lil, il répondit par des baisers torrides.

Ils passèrent leur dernière journée au lit, ne se levant que pour prendre une douche, changer les draps et manger. Ce fut un marathon sexuel comme Lil n'en avait plus connu depuis des années. Malgré leur différence d'âge, il réussit à tenir le rythme de son jeune et endurant amant. Et Grier paraissait déterminé à s'en aller en laissant derrière lui un Lil imprégné de ce qu'aurait pu être leur couple.

Vers dix-huit heures, les deux hommes se promenèrent dans Lafayette Park, main dans la main, roucoulant comme les pigeons qui voletaient autour d'eux. Ils assirent un moment sur un banc.

— Tu vas tellement me manquer, admit Grier. Je ne sais pas comment je vais m'en sortir pour survivre aux prochains jours sans toi.

— Je serai toujours joignable au téléphone, mon cœur. Appelle-moi quand tu veux, nuit et jour, si tu as besoin de parler ou si tu veux m'entendre te dire à quel point tu comptes pour moi.

En silence, Grier se pencha vers Lil et frotta son nez dans le creux formé par le cou et l'épaule. Il huma son odeur.

— Tu sens si bon.

— Malgré la douche, je ne pense pas avoir réussi à effacer complètement l'odeur du sexe.

— C'est un parfum agréable, se moqua Grier. J'aimerais pouvoir le mettre en bouteille et le ramener avec moi.

— Grier…

— Je sais, Lil.

— Alors, ne l'oublie pas.

— Promis.

ILS DÎNÈRENT dans un petit restaurant sur Union Street pour reprendre des forces. Ils retournèrent ensuite à l'appartement, pour une dernière étreinte avant le départ de Grier pour l'aéroport. Cette fois, le jeune homme s'habilla pour Lil, lui offrant la totale, conscient que son amant appréciait autant que lui les jeux de rôle. Il porta des bas noirs retenus par un porte-jarretelles dont la ceinture soulignait sa taille mince. Un string en dentelle noire couvrait à peine son sexe érigé. Lil aperçut la tâche humide qui grandissait sur le tissu au fur et à mesure que l'excitation de son amant augmentait. Grier portait aussi la veste de daim noir que Lil avait achetée pour lui, et des gants de cuir noir qui remontaient jusqu'au coude. Pour compléter sa tenue, il avait mis une casquette en cuir noir avec la visière sur la nuque. Ses tatouages multicolores lui descendaient le long des bras et sur la poitrine, rompant la monotonie chromatique. Lil fit plusieurs fois le tour, appréciant à sa juste valeur le spectacle de son amant en cuir et dentelle. Il supplia Grier de le laisser prendre une photo, en fait plusieurs, afin de se réconforter une fois qu'il serait seul.

Le jeune homme n'eut aucun problème à jouer au mannequin, avec aisance et naturel. Une lueur coquine dans l'œil, il prit plusieurs poses suggestives. Pour la dernière, il se plaqua le ventre contre le mur, bras et jambes écartés. Tandis que l'architecte le mitraillait, il lui adressa un regard langoureux suivi d'un clin d'œil. La tête tournée sur l'épaule, Grier avait vraiment tout du mauvais garçon. Avec un gémissement, Lil tomba à genoux, trop excité pour continuer ses prises de vue. Jetant son appareil de côté, il plaqua les mains sur le cul superbe offert à sa convoitise et l'écarta pour y presser son visage. Quand il le caressa de la langue, Grier exprima son approbation. Le prenant par la main, l'architecte l'incita à se baisser. Peu après, docilement, le jeune homme se retrouva à quatre pattes, la tête posée sur les mains, les reins levés, les cuisses écartées. Passant la main entre elles, Lil referma avec force ses doigts sur le sexe de son amant et le caressa lentement tout en continuant ses attouchements. Il pénétra Grier de sa langue.

Cette fois, ce fut le jeune homme qui gémit. Il se mit à taper du poing sur le plancher tout en frottant ses fesses contre le visage de Lil.

— Oui, comme ça… oh merde…

— Hmm… grogna Lil, tout contre la chair sensible et agitée de spasmes.

— Oui… Oui… Bébé ne t'arrête pas.

Lil pressa davantage, sa langue perforant l'anneau de muscles pour pénétrer plus profondément dans l'étroit fourreau. Puis il glissa plus bas et mordilla le scrotum du jeune homme, aspirant les lourdes bourses dans la caverne humide de sa bouche. Les supplications de Grier devinrent plus vives.

— Baise-moi… Je t'en prie, baise-moi…

— Je n'ai pas ce qu'il faut.

— Je m'en fous, fais-le quand même.

— Non, refusa Lil avec fermeté.

Il reprit ses caresses, refermant les doigts sur le sexe rigide qu'il se mit à pomper avec énergie, à un rythme régulier et jusqu'à ce que le jeune homme explose dans un orgasme puissant, son sperme jaillissant en longs jets brûlants. L'odeur forte du sexe et la sensation liquide sur sa paume furent pour Lil un tel aphrodisiaque qu'il jouit à tour.

— Grier, croassa-t-il d'une voix étranglée.

— Putain, Lil…

— Je t'aime, chuchota l'architecte.

Grier se retourna et attira Lil contre sa poitrine, d'une poigne si féroce qu'elle en était presque douloureuse.

— Comment vais-je pouvoir te quitter ? ne put s'empêcher de demander Lil.

— Considère que c'est temporaire.

— Il le faut, sinon je vais devenir fou.

— Je penserai à toi à chaque minute de tous les jours.

— Moi aussi.

Sébastian regardait les deux amants depuis son perchoir, un arbre à chat d'un mètre quatre-vingts avec un grattoir au niveau du sol. Le chat agitait sa longue queue, ses yeux vert bouteille presque clos. Il avait fini par tolérer Grier, allant même jusqu'à accepter une ou deux caresses à l'occasion, mais il n'était toujours pas monté sur ses genoux, l'adoption ultime.

— Ton chat est un voyeur, remarqua Grier.

Lil éclata de rire.

— Tel père, tel fils.

— Tu as apprécié mon show ?

— Beaucoup.

— Il faudra que nous le refassions. J'aimerais bien te voir aussi porter de la dentelle.

— C'est vrai ? demanda Lil, le visage illuminé. C'est une idée intéressante.

— Merci pour ces derniers jours, dit Grier avec tendresse. J'ai passé un excellent séjour.

— De rien, mon cœur. Tout le plaisir était pour moi.

— Je ferais mieux d'aller prendre une douche. Lil ?

— Oui ?

— J'aimerais laisser ma lingerie ici … pour quand je reviendrai.

Réconforté par cette déclaration, Lil eut un sourire d'approbation.
— Bien sûr.

LE DERNIER baiser devant l'aéroport San Francisco International fut difficile, parce que Grier s'accrocha à l'architecte au lieu d'opter pour des adieux rapides et moins douloureux.

— Tu vas me manquer, chuchota-t-il juste avant de partir. Prends bien soin de toi, Lil

Le plafonnier de l'habitacle souligna la tristesse de son visage, ainsi que la larme qui glissait le long de sa joue.

Lil resta stoïque jusqu'à ce que Grier claque la portière et se détourne. Il regarda son amant pénétrer dans le terminal. Quand il le perdit de vue, il redémarra et se faufila dans la circulation, en direction du centre-ville.

Ce fut alors seulement qu'il laissa ses larmes couler.

GRIER DORMIT durant tout le vol jusqu'à Chicago, se réveillant seulement lorsque l'hôtesse, par accident, lui heurta le genou avec son chariot de boissons. Elle s'excusa et lui proposa du café.

— Nous atterrissons dans trois quarts d'heure à O'Hare, annonça-t-elle.

— Merci, répondit Grier.

Il sirota le breuvage brûlant, en s'étonnant que le café soit aussi bon. Détachant sa ceinture, il se rendit aux toilettes, puis s'aspergea le visage d'eau. Dès que l'avion roula sur la piste, il ralluma son téléphone portable et appela son père.

— Nous venons d'atterrir.

— Je suis là dans vingt minutes.

SANTINO VINT le chercher au volant du 4x4 rouge de Grier. Sautant au bas de son siège, il accueillit son fils d'une étreinte et d'une bourrade dans le dos.

— Tu t'es bien amusé ?

— Oui.

— Tant mieux, fils. Viens, allons prendre un petit déjeuner. Tu vas aussi pouvoir me raconter ce qui se passe.

Grier prit le volant, mais il ne démarrera pas avant que son père ait attaché sa ceinture.

— Rose Garden ? proposa-t-il. Ça te convient ?

C'était un petit café-restaurant d'Elk Grove qui servait d'excellents petits déjeuners à des prix raisonnables. Son père et lui y mangeaient souvent. Santino adorait leurs fritures maison – en clair une montagne de galettes de pommes de terre, noyées dans le fromage et les œufs.

— Excellente idée. Je suis tout à fait d'humeur à avaler un solide petit déjeuner irlandais.

— Ça ne m'étonne pas, se moqua Grier.

— Silence, mon garçon. Et roule.

Si Grier toucha à peine à la nourriture, il engloutit en revanche café sur café. Au contraire, Santino dévora avec un appétit que Grier, dans son état de nervosité, considéra comme inapproprié. Il savait bien que son estomac finirait par payer cet abus de caféine, mais chaque fois que la jolie serveuse lui proposait de remplir sa tasse, il n'arrivait pas à refuser. Santino finit par être rassasié, il avala sa dernière bouchée et poussa un rot satisfait.

— Papa !

— Quoi, ce n'est qu'un gaz, bon sang.

— Ça ne se fait pas.

— Grier, arrête ta procrastination. Qu'y a-t-il d'assez important pour que tu raccourcisses ton voyage ?

Grier tenta de formuler les mots de sa réponse, il n'y réussit pas et resta tétanisé.

— Crache le morceau, fils. Rien n'est irrémédiable.

— Tu te rappelles la question que tu m'as posée récemment ? Quand tu m'as demandé si j'avais déjà couché avec une fille ?

Il vit les sourcils de son père remonter très haut sur son front.

— Et alors ?

— J'ai couché avec une fille. Je lui ai même fait un enfant.

— Ben merde alors ! s'exclama Santino.

Avec un éclat de rire bourru, il envoya un coup de poing amical sur l'épaule de son fils. Toujours très souriant, il demanda :

— Qui est cette fille ? Où est l'enfant ?

— C'est Luca.

— Non ! C'est impossible.

En voyant Santino reculer, Grier tendit la main et le prit par le bras.

— Papa, s'il te plaît, calme-toi.

— Alors, tout ce temps… c'était toi ?

Grier acquiesça et s'expliqua très vite. Quand il eut terminé, son père était sous le choc, incapable de parler.

— Papa, dis quelque chose.

— Alors, tu n'es pas gay ?

— Bien sûr que je suis gay. Avec Jillian, ça n'est arrivé qu'une seule fois.

— Mais enfin, si tu n'es pas attiré par une chatte, comment as-tu pu bander ?

— Mais enfin, papa, ne parle pas comme ça !

— Je posais simplement la question, Grier. Je ne comprends pas.

— J'étais bourré. J'étais aussi très jeune et excité. Elle en a profité.

— Et le pauvre petit Luca est né de votre expérience.

— Je t'en prie, ne dis pas ça. Il est ce que j'ai de plus merveilleux. Je ne veux rien entendre contre lui.

— Du calme, Grier. J'ai toujours aimé cet enfant. Savoir qu'il est en plus mon petit-fils ne fait que me le rendre plus cher.

— J'en suis heureux.

— Pourquoi Jillian n'a-t-elle pas dit que c'était toi le père ?

— Parce qu'elle n'a pas osé l'avouer à Tita Nita et Tito Enteng. Tu la connais, papa. Jillian se vante toujours d'être la meilleure et de réussir dans tout ce qu'elle entreprend, alors elle a refusé d'admettre qu'avec moi, elle s'était plantée. Elle a bien été obligée de reconnaître mon orientation sexuelle, quand elle a su que coucher avec moi n'avait rien changé, elle a perdu la tête. J'ai proposé de l'épouser, elle a refusé.

— Je n'arrive pas à croire qu'elle n'ait jamais dit la vérité à ses parents.

— Personne n'est au courant, sauf toi et Lil.

— Pourquoi me révéler tout ça la veille de leur mariage ?

— Je me demande s'ils sont vraiment amoureux, papa. Je trouve leur histoire bien trop soudaine. De plus, Jillian m'a menacé de faire adopter Luca par Ali. Je ne peux pas le supporter. Je veux que Luca sache que son véritable père, c'est moi.

— Cette annonce brutale peut détruire leur chance de bonheur. Pourquoi ne pas laisser la situation telle qu'elle est ?

— Non, je veux être reconnu comme le père de mon fils. Il y a très longtemps que je le demande à Jillian, elle refuse. Si je la laisse épouser Ali, ce sera peut-être trop tard.

— Tu peux prouver qu'il est de toi ?

— Non, pas sans un test ADN. J'ai besoin d'un bon avocat, papa. J'espère que tu en connais un ?

— Tu n'en auras peut-être pas besoin, remarqua Santino. Rentrons à la maison, fils. J'ai quelque chose à te montrer.

— Quoi ?

— Une lettre.

— Pourquoi ?

— Ta mère a ajouté un codicille à son testament, un mois avant sa mort. Ni les avocats ni moi n'y avions jamais rien compris.

— Et pourquoi penses-tu que moi, je comprendrais ?

— L'enveloppe t'est adressée. J'espère qu'elle contient toutes les informations voulues.

— Pourquoi ne me l'as-tu pas donnée plus tôt ?

— Franchement, il a fallu plusieurs mois à notre avocat pour régler la paperasserie, quand il m'a donné cette lettre, je l'ai jetée dans un tiroir de mon bureau, je l'ai oubliée.

— Il ne t'a pas dit ce que c'était ?

— Simplement que ta mère t'avait laissé des instructions.

— Avais-tu vraiment l'intention de m'en parler un jour ?

— Grier, ne me juge pas. J'ai eu beaucoup de mal à me remettre du décès de ta mère. Je ne supportais pas l'idée d'affronter ses dernières volontés.

— Tu ne sais pas du tout ce qu'il y a dans ce codicille ?

— Non.

— Papa, tu as vraiment déconné.

— Toi aussi, avec ce mensonge.

— Tu as raison.

— Il y a dans le testament de ta mère une phrase qui m'a beaucoup surpris.

— Laquelle ?

— Elle m'a demandé de ne pas oublier cette lettre le jour où tu viendrais réclamer mon aide.

— Comment maman pouvait-elle savoir que j'aurais besoin de ton aide ?

— Apparemment, juste avant sa mort, son instinct maternel était en alerte rouge. Tu lui avais parlé de Luca ?

— Oui, admit Grier. Je suis désolé, papa, j'aurais dû te le dire plus tôt.

— C'est vrai, grommela Santino. Maintenant, je comprends mieux certaines choses.

— J'ai commis beaucoup d'erreurs en ce qui concerne Luca.

— C'est facile à dire après coup, Grier. Inutile de ressasser le passé et de battre la coulpe. Pensons plutôt à l'avenir.

— Merci, papa.

— Tu m'as placé dans une situation délicate, mon garçon. Il va me falloir choisir entre ce qui est juste et le bonheur de ton frère, ça n'est pas du tout mon idée d'un bon moment.

— Je réalise que mon timing est déplorable.

— Ça aurait pu être pire. Je suis d'accord avec toi : il faut que tout soit réglé avant le mariage. Allez viens, rentrons à la maison.

— D'accord, dit Grier.

Santino se leva et jeta quelques billets sur la table.

XXXI

GRIER ÉTAIT installé à table, dans la cuisine, en face de son père. Il regardait l'enveloppe posée devant lui, encore scellée. Il avait l'estomac noué suite à son overdose de café ; le peu de nourriture qu'il avait réussi à avaler lui remontait dans la gorge. L'anxiété qu'il éprouvait n'arrangeait rien, il s'inquiétait de ce qu'il allait trouver dans cette lettre venue d'outre-tombe. Cela faisait bien dix minutes qu'il la regardait fixement.

— Ouvre, bon sang ! s'emporta Santino. Cette attente me tue.

Hochant la tête, Grier se décida à déchirer le rabat. D'une main tremblante, il sortit un simple feuillet où il reconnut l'écriture de sa mère. Il y avait en plus un autre pli, marqué d'un sceau qui paraissait officiel. Grier l'ignora.

Grier, mon chéri.

D'après ce qu'on prétend, mieux vaut prévenir que guérir, aussi j'espère que tu me pardonneras ce que j'ai fait. Après que tu m'aies raconté qui était Luca et tout ce qui s'était passé entre Jillian et toi, j'ai décidé d'agir afin que tu ne sois pas spolié. S'il est très facile de prétendre cet enfant né d'un moment de folie, il sera bien plus dur de le prouver. Nous savons de façon certaine que Luca est le fils de Jillian, mais est-il vraiment le tien ? Je sais depuis ton adolescence que tu es gay, aussi ta révélation m'a beaucoup surprise. J'aime l'idée d'avoir un petit-fils et de laisser un peu de moi sur la terre, c'est réconfortant, mais j'ai voulu savoir la vérité. Jillian a toujours aimé vivre sous les projecteurs, je partage avec Nita la responsabilité de l'avoir laissée faire, je dois l'avouer. Elle était la fille que je n'ai jamais eue, sa mère et moi l'avons pourrie et gâtée, et nous ne sommes pas les seules. Elle a toujours fait une fixation sur toi, ça a commencé comme une plaisanterie avant de tourner à l'obsession. Nous nous sommes tous empressés de suivre le

208

mouvement en imaginant un avenir commun pour vous deux. Ce n'était qu'un fantasme, nous avons été inconscients de l'encourager. Lorsque vous avez grandi, Nita et moi l'avons compris, en espérant que les choses s'arrangeraient d'elles-mêmes. Aujourd'hui, j'ai accompli un acte répréhensible en abusant de ta confiance et de celle du petit Luca. J'ai demandé à mon infirmière de mettre de côté la paille qu'il a utilisée lorsqu'il est venu me rendre visite, j'ai gardé aussi sa canette de Coke. J'ai tout envoyé par la poste pour réclamer un test ADN afin d'établir ta paternité. Le test est positif. Il est bel et bien ton fils, Grier, et j'espère que tu me pardonneras. Il fallait que je sache. J'ai laissé à Luca un modeste fonds en fiducie pour son avenir. Dis-lui que sa grand-mère Meredith l'aimait beaucoup, même si nous n'avons jamais eu l'occasion de faire ensemble des sorties amusantes comme je l'aurais voulu. Luca t'a, toi, et c'est le plus important, de loin. Réclame tes droits, Grier. Ce sera probablement ton seul enfant. Plus important encore, vous vous aimez, vous avez un lien très fort. Je l'ai compris tout de suite quand vous êtes venus me voir ensemble. Ne le laisse pas grandir en se demandant qui était son père, parce qu'il en a un, un homme merveilleux.

Avec tout mon amour,

Maman

Grier laissa retomber sa tête dans ses mains avant d'éclater en sanglots. La lettre de sa mère avait déclenché en lui un besoin désespéré de soutien et de conseils. Il trouva un immense soulagement en sachant qu'elle était avec lui depuis le début. D'innombrables images de son sourire aimant et de son amour inconditionnel lui revinrent en masse, il en fut bouleversé. Il aurait donné n'importe quoi pour sentir ses bras autour de lui une dernière fois, mais cet ultime cadeau qu'elle lui offrait le sauvait de sa propre bêtise. C'était l'arme dont il avait besoin pour faire valoir ses droits et réclamer son fils.

Santino fit le tour de la table pour se précipiter à ses côtés afin de le serrer dans ses bras. Grier s'abandonna à son étreinte et sanglota de plus belle.

— Chut… fils, ça va aller.

Accroché à son père, Grier craqua complètement. Sa terreur de perdre Luca émergea dans un torrent de larmes qu'il fut incapable de retenir. Santino murmura des mots de consolation, mais Grier avait besoin de crever cet abcès qu'il gardait en lui depuis si longtemps. Quand ses pleurs se tarirent enfin, Santino servit à son fils un alcool bien tassé.

— Papa, ce n'est pas l'heure de l'apéritif !

— Tu en as besoin pour te calmer.

— Ça va aller maintenant que j'ai la preuve que Luca est bien mon fils.

— Laisse-moi voir ça…

Santino tendit la main pour réclamer la lettre.

— Ben merde alors ! s'exclama-t-il après l'avoir lue. Ta mère a laissé vingt-cinq mille dollars à Luca et cette attestation qui prouve ta paternité.

Grier acquiesça.

— Maman était unique.

— Grier, elle t'aimait beaucoup.

— Je sais, papa, mais elle aimait Ali aussi. Alors, à ton avis, quel conseil me donnerait-elle dans les circonstances actuelles ?

— Ta mère a été très claire, elle veut que tu réclames tes droits sur Luca. Nous devons oublier la présence de ton frère dans le tableau. Notre priorité, c'est le bien-être de cet enfant.

— Tu penses que maman me dirait de blesser délibérément Ali en empêchant son mariage ?

— Bien sûr que non, mais Meredith s'attendrait à ce que tu agisses pour le mieux. D'ailleurs, rien n'indique qu'il y aura annulation du mariage, pas vrai ? Ali se prétend amoureux de Jillian, il affirme même avoir toujours eu un faible pour elle. Pourtant, il n'a jamais réussi à simplement l'embrasser parce qu'elle ne voyait que toi.

Grier secoua la tête.

— Je regrette beaucoup qu'il n'ait rien dit à l'époque. J'aurais tout fait pour la décourager bien plus vite. Elle va faire une crise en voyant cette attestation.

— Oui, bien sûr, c'est probable. Merde, Grier, pourquoi as-tu couché avec elle ?

— Je te l'ai déjà dit, ça n'est arrivé qu'une fois. J'étais ivre, c'était le soir du bal de fin d'année, les choses ont vite dérapé.

— Tu as expliqué toutes les circonstances à Meredith, j'en suis certain, grommela Santino. Je n'arrive pas à comprendre que tu ne sois pas venu m'en parler d'emblée.

— J'ai pensé que tu serais en colère. Crois-moi, je ne suis pas très fier de cette période de ma vie.

— Et pourtant, tu n'as eu aucun problème pour parler à ta mère.

— Ça m'a paru nécessaire, papa. Elle était si malade, je voulais la réconforter à ma façon. Apprendre qu'elle avait un petit-fils lui a donné un coup de fouet mental, durant quelques semaines, elle s'est sentie mieux, presque comme si elle avait un nouveau but dans la vie. Maintenant, je réalise qu'elle s'est accrochée afin de me protéger en s'assurant que ma paternité serait prouvée. Maman avait une façon bien meilleure que nous d'évaluer les gens et les événements.

— Elle te connaissait mieux que tu ne te connais toi-même.

— C'est vrai.

— Pour te dire la vérité, je ne sais pas quoi penser de cette relation entre Ali et Jillian, mais cette information peut tout éclairer. S'ils sont vraiment amoureux l'un de l'autre, rien ne pourra les empêcher d'être ensemble.

— Jillian a peur qu'Ali la quitte en apprenant que j'ai couché avec elle.

— Bon sang, il ne s'agissait pas d'un d'amour partagé, juste d'une erreur passagère.

— Je sais, mais les autres, Ali, Tita Nita et Tito Enteng, ils ne vont pas apprécier.

— Ali sera soulagé de ne pas avoir à assumer la responsabilité de Luca. À mon avis, il n'a pas ce qu'il faut pour être père, du moins pas encore.

— Moi non plus.

— Il te faut des conseils juridiques, Grier.

— Je suis d'accord.

— Je vais téléphoner à Bob Sterling.

— Maintenant ? s'étonna le jeune homme.

— Pourquoi pas ? Il faut que nous connaissions les démarches à suivre avant d'aller chez les Garcia.

— Si ça ne te gêne pas, je vais passer un coup de fil pendant que tu appelles ton juge.

— À qui ?

— À Lil.

— Tu tiens vraiment à lui, pas vrai ?

— Papa, je l'aime.

— Mais enfin, ça fait quinze jours à peine que tu le connais, fils. Garde les pieds sur terre.

— Je sais ce que je ressens.

— Tu es vraiment pénible, grogna Santino.

Il posa la main en coupe sur la joue de son fils avec un sourire, ce qui rendit ses paroles supportables.

Pendant que son père appelait Bob pour organiser un rendez-vous, Grier passa dans le garage. Lil répondit à la deuxième sonnerie.

— Hé, murmura Grier.

— Est-ce que ça va ?

Grier nota l'anxiété qui résonnait dans la voix de l'architecte, même à l'autre bout du fil.

— Oui, très bien.

— Que s'est-il passé, mon cœur ?

Grier lui raconta la réaction de son père à ses aveux, puis la surprise de la lettre de sa mère.

— Ah, répondit Lil. Voilà qui change tout.

— J'espère, admit Grier.

— Il leur sera impossible de nier tes droits maintenant que tu as la preuve de ta paternité. Qu'est-ce que tu veux faire de cette attestation ?

— Mon père est au téléphone avec un de ses amis, un juge à la retraite, il va lui demander de venir avec nous afin de me conseiller légalement.

— Tu as besoin d'un médiateur ?

— C'est ce que pense mon père.

— Tu as la voix un peu enrouée, s'inquiéta Lil.

— Non, ça va.

— Tu me manques déjà.

— Toi aussi.

— Rappelle-moi dès que tu auras quitté les Garcia pour tout me raconter.

— D'accord.

— Je t'aime, Grier.

— Merci.

— De quoi ?

Grier eut un rire nerveux.

— Tu sais très bien de quoi.

— Oui, j'imagine.

— Considère que je t'embrasse, chuchota Grier d'un ton rauque. Je te rappelle tout à l'heure.

— Au revoir, mon cœur.

APRÈS AVOIR raccroché, Lil composa immédiatement le numéro de téléphone de Jody. Par chance, son ami lui répondit.

— Grâce au ciel, tu n'es pas à l'hôpital !

— Non, je n'y vais qu'à quinze heures, répondit le médecin. Que se passe-t-il ?

— J'ai besoin que tu me parles. Il faut que tu m'aides à me calmer.

— Qu'est-ce que tu as ?

— Grier est retourné à Chicago. Je ne pense qu'à une seule chose, sauter dans un avion pour aller le retrouver.

— Fais-le.

— Mais qu'est-ce que tu racontes ? Ma carrière est à San Francisco.

— Tu peux déménager.

— Mais bien sûr, je n'ai qu'à appeler mon jet privé et aller m'installer n'importe où.

— J'aimerais bien que tu viennes à Chicago, Clark et moi souhaitons bâtir une maison à Barrington.

— Depuis quand ? s'étonna Lil.

— Depuis que Clark a ramené trois chiots, des Huskies de Sibérie.

— Tu es sérieux ?

— Il dit avoir toujours voulu un chien.

— Un chien, c'est au singulier. Il veut se lancer dans l'Iditarod, la course de traîneaux à chiens entre Seward et Nome ?

Jody se mit à rire.

— Je n'en sais rien. Il a un cœur d'or, ce qui l'empêche parfois de réfléchir. En tout cas, il nous faut un jardin, c'est évident.

— Tu comptes dépenser un demi-million de dollars parce qu'il te faut un jardin ?

— Ce ne serait pas bon pour les chiens d'être enfermés dans un appartement pendant que Clark et moi sommes occupés à nos boulots respectifs.

— Et vous n'auriez pas pu en discuter avant ?

— Je savais bien qu'il voulait un animal de compagnie, mais je croyais qu'il finirait par se décider pour un chat.

— Ton mari n'est pas comme ça, il veut des animaux pour batifoler avec eux. En fait, c'est un gros bébé.

— Si j'étais toi, je n'aborderais pas le sujet de l'âge, Lil. Je te rappelle que tu as dans ta vie un nouveau-né.

— Va te faire mettre, docteur Williams.

— Tiens, justement, en parlant de sexe…

— La ferme.

— Alors, le séjour de Grier à San Francisco s'est bien passé ?

— Mieux encore… tu n'imagines même pas.

— Si, imaginer, ça je peux le faire, ricana Jody. Bien, revenons-en à nos moutons. Clark et moi avons besoin d'un architecte, pourquoi ne pas engager mon meilleur ami ?

— C'est un complot pour m'attirer à Chicago ?

— C'est une façon de faire d'une pierre deux coups. Il te faut passer plus de quinze jours avec ton joli coco avant d'être certain qu'il existe un avenir pour vous d'eux.

— Je suis certain de mes sentiments. Ce sont les siens qui m'inquiètent.

— Tu crois qu'il ne partage pas ce que tu ressens pour lui ? s'inquiéta Jody.

— Si, je pense, mais j'ai comme rival un petit garçon de sept ans.

— Je pensais que tu aimais bien ce gosse ?

— Je l'adore, mais Grier ne quittera Chicago que s'il peut emmener Luca avec lui.

— Eh bien, c'est une autre raison pour laquelle tu devrais venir passer un moment chez nous. Manifestement, vous avez besoin de plus de temps ensemble.

— Tu l'as déjà dit.

— Et tu m'as répondu quoi ? ricana Jody.

— Rien.

— Voilà pourquoi je me répète. Réfléchis-y, Lil. J'aimerais pouvoir donner à Clark une réponse concernant notre problème de maison.

— J'ai combien de temps ?

— Vingt-quatre heures.

— C'est ridicule, protesta l'architecte.

— C'est à prendre ou à laisser.

— Enfoiré !

— Moi aussi, je t'aime. À bientôt, mon cœur.

— Bon sang…

Lil raccrocha et regarda fixement sa fenêtre. Il adorait San Francisco, mais il était terriblement tenté par l'idée d'avoir une raison valable pour s'expatrier temporairement. Il pourrait s'installer à Chicago le temps d'établir les plans d'une maison pour Clark et Jody…

Il fallait qu'il y réfléchisse très sérieusement.

XXXII

TOUT EN parlant à Grier et Santino, Bob Sterling agitait sa sucette comme un agent de police son bâton. Le juge à la retraite avait soixante-douze ans. Ayant abandonné le cigare depuis une décennie, il compensait son ancienne addiction par des sucettes Dum Dum. Il prétendait que caries et kilos valaient bien mieux qu'un cancer des poumons ou de la langue. Il était ainsi devenu le Kojak du système légal et arpentait les tribunaux un bâton de sucette à la bouche. Son goût pour les sucreries n'avait fait qu'ajouter à la renommée du célèbre confiseur de Chicago, aussi, en guise de remerciement, le juge recevait, plusieurs fois par an, des colis de ses produits. Aujourd'hui comme de coutume, Bob se colla sa sucette dans la bouche et la cala dans une de ses joues en continuant son discours.

— Ce document que votre mère vous a transmis a été établi de façon illégale, c'est cependant une preuve absolue que l'enfant est bel et bien de vous.

— Illégale ?

— Le tribunal peut choisir de ne pas en tenir compte puisque ce prélèvement a été établi sans l'accord de la mère.

— Ainsi, il n'a aucune valeur ?

— Si, il prouve la validité de votre cas, répondit Bob. Nous sommes désormais certains que votre paternité peut être prouvée. Si Jillian et sa famille refusent d'en accepter la preuve, nous remplirons une demande officielle pour un nouveau test tout en établissant un dossier concernant vos droits de père putatif.

— Pensez-vous que nous pourrions obtenir une garde partagée sans faire intervenir le tribunal ? s'enquit Santino. Il est évident que Grier adore son fils. Il s'en occupe trois jours par semaine, il vient juste de m'apprendre avoir ouvert pour lui à sa naissance un compte épargne. Bon sang, entre ce que

Grier a économisé pour lui et ce que Meredith lui a laissé, cet enfant est plus riche que moi !

— L'argent n'est pas toujours suffisant, indiqua Bob. Cependant, cela prouve certainement que vous êtes un père responsable, Grier, et que vous vous souciez de l'avenir de votre fils.

— C'est la vérité, répondit Grier.

— Qu'espérez-vous obtenir de cette confrontation avec les Garcia ? insista le juge.

— Je veux que mon nom apparaisse sur le certificat de naissance de Luca ; je veux une garde partagée ; je suis plus que désireux de partager les frais d'entretien, mais je tiens aussi à partager son temps. J'aimerais établir une sorte d'arrangement, afin de l'avoir chez moi quelques jours par semaine. Ah, une dernière chose…

— Quoi ?

— J'aimerais qu'il prenne le nom de Dilorio.

— Bien sûr, dit Bob en hochant la tête. Vous avez un emploi ?

— Oui, mais Jillian et Ali également. Luca passe la moitié de sa vie sans sa mère, gardé par d'autres personnes. Ça ne changera rien pour lui.

— Il vous faudra prouver que vous consacrez du temps à votre fils. Comment savoir que vous ne vous contentez pas de le récupérer à l'école, de le nourrir, et de le flanquer devant la télévision ?

— Parlez avec Luca. Il vous expliquera tout ce que nous faisons ensemble. Nous nous entendons très bien. Jillian est infirmière, elle a des gardes fréquentes et longues, dont les horaires ne sont pas toujours prévisibles. Pendant qu'elle travaille, Luca est à l'école, ou avec ses grands-parents, ou avec moi. Ça m'étonnerait beaucoup qu'il fasse avec sa mère des choses plus intéressantes qu'avec moi, mais je ne tiens pas à créer de querelle à ce sujet, monsieur le Juge. Je veux rester équitable. Nous pouvons tous les deux intervenir dans sa vie, lui donner tout le temps et l'amour dont il a besoin, si nous maintenons les mêmes horaires et partages que nous avions jusque-là.

— Pourquoi pensez-vous qu'elle va vous contester vos droits ?

— Parce qu'elle veut se marier. Elle aimerait que son futur époux adopte Luca. De plus, je suis gay. Comme Luca grandit, elle craint qu'il ne soit corrompu par mon orientation sexuelle.

Bob leva les sourcils.

— C'est aberrant.

— Merci, je suis heureux de vous l'entendre dire.

— Je suis peut-être à la retraite, mais je ne suis pas pour autant sénile. L'homosexualité n'est pas une maladie, elle ne se transmet pas par simple contact. Je n'arrive pas à croire que des gens puissent encore le penser, surtout une femme ayant reçu de l'éducation. Jillian n'est probablement pas très intelligente, conclut Bob.

— Si, elle est brillante, mais elle a peur de perdre Ali, alors elle utilise mon orientation comme prétexte.

— Qui est Ali ?

— Mon frère.

— Pardon ?

Santino poussa un long soupir sinistre.

— Vous avez bien entendu. Elle compte épouser mon fils aîné. Avez-vous déjà vu une situation plus compliquée ?

Bob écarta l'objection d'un grand geste, d'une main qui tenait une Dum Dum orange.

— Votre homosexualité ne devrait pas compter. Bien entendu, ce n'est pas pour autant qu'elle n'influencera pas le tribunal. Malheureusement, certains préjugés ont la vie dure.

— Mais au cours des dernières années, je n'ai cessé de prouver être un parent responsable et attentif.

— Comment ça ?

Grier mentionna le compte épargne qu'il avait alimenté pour financer les études universitaires de son fils, ce qu'il avait accompli avec Luca durant ses heures de baby-sitting, le traitement d'orthophonie…

— Jillian me confie cet enfant depuis qu'il a deux ans. Je ne vois pas comment elle pourrait prouver que je ne suis pas capable d'être un bon père, ni comment mon homosexualité va changer quelque chose.

— Ça me navre de le reconnaître, Grier, mais beaucoup de gens vous jugeront d'après votre apparence – qui n'a rien de conservatrice – et d'après votre orientation sexuelle. Bien sûr, vous pourriez vous retrouver devant un juge tolérant qui ne considérera que vos efforts légitimes pour être un père responsable, mais vous pourriez aussi, dans le pire des cas, tomber sur un homophobe qui décidera votre dossier invalide sans rien écouter. Malheureusement, rien n'est certain. Vous découvrirez votre juge le jour J au tribunal. J'aimerais pouvoir vous garantir un jugement équitable, mais nous ne sommes pas en Iowa.

— Merde, c'est vraiment nul.

— Je suis d'accord, acquiesça Bob. Dans votre cas, la meilleure solution serait de trouver un accord sans faire intervenir le tribunal. Je pourrais travailler le dossier après avoir entendu Luca et toutes les parties concernées. Pour commencer, mon rôle sera de vous conseiller tout en vous aidant à trouver un compromis avec Jillian. Mais Grier, je dois être franc : ma priorité dans cette histoire, concernera l'enfant. Si je pense en mon âme et conscience qu'il serait préférable pour lui de rester avec sa mère, je me retirerai, étant un ami de votre père. Dans ce cas, la justice suivra son cours et vous devrez vous soumettre à l'avis du tribunal.

— Je comprends. Je préfère tenter ma chance avec vous, déclara Grier avec franchise. Je n'ai rien à cacher. Je pense que mon passé avec Luca parlera de lui-même.

— Sauriez-vous si Jillian a des armes cachées qu'elle pourrait utiliser contre vous ? demanda Bob. J'ai besoin que vous soyez parfaitement honnête vis-à-vis de moi.

Strings…

— Euh… bredouilla Grier. Il n'y a qu'une… une seule chose. Papa, pourrais-tu nous laisser, s'il te plaît ?

Santino se leva instantanément.

— Rappelez-moi quand vous vous en aurez terminé, dit-il, en quittant la pièce.

Bob Sterling attendit pour parler que la porte soit refermée.

— De quoi s'agit-il, Grier ?

— Jillian sait que j'aime porter en privé des sous-vêtements… particuliers.

— Comment le sait-elle ?

— Parce que ça a commencé durant notre enfance, elle me prêtait les siens.

— Vous l'avez déjà fait en public.

— Jamais !

— Ce qui se passe dans une chambre à coucher n'a rien à voir avec la garde d'un enfant.

— Vous en êtes certain ? insista Grier.

— Absolument.

— Elle a menacé d'utiliser mon fétichisme contre moi.

— À moins que vous ne vous exhibiez devant Luca, toute activité sexuelle, sex-toys et autres accessoires utilisés dans une pièce close n'ont rien à voir avec votre aptitude parentale. Luca vous a-t-il déjà vu dans ce genre de sous-vêtements ?

— Hein ? Bien sûr que non !

— C'est bien naturel. Continuez comme ça, et tout ira bien. Vous avez un compagnon ?

— En quelque sorte.

— Que voulez-vous dire ? demanda le juge.

— J'ai rencontré il y a peu un architecte de San Francisco.

— Et comment comptez-vous le fréquenter régulièrement ? Vous vivez à trois mille kilomètres de distance.

— Comme je vous l'ai dit, c'est une relation récente. J'ai connu Lil il y a quinze jours, durant le Festival du Goût. Nous nous sommes très vite bien entendus.

— Il envisage de s'installer à Chicago ? Parce que je peux vous assurer dès maintenant que vous n'obtiendrez jamais de garde partagée en quittant l'État.

Grier hocha la tête.

— J'en suis conscient. Je reste ici.

— Très bien, dans ce cas, je n'ai plus rien à ajouter.

Agrippant le rebord de la table de cuisine, Bob se releva lourdement.

— Donnez-moi un dollar et on y va.

— Un dollar ?

— Vous comptez m'engager comme conseiller juridique, non ?

— Oui, monsieur. Mais quand même, un dollar ?

— C'est juste pour ouvrir votre dossier, expliqua Bob. Je vous enverrai ma facture pour chaque seconde que je passerai à votre service.

Grier lui donna l'argent.

LES TROIS hommes quittèrent ensemble la maison Dilorio, ils traversèrent la rue, passèrent deux autres carrefours jusqu'à l'endroit où vivaient les Garcia. Dans l'allée, trois voitures étaient garées, dont la BMW d'Ali.

— Eh bien, ton frère est là, remarqua Santino. Tant mieux, toutes les parties prenantes seront en lice.

Grier sentit une vague d'anxiété lui tordre l'estomac. Il ne tenait pas du tout à une confrontation avec Ali, mais il se prépara au pire. En pénétrant dans la maison, le trio fut accueilli par l'arôme de l'ail émanant de la cuisine. Cette délicieuse senteur ramena Grier au temps de son enfance : il avait passé d'innombrables heures assis à table avec les Garcia, partageant avec eux des plats philippins en attendant le retour de ses parents. En évoquant ses deux plats préférés, les lumpias – la forme philippine des nems – et les pancits – des nouilles sautées – il eut l'eau à la bouche.

— Que ça sent bon, Tita ! s'écria-t-il en voyant Nita apparaître.

Elle avait entendu s'ouvrir la porte d'entrée et venait vérifier de qui il s'agissait. Grier se pencha pour l'embrasser sur la joue.

— Nous préparons tout ça pour la fête de demain, mais si tu as faim, je te sers une assiette

— Peut-être tout à l'heure.

— Que se passe-t-il ?

C'était Enteng, émergeant de la cuisine, une cuillère en bois à la main. Il paraissait s'être plongé jusqu'au cou dans du sucre glace.

— Il faut que nous parlions, déclara Santino. Tu connais le juge Sterling, pas vrai ?

— Bien sûr, répondit Enteng très calme. Vous vivez au bas de la rue.

Bob retira sa sucette de sa bouche et hocha la tête, avant de tendre la main.

— Comment allez-vous ?

— Très bien, merci. Excusez le désordre, mais ma fille épouse demain le fils de Santino.

— C'est ce que j'ai entendu dire, déclara Bob.

Grier intervint :

— Où est Luca ?

— Chez son ami Nathan. Nous avons pensé qu'il valait mieux ne pas l'avoir entre les pattes pendant les préparatifs du repas pour tous les invités demain.

Très déçu, Grier fit la moue.

— Ah. Si ça ne vous dérange pas, j'irai le voir tout à l'heure. Je lui ai rapporté des cadeaux.

— Bien sûr, répondit Nita. Tu sais où habite Nathan, hein ?

— À côté du lycée ?

— Oui, exactement.

Jillian et Ali entrèrent alors dans le vestibule, les yeux écarquillés de surprise.

— Tu es revenu ? s'exclama Jillian.

— Oui, acquiesça Grier. Il faut que nous parlions.

— De quoi ?

— Tu le sais très bien.

— Tu as un timing impressionnant.

— Il faut que cette affaire soit réglée.

— Pas maintenant.

— De quoi parlez-vous au juste ? demanda Ali. Jill ?

— Rien d'important, chéri, répondit Jillian avec un sourire charmeur. Pourquoi ne vas-tu pas au salon avec mes parents ? Je te rejoins d'ici une minute.

Ali lui serra le bras en disant :

— Ne reste pas trop longtemps loin de moi.

— Et si nous allions tous nous installer ? intima Bob.

Il manœuvra le groupe avec l'aisance d'un homme habitué à diriger et à être obéi.

Restée en arrière, Jillian retint Grier par la manche et tira dessus afin d'entraîner le jeune homme dans une autre pièce, au bout du couloir.

— Qu'est-ce que tu fous là au juste ?

— Ce que j'aurais dû faire il y a longtemps. Je suis venu réclamer mon fils.

— Espèce d'ordure !

— Je suis désolé, Jillian, mais je ne te laisserai pas mettre le nom d'Ali sur le certificat de naissance. Cet enfant est à moi, je veux que le monde entier le sache. Ali et toi aurez probablement d'autres enfants, Luca sera le seul que j'aurai. Donne-moi une chance d'être son vrai père, pas seulement son baby-sitter.

— Ali me quittera s'il découvre tout ça.

— Non, pas du tout. Il t'aime.

— Oui, mais il ne supportera pas d'apprendre ce qui s'est passé.

— Voyons, Jillian, réfléchis. Il compte t'épouser demain.

— Je ne sais pas ce qu'il fera en sachant que j'ai couché avec toi.

— Il faut que tu lui fasses confiance.

— Si tu insistes pour parler, je vais te détruire.

— Pourquoi ? Pourquoi rends-tu les choses aussi difficiles alors que nous voulons tous les deux le bonheur de Luca ?

— Et moi ? Tu ne t'es jamais soucié de ce que moi, j'ai toujours voulu ? Je désirais juste être ta femme et créer une famille avec toi. Pourquoi a-t-il fallu que tu fiches tout en l'air ?

— Je ne t'ai jamais menti.

— Si, tu m'as menti toutes ces années où nous avons grandi ensemble, quand tu m'as laissée croire à ce fantasme.

— Jillian, nous n'étions que des enfants, je ne savais pas quoi faire. Je tiens beaucoup à toi, je t'assure. Tu garderas toujours une place particulière dans mon cœur parce que tu es la mère de mon fils. Quelles que soient les circonstances de sa naissance, je considère Luca comme un merveilleux cadeau, et c'est toi qui me l'as donné.

— Si tu tiens vraiment à moi, abandonne cette idée de le réclamer. Quelle importance à un nom sur un certificat de naissance ? Ça ne changera rien. Tu auras toujours la possibilité d'être avec Luca aussi souvent que tu le désireras.

— Je veux qu'il sache que je suis son père.

— Ce qui est marqué sur un papier ne compte pas, insista Jillian.

— Pour moi, ça compte.

Santino apparut tout à coup et fixa le couple, les mains sur les hanches.

— Alors, vous venez ? On attend plus que vous.

— Oui, papa, j'arrive.

Quand Grier suivit Santino jusqu'à la salle à manger, Jillian traîna les pieds derrière eux, ses yeux furieux creusant des trous dans son dos. Elle espérait manifestement qu'il allait encore lui céder. Ils finirent par tous s'asseoir autour de la grande table, prêt à écouter ce que Bob avait à dire.

— Je suis ici en tant que conseiller juridique et médiateur, Santino et Grier m'ayant demandé assistance.

— À quel sujet ? dirent en même temps Enteng et Nita.

— Grier voudrait obtenir ses droits légaux. Il est le père de Luca.

Horrifié, Enteng se tourna vers Santino.

— Qu'est-ce qu'il raconte ?

Santino regarda Grier.

— Fils, c'est à toi de parler.

Grier sentit tous les regards se porter sur lui. Il inspira profondément et se lança :

— Je suis vraiment désolé de ne pas vous avoir tout avoué bien plus tôt, mais je suis le père biologique de Luca. C'est arrivé le soir du bal de fin d'année, au lycée. Je n'ai rien dit au début parce que j'avais trop peur de votre réaction, ensuite, Jillian m'a demandé le silence. Maintenant qu'elle compte épouser Ali et parle de faire adopter mon fils, je ne peux plus me taire davantage.

222

Ali réagit instantanément.

— C'est la pire connerie que j'ai jamais entendue. Merde, tu es gay !

— Oui, c'est vrai, il n'empêche que j'ai fait un enfant à ta fiancée, qui était alors ma meilleure amie.

— Jillian, est-ce que c'est vrai ? demanda sa mère, les joues déjà couvertes de larmes.

— Absolument pas, déclara Jillian avec emphase.

— Jillian, ça suffit. Dis-leur, supplia Grier. S'il te plaît.

Tout le monde se tourna vers Jillian, qui eut la décence de réfléchir une minute comme si elle envisageait vraiment une confession. Au final, elle s'entêta :

— Il ment.

Ali exclama une voix très violente :

— C'est ta parole contre la sienne, Grier, alors tu comprendras que je préfère croire ma fiancée que mon frère gay.

Furieux, Santino frappa du poing sur la table, y plaquant la preuve de la paternité de Grier.

— Et si tu croyais plutôt ta mère ? Comment comptes-tu nier ce test ADN, Jillian ?

Lorsqu'elle ramassa le papier, son teint, naturellement doré et parfait, devint livide. Les yeux étrécis, elle jeta à Grier un regard haineux.

— D'accord, cracha-t-elle. Je l'admets. C'est lui le père de Luca. Mais il ne s'agissait pas d'une belle nuit d'amour, il m'a forcée. Il m'a violée.

Tout le monde se redressa d'un bond. Entend agrippa Grier par l'avant de sa chemise et le tira vers lui.

— Petit salopard ! Je vais te tuer !

— Lâche-le ! hurla Santino.

Fou de rage, Ali fit le tour de la table pour s'accrocher à l'autre bras de son frère.

— Fumier ! C'est moi qui vais te tuer.

Grier le repoussa.

— Dégage !

Il se tourna vers Jillian à qui il adressa un regard féroce.

— Tu mens. J'espère que tu vas avoir la décence de dire la vérité à tous ceux qui se trouvent dans cette pièce. C'est toi qui as inventé ce scénario ridicule concernant la naissance de Luca. J'en ai marre de subir tes caprices. Je vais exiger un dossier de paternité au tribunal et lancer le processus d'adoption. Luca est à moi. Rien de ce que tu pourras dire ou faire n'y changera rien.

— Je t'enverrai en prison ! cria Jillian d'une voix stridente.

Grier était déjà prêt à quitter la maison.

XXXIII

— BON SANG, du calme, tonna Bob. Taisez-vous, tout le monde ! Vous...
Il désigna Grier du doigt.
— Assis !
Revenant sur ses pas, Grier tira une chaise et s'y laissa tomber à contrecœur. Tous les yeux étant fixés sur lui, il avait la sensation d'être une ordure bonne à jeter à la poubelle, ce qu'il ne supportait pas.
Bob déposa sa sucette sur la table.
— Maintenant, et si nous parlions comme des adultes ? Je vous préviens, si les choses recommencent à dérailler, je vous envoie les services sociaux et tout le bataclan juridique. Jillian, vous avez le choix, soit vous dites la vérité, soit vous vous entêtez dans cette ridicule accusation de viol. Dites-moi un peu, avez-vous une preuve que Grier vous a forcée ?
— Non.
— Vous travaillez dans le médical, vous avez l'habitude de recevoir des gens ayant besoin de soins. Vous savez parfaitement qu'aucun viol ne peut être proclamé sans preuve. Avez-vous fait établir un constat médical après votre prétendue épreuve ?
— Non.
— Auriez-vous décrit à la police votre attaquant en détail ?
— Je n'ai pas porté plainte.
— Avez-vous autorisé quelqu'un à vous examiner ? Après tout, votre mère est aussi infirmière.
— Je ne lui en ai pas parlé tout de suite.
— Quand l'avez-vous fait ?
— Quand j'ai découvert que j'étais enceinte.
— Avez-vous annoncé à vos parents que Grier était votre soi-disant violeur ?

225

— Non.

— Pourquoi ?

Jillian haussa les épaules.

— Je ne voulais pas leur faire de peine.

— Et n'étaient-ils pas déjà bouleversés de découvrir que vous étiez enceinte des œuvres d'un violeur inconnu ?

— Ça aurait été bien pire si je leur avais dit qu'il s'agissait de Grier.

— Mademoiselle Garcia, indiqua Bob d'un ton sévère, vous devez étayer votre accusation. Même dans le pire des systèmes judiciaires, un accusé est présumé innocent jusqu'à preuve du contraire.

— Je n'ai aucune preuve.

— Parce qu'il s'agit d'un mensonge éhonté, déclara Bob avec calme.

— Ce n'est pas vrai. Il m'a forcée.

— Foutaises, Jillian ! éclata Grier, enragé. C'était même le contraire.

Bob se tourna vers lui, les sourcils froncés.

— N'intervenez pas.

— Désolé.

Le juge récupéra sa sucette et la fit tournoyer dans sa bouche comme s'il réfléchissait. Tout le monde le regarda dans un silence respectueux. Finalement, il reposa sans cérémonie la confiserie sur la table.

— Vous pourriez rester assis là toute la journée à vous jeter des accusations, mais il y a cependant un fait incontestable. Grier est un homosexuel reconnu. J'ai du mal à croire qu'un homme ayant une telle orientation ait envie de prendre une femme sans son consentement.

— Mais…

Bob leva la main pour l'interrompre.

— De plus, s'il vous avait vraiment forcée, comment auriez-vous pu lui laisser la garde de Luca aussi régulièrement ? Votre accusation est irrecevable. Si vous persistez dans vos prétentions, vous serez déboutée au tribunal.

— Qu'en savez-vous ?

— J'ai été juge toute ma vie, voilà pourquoi j'en suis certain. Je ne retiendrai même pas votre dossier comme étant valide.

— Ce sera sa parole contre la mienne, insista Jillian.

— Auriez-vous quelque chose à ajouter qui puisse nous convaincre, moi ou les autres participants assis autour de cette table, que Grier vous ait forcée ?

— Eh bien, commença Jillian, il a un fétichisme…

— Ça suffit. Je ne veux rien entendre. Ceci n'a rien à voir avec ma question. De plus, c'est d'ordre privé. Grier a droit, comme nous tous, à son intimité dans sa chambre à coucher. Tant que ses partenaires sont adultes et consentants, ce qu'il fait n'a rien à voir avec son aptitude à être un bon père. Est-ce que c'est bien clair ?

Jillian hocha la tête, triste et défaite.

— Avez-vous économisé de l'argent pour l'éducation de Luca ? insista le juge.

Par cette question, Bob écartait avec autorité la discussion de toute connotation sexuelle.

— Pas encore.

— Savez-vous que Grier a établi le jour de la naissance de son fils un compte épargne où il a versé plus de vingt-cinq mille dollars à ce jour ?

— Non, je l'ignorais.

— S'il l'a violée, quelle importance ? cracha Ali.

— Ce n'est pas le cas, dit Grier en se redressant. Je refuse de rester assis ici en écoutant Jillian raconter d'autres mensonges. Le juge Sterling sait ce que je veux. Je laisse mon cas entre de bonnes mains.

— Vous devriez rester, déclara le juge, mais je ne vous empêcherai pas de vous en aller.

— Si je reste, je risque de prononcer des paroles que je regretterais. Je préfère que vous soyez mon représentant.

— Très bien, alors allez-y.

GRIER RENTRA chez lui, perdu, comme en transe. Il récupéra son casque et les clés de sa Harley. Lorsqu'il enjamba sa moto et écouta rugir le puissant moteur, il revécut l'horreur de la demi-heure écoulée et se persuada que Jillian allait gagner. Désespéré, il évoqua les mots de la jeune femme, leur conviction. Aucun tribunal sensé n'allait accorder un droit de garde partagée à un homosexuel dont la réclamation était remise en question. Et même si le juge ne croyait pas à l'accusation de viol, Grier n'avait rien d'un père traditionnel, il ne pourrait offrir à son fils deux parents hétéros, mais Jillian, si. Voilà qui risquait d'influencer la décision finale, surtout si une enquête approfondie à son sujet laissait ressortir cet incident, chez Rick. Grier en ressentit une effroyable impression de perte. Il eut soudain besoin de serrer Luca dans ses bras. Il coupa le contact de sa moto, ayant changé d'avis quant à son moyen de transport. Il courut dans la maison récupérer le sac contenant les cadeaux achetés pour Luca. Ils étaient toujours dans son sac de voyage, que

Grier n'avait pas encore eu l'occasion de vider. Peu après, il montait dans son 4x4.

Il démarra et prit la direction de chez Nathan, décidé à récupérer Luca avant que les Garcia reprennent leurs esprits. Une fois garé devant une maison de style ranch, qui ressemblait beaucoup à la sienne, il resta assis quelques minutes en cherchant à recouvrer son calme. Il ne voulait pas effrayer Luca. L'enfant n'avait pas à subir les conséquences du drame que vivait son père.

Peu après, Grier sonna à la porte. Il adressa quelques mots polis à la mère de Nathan avant de lui demander d'aller chercher Luca.

— Tito G. !

L'enfant hurlait de joie en courant vers lui, Grier le récupéra aisément et cacha son visage dans ses cheveux parfumés.

— Hé, bonhomme. Tu m'as terriblement manqué.

— Je penchais que tu reviendrais juchte che choir.

— Je sais, j'ai changé d'avis au dernier moment.

— Tu m'as apporté un cadeau ?

— Viens voir, c'est dans la voiture.

Serrant l'enfant dans ses bras, Grier adressa à la mère de Nathan.

— Je me charge de ramener Luca chez les Garcia, d'accord ?

— Bien sûr, Grier, répondit-elle. Jillian appréciera votre aide. Je sais combien elle est occupée avec les préparatifs de son mariage.

— Effectivement.

— À bientôt… d'accord, Luca ?

— Oui, à bientôt, répondit l'enfant.

Lorsqu'il agita les mains avec des bruits de baisers, la mère de Nathan eut un grand sourire. Grier posa les lèvres sur la petite joue potelée, bouleversé par l'amour qu'il éprouvait pour son petit garçon.

— Luca, tu m'as tellement manqué.

— Moi auchi, moi auchi. Tu as joué avec Chébachtian ?

— Je l'ai caressé quelques fois. Il est un peu coincé.

— Cha veut dire quoi ?

— Qu'il est timide. Il n'aime pas être caressé par des étrangers.

— Il veut juchte Tito Lil ?

— Il m'a quand même laissé faire, quand il était de bonne humeur.

Retournant jusqu'à sa voiture, Grier déposa l'enfant dans son siège-auto où il l'attacha avec soin, puis il sortit le tramway miniature et le lui offrit. Les yeux illuminés de joie, Luca le tourna et le retourna entre ses mains, en l'examinant avec attention.

— C'est un tramway qui marche avec des câbles, bonhomme. À San Francisco, les gens montent là-dedans comme dans un bus.

— Ils ne tombent pas ? Où chont les portes ?

— Il n'y a pas de portes. Les gens se tiennent à leurs sièges s'ils sont assis, aux poteaux s'ils sont debout. De plus, ces tramways vont très doucement pour monter les pentes.

— Mais quand ils chont montés, après, ils doivent redescendre tout en bas !

Grier ressentit un élan de fierté paternelle en entendant la réflexion intelligente de son fils.

— C'est vrai, mais jusqu'à aujourd'hui personne n'est tombé.

— Tu m'as ramené autre chose ?

— Tito Lil t'a acheté un chouette sweatshirt. Je t'ai aussi rapporté des bonbons.

— Je ne peux les avoir ?

Grier montra à Luca le vêtement brodé au motif du Golden Gate Bridge, puis il sortit une sucette de la boîte.

— Tiens, celle-ci est au caramel.

— Miam-miam.

— On y va ?

— Où ? demanda le petit.

— J'ai envie de me balader avec toi.

— Où ?

— Et si on partait à San Francisco ?

Les yeux de Luca s'écarquillèrent de surprise.

— En vrai ? Ch'est très loin !

— Oui, mais tu pourras dormir durant le trajet. Tu es fatigué ?

— Un peu. Je vais faire la chiechte quand j'aurai fini ma chuchette.

— Excellente idée, approuva Grier.

Il vérifia une dernière fois que le harnais du siège était bien attaché, puis il courut s'installer derrière son volant. Pourquoi avait-il parlé de retourner à San Francisco ? Pensait-il vraiment que s'enfuir allait résoudre son problème ? N'avait-il pas déjà tenté une fois de le faire, lorsqu'il était parti à l'université en laissant à Jillian le soin de régler la situation – c'est-à-dire, dans ce cas précis, le bébé ? Se sauvait-il pour retrouver un homme qu'il aimait de façon inconditionnelle ou bien cherchait-il juste à tourner le dos à une situation impossible ? Que risquait-il en étant accusé de viol ? Comment diable Jillian prouverait-elle un viol qui n'existait pas ? Le tribunal la croirait-il plutôt que lui, Grier ? Le jeune homme avait l'esprit bourré de questions, prêt à exploser, mais il revenait toujours à la même conclusion : il lui fallait s'éloigner de Jillian et de ses mensonges.

Et il n'était pas question qu'il laisse son fils.

Il remonta Biesterfield Road et prit l'autoroute I-290 qui menait vers l'Est de Chicago. Après plusieurs changements de direction assez compliqués, il finit par sortir sur l'I-80 West. Il conduisait en pilotage automatique, sans cesser de jeter des coups d'œil dans le rétroviseur pour regarder Luca, endormi dans son siège, son tramway serré contre sa poitrine.

Grier avait déjà fait cinquante kilomètres lorsqu'il appela Lil.

— Hé, mon cœur, répondit l'architecte.

Grier ressentit un indicible soulagement en entendant la voix de son amant. Il se détendit enfin, pour la première fois depuis des heures.

— Lil ?

— Alors, comment ça s'est passé ?

— Ça n'aurait pas pu être pire.

— Raconte-moi tout.

Grier narra la déplorable rencontre chez les Garcia.

— Ah, Grier, je suis tellement désolé. Cette femme est manifestement perturbée, elle aurait besoin de voir un psy.

— Qu'ils aillent tous se faire foutre ! Je ne compte pas rester dans les parages et attendre qu'elle aille mieux. Je retourne à San Francisco.

— Grier, où es-tu ?

— Dans ma voiture. En route. Je reviens vers toi.

En réponse à sa déclaration, il ne s'attendait pas au silence de l'architecte. Pendant un moment, il crut même la communication coupée.

— Allo ? Lil, tu es toujours là ?

— Je suis là, mon cœur. Tu es tout seul ?

— Non, j'ai Luca avec moi.

— Les autres savent-ils qu'il est avec toi ?

— Non, pas encore. Ils finiront bien par le découvrir.

— Grier, ne fais pas ça. Ce n'est pas la bonne solution. Bien sûr, j'aimerais te voir revenir, mais tu dois rester à Chicago pour faire établir tes droits. Si tu emmènes Luca sans autorisation, tu seras accusé d'enlèvement.

— C'est mon fils ! cria Grier en colère.

Il vérifia dans le rétroviseur et constata que, malgré son haussement de ton, l'enfant dormait toujours.

— Si je reste, ils vont m'empêcher de le voir.

— Ce n'est pas vrai. Ton attitude avec Luca a été exemplaire toutes ces dernières années, mais tu perdrais toute crédibilité en poursuivant cette folie. Grier, prends la prochaine sortie et fais demi-tour. Retourne à Elk Grove. Avant ça, appelle ton père et dis-lui que Luca est avec toi, sinon ils seront morts d'inquiétude. Dis-lui que tu as simplement voulu passer quelques heures avec lui.

— Lil, je n'obtiendrai jamais de garde partagée.

— Ça, c'est sûr, si tu ne suis pas mes conseils. Retourne chez toi. Maintenant.

La colère de l'architecte fit sortir Grier de sa folle panique. Dès que possible, il quitta l'autoroute et s'arrêta peu après dans une station-service. Il tremblait de tout son corps. Retenant un sanglot, il s'exprima d'une voix rauque :

— Merde, Lil, mais je fais quoi, là ?

— Tu es bouleversé, mon cœur, je le comprends. Respire bien, plusieurs fois, et réfléchis.

— J'ai peur, admit Grier. Je ne veux pas le perdre.

— C'est normal. Moi aussi, à ta place, j'aurais peur. Mais tu es quelqu'un de très bien, Grier, tu es un père admirable. Ne laisse pas Jillian te pousser à faire un acte stupide dont tu ne pourras jamais réparer les conséquences.

— Et si elle m'envoie en prison ?

— Il faudra d'abord qu'elle prouve que tu l'as violée, ce qui est impossible.

— Mais ses parents…

— Il y a des années que les Garcia te confient leur petit-fils. Je t'assure qu'ils ne croiront pas aux mensonges de Jillian.

— Qui sait ce qu'ils sont prêts à croire après avoir appris une nouvelle aussi choquante ?

— Elle a réagi comme un animal acculé, en répandant mensonge après mensonge dans l'espoir de tromper tout le monde. Surmonte ta peur et agis en pensant à Luca : fais ce qui est le mieux pour lui. Tu vas gagner si tu joues bien tes cartes. Personne de censé ne croira Jillian, mais si tu enlèves Luca, ce geste irresponsable te fera perdre toutes tes chances d'en obtenir la garde. Ça te donnera mauvaise réputation.

— Tu as raison.

Grier acquiesça, le souffle encore erratique. Il jeta un autre coup d'œil dans le rétroviseur, soulagé que Luca dorme toujours, inconscient de l'ouragan émotionnel qui grondait autour de lui. Réconforté par les mots apaisants de l'architecte, le jeune homme commença à se calmer, à retrouver une certaine confiance. Il en avait besoin pour affronter ce qui l'attendait.

— Je t'aime, chuchota-t-il doucement au téléphone.

— Je sais, Grier. Moi aussi, je t'aime. J'aimerais être là pour toi.

— Tu es là pour moi, dans tout ce qui compte vraiment.

— Maintenant, raccroche et appelle ton père. Je serai là si tu en as besoin. Téléphone-moi. Si tu veux, je te tiendrai compagnie durant le trajet du retour.

— D'accord, j'appelle mon père, puis je te reprends dans quelques minutes. Je t'aime.

— Moi aussi.

Grier téléphona chez lui, espérant que Santino était rentré après cet esclandre chez les Garcia. Grâce au ciel, ce fut le cas.

— Papa ?

— Où es-tu ?

— Dans la voiture, avec Luca. Je voulais lui donner les cadeaux que je lui ai rapportés, nous avons ensuite décidé d'aller manger ensemble. Tu peux dire à Jillian qu'il est avec moi ?

— Bien sûr. Tu sais, pour le moment, elle est dans un tel état qu'elle ne se soucie pas de son fils.

— Ah bon, pourquoi ?

— Après ton départ, Bob a continué à l'interroger. Il lui a expliqué ce qu'était légalement le parjure et la diffamation envers autrui. Quand il a fini son réquisitoire, elle a craqué, elle s'est mise à pleurer. Elle a avoué avoir menti pour sauver la face. J'avoue que c'était plutôt agréable d'entendre enfin la vérité, rien que la vérité et toute la vérité.

— Et Ali ? Et le mariage ?

— D'après ce que j'en sais, rien n'est annulé. Ton frère est toujours décidé à l'épouser, malgré ses mensonges. Il l'aime vraiment.

— Je pense qu'ils iront très bien ensemble.

— Tu sais, Grier, tu m'impressionnes, déclara son père.

— Que veux-tu dire ?

— Tu es resté si calme malgré les horreurs qu'elle t'a jetées au visage. À ta place, j'aurais balancé mon poing dans le mur.

Grier éclata d'un rire hystérique.

— Je serai rentré dans d'ici une heure. À tout à l'heure, papa.

— Je t'attendrai, fils. Au fait, Bob remplit déjà la paperasserie nécessaire pour établir ta paternité, ainsi qu'une demande de garde partagée. Il est très confiant, tu obtiendras ce que tu veux. Jillian a admis que tu étais un très bon père et que tu méritais d'avoir Luca aussi souvent que possible.

— C'est incroyable... Pourquoi a-t-elle changé du tout au tout ?

— Elle s'est enfermée une heure dans sa chambre avec ton frère. Quand elle en est ressortie, elle n'était plus la même.

— Le miracle de l'amour !

Grier était tellement soulagé que la tête lui tournait. Il était reconnaissant à Ali de son intervention, plus encore du soutien que son frère avait apporté à Jillian. Il se demanda depuis combien de temps Ali était amoureux d'elle en secret. Cela avait dû lui être effroyablement douloureux de la voir se jeter à la tête de Grier avec des projets d'avenir. Jillian s'était trompée de frère, trop obsédée par celui qui ne s'intéressait pas à elle pour remarquer l'amoureux transi qui la regardait de loin, en silence. Un jour, une fois apaisées toutes ces émotions volatiles, Grier avait l'intention d'avoir une longue discussion avec Ali. Il espérait retrouver avec lui l'intimité d'autrefois, avant que l'amour et la rivalité ne les séparent. Pour le moment, il était heureux que le mariage soit maintenu et que Jillian obtienne l'amour et la position sociale dont elle rêvait depuis toujours.

— Je suis sur les rotules, déclara Santino. Je suis aussi très heureux que cette connerie soit réglée.

— Et encore, tu ne sais pas tout !

— Eh bien, rentre à la maison, et ramène-moi mon petit-fils.

— Bien sûr, papa.

Après avoir raccroché, Grier rappela Lil qui lui répondit instantanément.

— Tu es un sacré génie ! s'exclama le jeune homme.

L'architecte se mit à rire.

— Je le savais déjà, mais raconte-moi un peu mon dernier exploit ?

— J'ai gagné ! cria Grier dans le récepteur. Grâce à toi.

— Mon cœur, c'est toi qui as tout accompli. Je t'ai simplement montré la bonne direction.

— Ahhh ! hurla Grier, fou de joie.

Malheureusement, son cri réveilla Luca en sursaut.

— Et merde !

— Quoi ? demanda Lil.

— Avec mes hurlements, je viens de réveiller Luca.

— Passe-le-moi.

Grier tendit à l'enfant son téléphone portable en disant :

— Hé, bonhomme, il y a Tito Lil qui veut te parler.

— Coucou, dit Luca d'une voix ensommeillée. Merci pour le cadeau.

Après un bref moment de conversation, Luca rendit à Grier son appareil tout en déclarant d'une voix rêveuse :

— Il va venir.

— C'est vrai ?

Luca hocha la tête avant de refermer les yeux.

— Qu'est-ce que tu as dit à Luca ? demanda Grier à l'architecte.

— Que je reviendrai probablement d'ici une semaine ou deux.

— Comment est-ce possible ?

Lil lui raconta la conversation qu'il avait eue plus tôt avec Jody.

— À ton avis, ils sont sincères ou bien ils font ça pour te ramener à Chicago ? s'étonna Grier.

— Je les crois tout à fait capables d'avoir tout organisé pour nous aider.

— Ils sont vraiment sympas.

— Merde ! hurla tout à coup Lil dont la voix avait monté de plusieurs octaves.

— Qu'est-ce qui se passe ?

— Un tremblement de terre ! Quelle saloperie, je n'y crois pas...

Il cria plus fort encore :

— Un tremblement de terre !

— Lil ? Allo... Lil ? Tu m'entends ?

La ligne était coupée. Quand Grier tenta de rappeler son amant, il obtint directement sa boîte vocale.

XXXIV

DÈS QUE le sol trembla, Sébastian quitta son perchoir d'un bond et atterrit sur les genoux de Lil avec un feulement menaçant. Il lui planta ses griffes acérées dans la cuisse, heureusement protégée d'un jean, ce qui lui évita de multiples lacérations. L'homme et le félin étaient tous les deux terrifiés. Tandis que l'immeuble vacillait, les ampoules LED clignotèrent follement ce qui n'arrangea rien. Les alarmes incendie se déclenchèrent, les sirènes extérieures se mirent à hurler, la ville tout entière réagissant à l'événement sismique pourtant habituel. Lil resta assis sur son lit, tétanisé. Le séisme l'avait surpris dans sa chambre, où il se reposait depuis son retour chez lui, en tentant de gérer son mal d'amour. Il avait quitté son cabinet très tôt, n'ayant plus goût ou d'énergie au travail après ces adieux bouleversants à l'aéroport.

Il était heureux d'avoir réussi à détourner Grier de son idée folle de s'enfuir, surtout après avoir entendu la nouvelle : Jillian avait enfin avoué la vérité concernant la conception de Luca. Lil avait aussi infiniment apprécié d'entendre ces mots qui signifiaient tant pour lui. *Je t'aime.* Et maintenant, ce tremblement de terre, cette affreuse et terrifiante sensation d'impuissance tandis que le monde autour de lui perdait sa stabilité, sous la pression des plaques tectoniques. Quelle foutaise ! Il avait beau avoir déjà vécu cette expérience, il ne la supportait pas. Chaque fois, il se retrouvait affolé, le souffle court, en pleine crise d'hyperventilation.

Le cœur tambourinant follement, il lutta pour contrôler sa respiration avant de s'évanouir. Jouer à la demoiselle en détresse s'avérait la pire des idées quand l'immeuble risquait de s'écrouler, un scénario improbable certes, mais néanmoins possible. Lil décida de tenter sa chance au grand air. Il serra Sébastian contre lui et ignorera la petite voix dans sa tête qui lui conseillait de récupérer une laisse ou un panier de transport. Les chercher lui aurait pris trop de temps. Il eut cependant la prévoyance d'enfiler des chaussures et de récupérer sur la commode ses clés et son téléphone portable afin de se ruer en direction de la porte.

Il fit un bref arrêt devant l'ascenseur… Non, il secoua la tête en se souvenant que monter dans une cabine avant, pendant ou après un tremblement de terre, était de la folie. C'était absolument à éviter. Il prit donc les escaliers et serra les dents durant les douze volées de marches qu'il dut dévaler.

Sébastian ne cessait de miauler de furieuses protestations.

— Arrête de gigoter, stupide chat.

Le félin cracha pour exprimer son indignation, puis se tortilla. Surpris, Lil trébucha. Cette seconde d'inattention suffit : dans un élan d'énergie, le chat s'échappa alors que son maître atteignait la dernière marche. L'animal fila vers la porte d'entrée que quelqu'un avait laissée ouverte, il traversa la rue et disparut dans Lafayette Park. Lil courut derrière lui en hurlant des appels affolés. C'était grotesque. Lil aurait éclaté de rire si la situation n'avait pas été à ce point désespérée. En fait, il faillit éclater en sanglots parce qu'il ne supportait pas l'idée, dans les circonstances actuelles, de perdre Sébastian. Il lui était déjà difficile de vivre sans Grier, il ne voulait pas en plus être séparé de son fidèle compagnon, ça serait la goutte d'eau intolérable.

— Sébastian ! s'écria-t-il.

Il espérait que le chat reconnaîtrait sa voix et reviendrait vers lui. Au bout de quelques tentatives, il comprit qu'il était insensé de sa part d'attendre du félin le comportement d'un chien. Il se laissa tomber sur le banc qu'il avait partagé la veille avec Grier, en se demandant ce qu'il allait bien pouvoir faire ensuite. Il craignait fort que sa décision impulsive de sortir sans tenir son chat en laisse n'ait des conséquences tragiques. Il aurait dû réfléchir davantage, surtout après les innombrables conférences qu'il avait suivies pour se préparer à subir un séisme. Tout comme les humains, les animaux étaient sensibles à la panique. Lil aurait dû mieux prévoir son plan d'évasion. Il avait eu un comportement inepte. Pourvu que Sébastian, affolé, ne file pas droit devant lui à la recherche d'un abri. Lil frémit en imaginant la terreur de l'animal

Il sortit son téléphone portable en espérant avoir une couverture valide. Heureux de voir que les barres habituelles s'étaient allumées à gauche de son écran, il tapota les chiffres du numéro de Grier.

— Lil ?

— Mon cœur…

— Merde, que s'est-il passé ?

— Rien, juste un jour comme les autres à San Francisco. Il vient d'y avoir un de ces fichus tremblements de terre, ce qui m'a flanqué une trouille incroyable. Je pense que Sébastian a déjà atteint les faubourgs de la ville.

— Que veux-tu dire ?

— Je l'ai perdu.

— Comment peux-tu perdre un chat ?

— Il m'a sauté des bras pendant que je dévalais les escaliers. Maintenant, j'erre dans le parc en espérant qu'il va revenir.

— Il reviendra.

— Comment peux-tu en être certain ?

— Les chats retrouvent toujours le chemin pour rentrer chez eux. Tu devrais simplement rester là un moment, il saura comment te retrouver.

— D'accord, je ne bouge plus.

— Reviens à la maison, Lil.

— À la maison ?

— Oui, avec moi.

— Ah, Grier…

— Ça ne te dit pas que nous soyons ensemble ?

— Mais si, bien sûr. Mais j'ai quand même un cabinet à gérer et des obligations à tenir.

— Si je partageais avec toi les frais d'avion, accepterais-tu de changer d'État pendant quelque temps ?

— Grier, ce n'est pas une question d'argent. J'ai tellement de points sur ma carte American Express que même un double tour du monde ne me coûterait rien. Mais j'ai des projets en cours, des contrats qu'il m'est impossible de laisser tomber.

— Quel dommage ! murmura Grier très déçu.

— Laisse-moi voir ce que je peux faire, d'accord ? Je ne te fais aucune promesse, mais je vais tenter le maximum.

— D'accord, s'exclama Grier qui retrouva instantanément son entrain. Dès lundi, je me lance à la recherche d'un appartement.

— C'est vrai ?

— Oui. Je veux un trois-pièces dans un immeuble qui accepte les animaux de compagnie.

— Quel animal ?

— Bianca dans un premier temps, et peut-être que Sébastian sera aussi des nôtres.

— Tu es adorable, et ton optimisme me plaît.

— Je t'aime, répondit Grier.

— As-tu la moindre idée de combien ça compte pour moi de t'entendre dire ça ?

— Je suis sincère.

— Je sais, Grier. Ce n'est pas que je refuse d'être avec toi, mais j'ai besoin de temps pour y réfléchir.

— D'accord. Et je t'en supplie, réfléchis bien.

— Je ferai de mon mieux, répondit l'architecte. Au revoir, mon cœur.

— À bientôt, répondit Grier.

Lil garda son téléphone à la main en regardant autour de lui... Il espérait contre tout espoir que Sébastian allait apparaître. Ce ne fut pas le cas. Il passa un autre appel, à Jody cette fois.

— Docteur Williams, je présume ? déclara-t-il en paraphrasant la célèbre réplique du journaliste H. M. Stanley envers le docteur David Livingstone lors de leur emblématique rencontre, sur les rives du lac Tanganyika.

— Qu'y a-t-il, mon ami ?

— Je me remets à peine d'un tremblement de terre.

— Grave ?

— Pour moi, ils le sont tous. Franchement, je déteste ça.

— Alors, déménage. Nous n'avons pas de tremblements de terre dans le Mid-Ouest.

— Non, ricana l'architecte. Mais vous avez des congères et plein de neige.

— Qu'est-ce que tu préfères ? Être enfoui dans les décombres ou bien te geler ?

— Tu parles d'un choix, Jody. Pourquoi pas l'apocalypse pendant que tu y es ?

— Ce séisme qui vient d'arriver sera peut-être l'élément déclencheur qui rendra ta décision plus facile.

— Quelle décision ?

— Construire notre foutue maison, merde.

— Ne sois pas grossier.

— Mince, Lil, regarde ce projet comme un intermède, une parenthèse. Je suis sûr que tes employés sont assez compétents se débrouiller sans toi au cabinet durant ton absence.

— Tu as raison. En fait, ce serait la solution idéale.

— Exactement.

— Est-ce que tu fais tout ça pour moi ? s'enquit Lil.

— Quoi ?

— Faire construire cette maison. D'ailleurs, qui en a eu l'idée ?

— Je te l'ai déjà dit, Clark est rentré à la maison l'autre jour d'une petite virée avec toute une meute de chiots.

— Vous êtes complètement dingues tous les deux.

— Allez, Lil, tu le sais très bien que tu préférerais être avec nous que dans une ville instable.

— Non, sans blague ? Dis à Clark de commencer à m'établir la liste de ses desiderata.

— Qu'est-ce que ça veut dire ?

— Il me faut savoir ce que vous voulez tous les deux dans votre maison afin que je puisse commencer mes plans.

— D'accord, mais garde bien en mémoire que c'est plutôt urgent.

— Déjà des exigences alors que le contrat n'est même pas signé ? plaisanta Lil.

— Je voulais simplement te rappeler qu'à Chicago, les constructions ne peuvent avancer que durant la belle saison. Impossible de creuser des fondations dans de la terre gelée.

— Bon sang, tu as raison.

— Nous ne sommes qu'au mois d'août, alors tu as encore quatre mois avant que la situation ne devienne difficile. D'un autre côté, c'est impossible de faire des prévisions météorologiques dans le Mid-Ouest. Peut-être que nous aurons du blizzard demain.

— C'est très rassurant, Jody. Vraiment. Tu me donnes terriblement envie d'expérimenter tout ça.

— Hé, il faut bien que tu découvres tout ce qui t'attend : l'hiver, la paternité, les joies conjugales. Que veux-tu de plus ?

— Rien. C'est le tiercé gagnant

— Exactement. Quand arrives-tu ?

— As-tu déjà acheté le terrain sur lequel tu veux faire construire ?

— Oui, c'est fait.

— Parfait.

Lil marqua une pause.

— Jodes ?

— Oui, bébé ?

— Merci.

— Hé, ça me plairait de t'avoir dans le coin. Tu me manques. Et je suis certain que Grier apprécierait ta compagnie.

— Toi aussi, tu me manques. Quant à Grier, oui, il sera ravi.

— Alors, ramène ton popotin par le prochain avion. Il y a des plans à dessiner et un permis de construire à demander.

— Je prends un billet dès que mes affaires ici seront en ordre.

Lil raccrocha et se releva. Il jeta un dernier coup d'œil autour de lui, mais toujours aucun signe du chat. D'un pas lent, il retraversa la rue, notant que le séisme s'était calmé. Les gens vaquaient à leurs occupations comme s'il ne s'était rien passé. La population mettait la tête dans le sable, heureuse d'avoir une fois encore échappé au désastre. Lil savait qu'il s'agissait d'une question de 'quand' et non pas de 'si', mais il espérait que l'ultime tremblement de terre à San Francisco n'arriverait pas avant des années et des années, dans un futur très lointain. Il ne voulait pas voir cette ville magnifique détruite, et pourtant tous les signes indiquaient que ce serait le cas. Les Californiens étaient d'éternels optimismes, sans doute grâce au soleil qui brillait sans arrêt au-dessus de leurs têtes. Au contraire, les gens du Mid-Ouest vivaient la moitié de l'année dans une obscurité glaciale. Franchement, devait-il rester ou bien s'en aller ? Et si ça ne durait pas entre Grier et lui ? D'un autre côté, et s'il ratait sa chance de connaître le véritable amour pour une stupide question de climat ? Ce serait vraiment idiot.

Oui, Lil était amoureux fou et oui, Grier était jeune et plutôt imprévisible, mais c'était l'homme le plus séduisant dont il avait fait connaissance depuis des années. C'était aussi l'amant le plus inventif. L'architecte avait toujours désiré un fils et aujourd'hui il se trouvait devant l'opportunité d'obtenir une famille déjà constituée, ce qui était à la fois un cadeau et un honneur. Ce serait idiot de sa part de laisser passer cette opportunité du destin, un futur potentiel avec deux êtres qu'il aimait, pour la seule raison qu'il appréciait de vivre à San Francisco. Peut-être que Grier et lui trouveraient un compromis : passer l'hiver ici et résider à Chicago quand le climat y est tolérable. Il y avait là une idée à creuser – et Lil était tout à fait désireux de l'explorer. Cependant, il avait une exigence formelle à obtenir avant d'aller plus avant… sinon le marché serait caduc.

Dans l'entrée de son immeuble, il appela donc Grier très soulagé de voir son appel immédiatement pris.

— Tu es rentré chez toi ? demanda Lil au jeune homme.

— Non, nous nous sommes arrêtés chez McDonald's parce que nous avions tous les deux très faim. Et toi ? Tu as retrouvé Sébastian ?

— Pas encore, mais j'ai le pressentiment qu'il ne va pas tarder à se pointer. C'est un de ces jours où la fortune vous sourit et où toutes les étoiles semblent s'être alignées en votre faveur.

— Toi et moi en avons connu pas mal ces temps derniers, remarqua Grier.

— Avant que je prenne ma décision, je veux que tu me fasses une promesse.

— Laquelle ?

— Je veux que tu retournes à l'école et que tu deviennes un architecte d'intérieur.

— Bien sûr, c'est possible.

— Je veux une réponse définitive, Grier.

— Je le ferai.

— Même si ton père cherche à t'en détourner ?

— Papa a réagi comme un saint, considérant tout le merdier que je lui ai fait subir cette dernière semaine. Je suis quasiment certain qu'il me soutiendra, si c'est vraiment ce que je veux. Autre avantage, l'Institut des Arts de l'Illinois est à Schaumburg, c'est la porte à côté. Je n'aurais pas à déménager bien loin. Je pourrai suivre mes cours tout en m'accordant aux horaires de Luca, les jours où je l'aurai.

— Je voulais m'assurer que tu étais enfin prêt à suivre ta voie.

— Je suis plus que prêt. J'ai hâte de me lancer.

— Dans ce cas, je viens, annonça l'architecte.

— Pour de vrai ?

— Oui. Je peux le dire moi-même à Luca ?

— Je te le passe.

— Tito Lil ?

— Hé, mon chaton, devine un peu… ?

— Quoi ?

— Je vais venir habiter avec ton Tito G. Et je vais aussi amener Sébastian.

— Che n'est pas mon Tito. Ch'est mon papa.

— Vraiment ? demanda Lil, qui souriait malgré ses larmes.

— Ch'était un très très grand checret, mais maintenant je le chais.

— Ton papa est très doué pour garder des secrets.

— Je l'aime, mon papa.

— Lui aussi, il t'aime, chaton.

— Au revoir, Tito Lil.

— À très bientôt.

Grier revint en ligne, la voix enrouée par l'émotion.

— Hé, chuchota-t-il.

— Ton fils est tellement adorable que si je le tenais dans mes bras, je pourrais presque l'étouffer.

— Il est génial, mais toi aussi.

— Je suis heureux que tu lui aies parlé.

— Oui, je lui ai tout raconté.

— C'est bien normal, mon cœur. Ça m'a fait un très grand choc de l'entendre t'appeler papa. C'est tellement émouvant...

— On est vraiment des pleureuses, tous les deux, tu ne crois pas ? De vraies tapettes.

Lil éclata de rire.

— Tout à fait d'accord.

— Hé ? reprit Grier.

— Quoi ?

— N'oublie pas mes affaires.

— Quelles affaires ? s'étonna Lil.

— Tu sais... Le sac d'Alla Prima.

— Tu plaisantes ou quoi ? C'est la première chose que je vais mettre dans ma valise.

— Tant mieux. Je prévois une soirée très particulière.

— Oh bon sang ! Maintenant, je vais bander jusqu'au moment où je te retrouverai.

— Tant mieux, garde tout ça pour moi.

— Bien entendu. Maintenant, il faut que j'y aille, mon cœur. J'ai beaucoup à faire avant de pouvoir prendre l'avion, mais je te rappellerai dès que possible pour te donner mon heure d'arrivée.

— Je t'aime, dit Grier avec naturel.

— Je t'aime aussi.

Lil referma son portable, puis il appuya sur le bouton d'appel de l'ascenseur. Très vite, il changea d'avis. Il n'avait vraiment pas envie de se retrouver coincé dans une cabine entre deux étages en attendant que quelqu'un vienne à son secours. Il ouvrit donc la porte de l'escalier et commença la longue ascension jusqu'au onzième étage. Sa respiration sifflante lui rappela qu'il lui faudrait faire davantage de cardio-training s'il voulait garder la forme pour son jeune amant. En arrivant devant sa porte, il trouva Sébastian assis sur le paillasson, la queue battante et le regard arrogant comme pour dire : 'Mais qu'est-ce que tu fichais ?'

— Coucou, le chat.

Lil se pencha pour le prendre dans ses bras.

— Ça te dit de te geler les fesses durant les prochains mois ?

Sébastian colla sa tête contre la poitrine de Lil et se mit à ronronner fortement, puis il entreprit de le lécher de sa langueur râpeuse.

— C'est exactement mon avis, continua l'architecte. L'important, c'est l'amour, même dans des circonstances climatiques inconfortables. Nous allons gérer tout ça ensemble, d'accord ?

— Miaou…

MICKIE B. ASHLING écrit des romans d'amour sur des hommes entre eux depuis qu'elle a découvert *Queer as Folk* en 2002. Intriguée par les personnages de cette série télévisée, elle a aussi été inspirée par des auteurs révolutionnaires, comme Patricia Nell Warren. Elle s'est donc mise à écrire le genre de romans qu'elle aimait lire, poussée par une muse ayant pris goût aux aventures de beaux mecs gays.

Mickie a vécu aux Philippines, en Espagne, au Moyen-Orient et à San Francisco. Actuellement, elle vit près de Chicago, dans une banlieue résidentielle. Durant la journée, elle est cadre dans un bureau respectable. Ses quatre fils adultes n'arrivent pas à comprendre d'où vient à leur mère cette passion pour la romance gay. Après avoir secoué la tête et s'être gratté le menton, ils la laissent finalement tranquille. Ils savent bien qu'une fois que maman a pris sa décision, mieux vaut ne plus intervenir. Si l'écriture est la première passion de Mickie, les voyages suivent de près. Son rêve serait de prendre une retraite anticipée pour consacrer tout son temps et son énergie à ce qu'elle préfère.

Vous êtes les bienvenu(e)s sur le website de Mickie à :
http://mickieashling.com
ou sur son blog : http://mickieashling.livejournal.com/
Vous pouvez aussi la contacter directement par mail à :
mickie.ashling@gmail.com

Lisez le début de la série :
NOUVEL HORIZON

MICKIE B. ASHLING

NOUVEL HORIZON

www.ingramcontent.com/pod-product-compliance
Lightning Source LLC
Chambersburg PA
CBHW031214260626
47169CB00007B/2056